Les Vit

Raymond Carver est mort [...] pou-
mon, dans sa maison de Po[...] Il n'avait pas cin-
quante ans. Lui, le costaud, le [...]eur, l'homme aux cent métiers et aux
mille misères, qui avait si longtemps écrit comme un drogué, entre deux
cuites et deux déménagements, connaissait enfin le succès. D'une université l'autre, on voulait bien le saluer, avec Thomas Pynchon et Richard
Brautigan, comme l'un des grands écrivains de sa génération.

Les douze nouvelles qui composent *Les Vitamines du bonheur* parurent en
1976. Elles sont exemplaires de l'univers et du talent de Carver. Douze
récits de vies gâchées, de couples détruits, de gens malheureux. Douze por-
traits ou douze constats de ratés de la vie américaine, d'êtres tiraillés entre
le boulot et le chômage, les canettes de bière et le poste de télévision, pas
des ratés « haut de gamme », si l'on ose dire, aux désespoirs phosphores-
cents et fitzgeraldiens, non, des ratés de tous les jours, des « petits Blancs »
confinés dans leurs minuscules problèmes, leur égoïsme, leur famille, leur
confort mesquin, leur existence minable, bref, des hommes et des femmes
« ordinaires » plongés dans l'univers étroit, asphyxiant, d'un monde sans
issue et sans espoir.

La grandiloquence et les grands mots ne sont pas le fort de Raymond Carver. Les titres des nouvelles de *Vitamines du bonheur* donnent d'ailleurs une
idée de leur atmosphère : « C'est pas grand-chose mais ça fait du bien »,
« Attention », « Là d'où je t'appelle », « Fièvre »... Que racontent-elles ? Un
dîner chez un couple nanti d'un horrible bébé ; un alcoolique repenti à la
veille de quitter la maison où il aurait pu être heureux ; un mari à la dérive
depuis qu'il a perdu son travail ; un père divorcé qui laisse passer l'occasion
unique de revoir son fils ; des parents consolés par un pâtissier le jour de la
mort de leur fils ; une jeune femme qui essaie de vivre en vendant des vitamines ; des alcooliques en cure de désintoxication ; une femme, un revolver
dans son sac, qui attend un train ; un père abandonné avec ses deux
enfants ; un aveugle qui dessine une cathédrale... Tous tentent d'échapper
à leur détresse. « *Je me sens en grande sympathie avec eux. Ce sont les miens* », dit
Carver. Lui aussi est né pauvre, s'est marié jeune, a exercé tous les
métiers, allant de ville en ville pour trouver du travail. « *Nous cherchions toujours quelque chose de mieux, nous cherchions simplement un endroit où ma femme et
mes deux enfants auraient pu être heureux. Ça n'était pas trop demander et pourtant,
c'était déjà trop !* »

Finalement le monde est plein d'histoires de ce genre. C'est pourquoi,
peut-être, Carver a voulu réunir des drames insignifiants vécus par des
êtres insignifiants, sans passé, sans avenir et sans mémoire ; pour montrer
ce qu'il a appelé *a dark view of life,* une vue de la vie moins tragique que

(Suite au verso.)

pathétique, encore une fois, des drames tels qu'on pouvait en voir dans les séries B américaines ou les feuilletons TV un peu ringards des années 60. L'attrait, la fascination même qu'exercent sur leur lecteur les nouvelles de Carver relèvent d'une mystérieuse chimie. Il y a comme un envoûtement, fait d'un étrange suspens, feutré, pernicieux, qui ne mène nulle part, mais crée un malaise persistant. Il s'y ajoute la sobriété et la simplicité de la phrase, la vérité des mots. Le regard de Carver est lucide. Il voit juste et par conséquent il écrit juste. Il est en accord avec ce monde qui débouche sur le cauchemar, avec ces hommes obstinés qui déroulent leurs rêves ridicules et dérisoires.

Sans sarcasme, toujours maniant l'humour et la compassion, Carver excelle à transcrire l'impalpable émotion qui suinte de la médiocrité. Il invente ainsi sa propre musique, une curieuse musique entêtante, singulière, qui donne le frisson par son aptitude à susciter ce qui est comme un désespoir tranquille.

Nicole Chardaire.

RAYMOND CARVER

Les Vitamines du bonheur

TRADUIT DE L'AMÉRICAIN
PAR SIMONE HILLING

MAZARINE

L'édition originale de cet ouvrage est parue chez Alfred A. Knopf, New York, sous le titre :
CATHEDRAL.

*Pour Tess Gallagher
et à la mémoire de John Gardner.*

PLUMES

Un copain de travail, Bud, nous a invités à dîner, Fran et moi. Je ne connaissais pas sa femme et il ne connaissait pas la mienne. Comme ça, on était à égalité. Je savais qu'il y avait un petit bébé chez Bud. Il devait avoir dans les huit mois à l'époque de l'invitation. Ce qu'ils avaient passé vite, ces huit mois! Et ce que le temps a passé vite, depuis, nom de dieu! Je me rappelle le jour où Bud est arrivé au boulot avec une boîte de cigares. Il les a distribués après le déjeuner. C'était des cigares de bazar. Des Dutch Masters. Ils avaient tous une bague rouge et une enveloppe marquée dessus : « C'est un garçon! » Moi, je ne fume pas le cigare, mais j'en ai pris un quand même.

— Prends-en deux, dit Bud en secouant la boîte. Je n'aime pas les cigares non plus. C'est une idée à elle.

Elle, c'était sa femme. Olla. Je n'avais jamais vu la femme de Bud, mais j'avais entendu sa voix au téléphone. C'était un samedi après-midi, et je n'avais rien à faire. Alors, j'avais appelé Bud pour voir s'il voulait faire quelque chose. Une femme avait décroché.

— Allô?

Le trou. Je n'arrivais pas à me souvenir de son nom. La femme de Bud. Il m'avait dit son nom je ne sais pas combien de fois. Mais c'était rentré par une oreille et sorti par l'autre.

— Allô? avait répété la femme.

J'entendais la télé qui marchait. Alors, la femme avait dit :

— Qui c'est?

Un bébé s'était mis à chialer.

— Bud! avait appelé la femme.

— Quoi? j'entendis Bud qui répondait.

Je n'arrivais toujours pas à me souvenir de son nom. Alors, j'avais raccroché. La fois d'après, quand j'avais vu Bud au boulot, j'allais pas lui dire que je l'avais appelé, merde! Mais je m'étais arrangé pour qu'il me dise le nom de sa femme.

— Olla, qu'il avait dit.

Olla, je m'étais répété. *Olla.*

— A la bonne franquette, dit Bud.

On buvait un café à la cantine.

— Juste nous quatre. Toi, ta légitime, Olla et moi. A la fortune du pot. Venez vers sept heures. Le biberon du petit est à six heures. Après, elle le couchera. Et on mangera. Chez nous, c'est pas dur à trouver. Tiens, je t'ai fait un plan.

Il me donna une feuille avec des tas de lignes pour les grandes routes et les petites, les sentiers et tout, avec des flèches indiquant les quatre points cardinaux. Un X marquait l'emplacement de sa maison.

— Il nous tarde d'y être, j'ai dit.

Mais Fran, elle n'était pas très chaude. Le soir, en regardant la télé, je lui demandai s'il fallait apporter quelque chose chez Bud.

— Comme quoi? dit Fran. Il a demandé qu'on apporte quelque chose? Comment tu veux que je sache? Je n'ai aucune idée.

Elle haussa les épaules et me regarda de travers. Ce n'était pas la première fois qu'elle entendait parler de Bud, mais elle ne le connaissait pas, et ça ne l'intéressait pas de le connaître.

— On pourrait apporter une bouteille de vin, dit-elle. Mais ça m'est égal. Pourquoi tu apportes pas une bouteille?

Elle secoua la tête. Ses longs cheveux se balancèrent de droite à gauche sur ses épaules. On n'a pas besoin des autres, elle semblait dire. On est bien tous les deux.

— Viens ici, dis-je.

Elle se rapprocha un peu pour que je puisse la prendre dans mes bras. Fran, c'est un grand verre d'eau fraîche, avec ses cheveux blonds qui lui tombent jusqu'au milieu du dos. J'en pris une poignée que je portai à mon visage. J'enroulai ses cheveux sur ma main. Elle me laissa la serrer contre moi. J'enfouis mon visage dans ses cheveux et je la serrai plus fort.

Des fois, quand ses cheveux la gênent, elle les prend à pleine main et les passe derrière son épaule. Ça l'énerve. « Ah ! ces cheveux, ce qu'ils m'enquiquinent ! » Fran travaille dans une laiterie, elle doit se faire un chignon quand elle va au boulot. Elle est obligée de les laver tous les soirs, et elle les brosse en regardant la télé. De temps en temps, elle menace de les couper. Je ne crois pas qu'elle le fera. Elle sait qu'ils me plaisent trop, ses cheveux. Elle sait que j'en suis dingue. Je lui ai dit que j'étais tombé amoureux d'elle à cause d'eux. J'arrêterais peut-être de l'aimer, si elle les coupait. Des fois, je l'appelle « ma Suédoise ». Elle pourrait passer pour une Suédoise. Le soir, lorsqu'on est ensemble et qu'elle se brosse les cheveux, on dit tout haut ce qu'on voudrait avoir. On voudrait une voiture neuve, ça c'est une chose qu'on voudrait bien. Et on voudrait passer quinze jours au Canada. Mais une chose qu'on ne voudrait pas, c'est des gosses. Pourquoi on n'a pas d'enfants ? Parce qu'on n'en veut pas. Un jour, peut-être. Pour le moment, on attend. On pensait qu'on attendrait peut-être longtemps. Certains soirs, on allait au cinéma. D'autres soirs, on restait chez nous à regarder la télé. Parfois, Fran me faisait un peu de cuisine que l'on mangeait comme ça.

— Peut-être qu'ils ne boivent pas de vin, dis-je.

— On peut toujours en apporter, dit Fran. S'ils n'en boivent pas, nous on le boira.

— Rouge ou blanc ?

— Quelque chose de doux, répondit-elle, sans faire attention à ma question. Ça m'est égal qu'on apporte quelque chose. C'est ton affaire. Mais il faut pas en faire tout un cinéma, ou alors, je ne viens pas. Je peux faire ma génoise café-framboise. Ou alors des petits gâteaux.

— Ils auront du dessert. On n'invite pas les gens sans faire du dessert.

— Ils auront peut-être du riz au lait. Ou du Jell-O ! Quelque chose qu'on n'aime pas. Moi, je ne la connais pas, cette femme. Comment tu veux que je sache ce qu'elle va faire ? Et si elle nous donne du Jell-O ?

Fran secoua la tête. Je haussai les épaules. Mais elle avait raison.

— Ces vieux cigares qu'il t'a donnés, prends-les. Car toi et lui, vous pourrez passer au salon après manger et fumer vos cigares en buvant du porto ou autre chose, comme au cinéma.

— D'accord, on n'apportera rien du tout, sauf nos zigues, je dis.

— On apportera un pain maison, dit Fran.

Bud et Olla habitaient à une vingtaine de miles de la ville. Nous, ça faisait trois ans qu'on habitait cette ville, mais on n'avait même pas fait un petit tour dans la campagne une seule fois, Fran et moi, nom d'un chien. C'était un plaisir de conduire sur ces petites routes tortueuses. La soirée était claire et chaude, et on voyait les prairies, les clôtures ; les vaches se diriger lentement vers les étables. On voyait des étourneaux aux ailes rouges posés sur les clôtures, et des pigeons qui tournaient autour des meules de foin. Il y avait des jardins et tout ça, des fleurs sauvages partout et des petites maisons un peu en retrait de la route.

— Je voudrais bien avoir une maison par ici, dis-je.

C'était une idée en l'air, encore un vœu qui venait comme un cheveu sur la soupe. Fran ne répondit pas. Elle était plongée dans le plan de Bud. On arriva au carrefour indiqué. On tourna à droite comme sur le plan, et on fit exactement trois miles et trois dixièmes. A gauche de la route, je vis un champ de maïs, une boîte à lettres et une longue allée couverte de gravillons. Au bout, entourée de quelques arbres, une maison avec une véranda. Il y avait une cheminée sur le toit, mais comme c'était l'été, bien entendu, il n'en sortait pas de fumée. Mais je pensai que ça faisait un joli tableau, et je le dis à Fran.

— C'est le bled ici, dit-elle.

Je tournai dans l'allée. Le maïs poussait de part et d'autre, plus haut que la voiture. J'entendais les gravillons crisser sous les pneus. En approchant de la maison, on vit un jardin avec des trucs verts gros comme des balles de base-ball qui pendaient à des tiges.

— Qu'est-ce que c'est que ça? dis-je.

— Comment tu veux que je sache? Des courges, peut-être. Je n'en ai pas la moindre idée.

— Hé, Fran, t'énerve pas!

Elle ne répondit pas. Elle se mordit la lèvre. Elle éteignit la radio quand on fut tout près de la maison.

Il y avait une balançoire de bébé dans le jardin et des jouets sur la véranda. J'allai devant la porte, et je coupai le moteur. C'est alors qu'on entendit un braillement épouvantable. Il y avait un bébé dans la maison, d'accord, mais ce cri, c'était trop fort pour un nourrisson.

— Qu'est-ce que c'est que ce bruit? dit Fran.

Alors, quelque chose d'aussi gros qu'un vautour s'envola lourdement d'un arbre et atterrit juste devant la voiture. Ça se secoua. Ça tourna un long cou vers la voiture, leva la tête et nous regarda.

— Nom de dieu! dis-je.

Je restai les mains sur le volant, regardant la bête, ahuri.

— C'est à ne pas croire, dit Fran. Je n'en avais jamais vu un en vrai, avant.

On savait tous les deux que c'était un paon, bien sûr, mais on ne prononça pas le mot. On regardait, c'est tout. L'oiseau tendit le cou en l'air, repoussa son cri rauque. Il avait fait gonfler ses plumes, et avait deux fois plus de volume qu'à l'atterrissage.

— Nom de dieu! répétai-je.

On resta où on était, sur la banquette avant.

L'oiseau approcha un peu. Puis il pencha la tête de côté et garda la position. Il nous fixait, de ses yeux luisants et hagards. Il avait levé la queue, et c'était comme un grand éventail qui s'ouvre et se replie. Et elle avait toutes les couleurs de l'arc-en-ciel, cette queue.

— Mon dieu! dit Fran à voix basse.

Elle posa la main sur mon genou.

— Nom de dieu! dis-je.

Il n'y avait rien d'autre à dire.

L'oiseau repoussa son cri étrange et plaintif. « *Léon, lé-on* », il faisait. Si j'avais entendu ça la nuit et pour la première fois, j'aurais pensé que c'était quelqu'un qui mourait, ou alors, quelque chose de sauvage et dangereux.

La porte s'ouvrit. Bud sortit sur la véranda, en boutonnant sa chemise. Il avait les cheveux mouillés. Il avait l'air de sortir de la douche.

— Ta gueule, Joey! dit-il au paon.

Il lui claqua les mains sous le bec, et l'oiseau recula un peu.

— Y en a marre maintenant. La ferme! La ferme, je te dis!

Bud descendit le perron. Il marcha vers la voiture en fourrant sa chemise dans son pantalon. Il était habillé comme au boulot : blue-jeans et chemise fantaisie. Moi, j'étais en pantalon de toile et chemisette à manches courtes. Avec mes mocassins neufs. Quand j'ai vu comment il était fringué, j'ai été gêné de m'être mis sur mon trente et un.

— Content de vous voir, dit Bud en arrivant près de la voiture. Entrez donc.

— Salut, Bud, dis-je.

Fran et moi, on descendit. Le paon resta un peu à l'écart, balançant sa petite tête, l'air mauvais. On a fait attention de garder nos distances.

— Vous n'avez pas eu de mal à trouver? me dit Bud.

Il n'avait pas encore regardé Fran. Il attendait que je les présente.

— Pas avec ton plan, dis-je. Bon, Bud, voilà Fran. Fran, Bud. Elle te connaît de réputation, mon vieux.

Il rit et ils se serrèrent la main. Fran était plus grande que Bud et il fut obligé de lever la tête.

— Il parle de vous à la maison, dit Fran en retirant sa main. Bud par-ci, et Bud par-là. Vous êtes la seule personne d'ici dont il parle. J'ai l'impression que je vous connais déjà.

Elle gardait l'œil sur le paon, qui s'était rapproché de la véranda.

— Ben, je suis son ami. C'est normal qu'il parle de moi.

Bud sourit de toutes ses dents et me donna une petite bourrade dans le bras.

Fran tenait toujours son pain maison. Elle ne savait pas quoi en faire, alors elle le donna à Bud.

— On vous a apporté quelque chose.

Bud prit le pain, le tourna et le retourna comme s'il n'avait jamais vu un pain de sa vie.

— Ça, c'est vraiment gentil.

Il leva le pain vers son visage et le sentit.

— C'est Fran qui l'a fait, dis-je.

Bud hocha la tête, puis :

— Entrons, je vais vous présenter mon épouse et mère.

Il parlait d'Olla, bien sûr. Olla était la seule mère

dans le secteur. Bud m'avait dit que sa mère était morte et que son père s'était tiré quand il était gosse.

Le paon détala devant nous, puis sauta sur la véranda quand Bud ouvrit la porte. Il essayait d'entrer dans la maison.

— Oh! fit Fran quand le paon se pressa contre sa jambe.

— Joey, nom de dieu! dit Bud. Il lui donna une tape sur la tête. Le paon recula sur la véranda et s'ébroua. Les grandes plumes de sa queue froufroutaient. Bud fit semblant de lui filer un coup de pied, et le paon recula un peu plus. Alors, Bud nous ouvrit la porte toute grande.

— Elle laisse cette putain de bête entrer dans la maison. Si ça continue, il voudra manger à notre putain de table et coucher dans notre putain de lit.

Fran s'arrêta tout de suite passé le seuil et se retourna pour regarder le champ de maïs.

— C'est gentil chez vous, dit-elle à Bud qui tenait toujours la porte. Tu trouves pas, Jack?

— Je te crois, dis-je.

J'étais étonné qu'elle ait dit ça.

— Une maison comme ça, c'est pas de tout repos, dit Bud sans lâcher la porte.

Il menaça le paon du poing.

— Il y a à faire. On s'ennuie jamais. Entrez donc!

— Dis donc, Bud, qu'est-ce que c'est, ce qui pousse, là-bas?

— C'est des tomates.

— Tu parles d'un fermier, dit Fran en secouant la tête.

Bud rit. On entra. Une petite boulotte avec un chignon sur le haut du crâne nous attendait dans le séjour. Elle se cachait les mains dans son tablier, et elle était rouge comme une tomate. Je me dis d'abord qu'elle venait de courir ou qu'elle était en pétard après quelque chose. Elle me jeta un coup d'œil, puis tourna les yeux sur Fran. Pas hostile, elle regardait, c'est tout. Toujours aussi rouge, elle fixait Fran.

14

— Olla, voilà Fran. Et lui, c'est mon copain Jack. Je t'en ai assez parlé. Mes enfants, voilà Olla.

Il tendit le pain à Olla.

— Qu'est-ce que c'est? Oh! du pain maison. Je vous remercie. Asseyez-vous où vous voulez. Faites comme chez vous. Bud, sers donc à boire. J'ai quelque chose sur le feu.

Sur ce, elle regagna la cuisine avec le pain.

— Asseyez-vous, dit Bud.

Fran et moi, on se posa sur le canapé. Je sortis mes cigarettes.

— Voilà un cendrier, dit Bud.

Il prit quelque chose de lourd sur la télé.

— Tiens, dit-il en le posant devant moi sur la table basse.

C'était un cendrier en verre en forme de cygne. J'allumai ma cigarette, jetai l'allumette dans le dos du cygne et regardai le petit filet de fumée en monter. La télé était allumée, alors on la regarda une minute. Sur l'écran, des stock-cars tournaient à toute bombe sur une piste. Le speaker parlait d'une voix grave et sérieuse, mais il avait l'air de se retenir pour ne pas s'exciter.

— Nous attendons la confirmation officielle, dit le speaker.

— Tu veux regarder ça? demanda Bud, toujours debout.

Je dis que ça m'était égal. Et c'était vrai. Fran haussa les épaules. Qu'est-ce que ça peut me faire? semblait-elle dire. De toute façon, la journée était foutue.

— Il reste plus que vingt tours, dit Bud. Y en a plus pour longtemps. Il y a eu un carambolage soigné, tout à l'heure. Une demi-douzaine de bagnoles bousillées. Plusieurs pilotes blessés. On ne nous a toujours pas dit si c'était grave.

— Alors, laisse, on va regarder.

— Peut-être qu'une de ces putains de bagnoles va nous exploser sous le nez, dit Fran. Ou entrera dans les tribunes et écrasera le mec qui vend ses hot dogs dégueulasses.

Les yeux rivés à l'écran, elle se mit à tripoter une mèche de ses cheveux.

Bud la regarda pour voir si elle blaguait.

— Tout à l'heure, le carambolage, c'était quelque chose. Réaction en chaîne. Des gens, des voitures, des pièces détachées dans tous les azimuts. Bon, qu'est-ce que vous buvez? J'ai de la bière, et il y a une bouteille d'Old Crow.

— Qu'est-ce que tu bois? demandai-je à Bud.

— De la bière. Elle est bonne et bien fraîche.

— Alors, une bière aussi.

— Moi, je prendrai un peu d'Old Crow avec un doigt d'eau, dit Fran. Dans un grand verre, s'il vous plaît. Avec de la glace. Merci Bud.

— C'est parti, dit Bud.

Il jeta un coup d'œil sur la télé avant de s'en aller vers la cuisine.

Fran me poussa du coude et me montra la télé de la tête.

— Regarde dessus, me chuchota-t-elle.

Je suivis son regard. Il y avait un petit vase rouge dans lequel on avait fourré des marguerites. A côté du vase, sur le napperon, un moulage de dents, les dents les plus tordues et irrégulières que j'aie jamais vues de ma vie. Il n'y avait pas de lèvres à ce truc affreux, pas de mâchoires, juste des dents en plâtre plantées dans quelque chose qui ressemblait à d'épaisses gencives jaunâtres.

A ce moment-là, Olla revint avec une soucoupe de cacahuètes et une boîte de 7 Up. Elle avait enlevé son tablier. Elle posa la soucoupe sur la table basse à côté du cygne.

— Servez-vous, dit-elle. Bud vous apporte à boire.

Sur quoi, elle se remit à rougir. Elle s'assit dans un vieux rocking-chair en rotin et se mit à se balancer en buvant son 7 Up devant la télé. Bud revint avec un petit plateau sur lequel il y avait le whisky de Fran et ma bouteille de bière. Il y avait aussi une canette pour lui.

— Tu veux un verre?

Je secouai la tête. Il me tapota le genou et se tourna vers Fran. Elle prit le verre que Bud lui tendait et dit:

— Merci.

Puis elle se remit à regarder le dentier. Buds suivit son regard. Les voitures vrombissaient sur la piste. Je pris ma bière et me concentrai sur l'écran. Les dents, c'était pas mes oignons.

— Ça, c'est les dents d'Olla avant qu'on lui mette des appareils, dit Bud à Fran. Moi, je m'y suis fait. Mais je suppose que ça paraît plutôt bizarre, là-haut. Ma tête à couper que je sais pas pourquoi elle les garde.

Il regarda Olla. Puis il me regarda avec un clin d'œil. Il s'assit dans son fauteuil et croisa les jambes. Il se mit à boire sa bière en regardant Olla.

Olla se remit à rougir, sa canette à la main. Elle but une gorgée, puis dit:

— Je les laisse là pour qu'elles me rappellent tout ce que je dois à Bud.

— Qu'est-ce que vous avez dit? demanda Fran.

Elle trifouillait dans la soucoupe, cherchant les cajous au milieu des cacahuètes. Fran s'arrêta et regarda Olla:

— Je m'excuse, mais j'ai pas compris.

Fran fixa Olla et attendit ce qu'elle allait dire. Olla rougit une fois de plus.

— Il y a des tas de choses dont je lui suis reconnaissante, dit-elle. Et ça, c'en est une. Je les garde là pour me rappeler ce que je dois à Bud.

Elle but une gorgée à la bouteille, puis dit:

— Vous avez des belles dents, Fran. Je l'ai tout de suite remarqué. Mais mes dents à moi, elles ont poussé tout de travers quand j'étais gosse.

De l'index, elle se tapota les incisives.

— Mes vieux, ils avaient pas les moyens de me les

faire arranger. Elles avaient poussé dans toutes les directions. Mon premier mari, il s'en foutait. Royalement. Il y a qu'une chose qui l'intéressait, et c'était d'où viendrait le verre suivant. Il avait qu'un seul ami au monde, et c'était sa bouteille.

Elle secoua la tête.

— Puis Bud est arrivé et il m'a tirée de ce pétrin. Quand on a été ensemble, la première chose qu'il a dite, Bud, c'est : « On va te les faire arranger, tes dents. » Et ce moulage, il a été juste après qu'on s'est connus, Bud et moi. A ma deuxième visite chez l'orthodontiste. Juste avant qu'on me pose l'appareil.

Le visage d'Olla restait cramoisi. Elle regardait l'écran de la télé. Elle buvait son 7 Up et ne semblait plus rien avoir à dire.

— Cet orthodontiste, ce devait être un as, dit Fran.

Elle continua de contempler l'horrible dentier sur le téléviseur.

— Il était formidable, dit Olla.

Elle se tourna dans son fauteuil.

— Regardez.

Elle ouvrit la bouche et montra ses dents, pas du tout complexée. Bud s'approcha de la télé et prit les dents, puis il revint vers Olla et les lui mit contre la joue.

— Avant et après, dit Bud.

Olla tendit la main et prit le moulage.

— Vous voulez que je vous dise ? L'orthodontiste, il voulait garder ça, dit-elle en posant les dents sur ses genoux. Pas question, j'ai dit. Je lui ai fait remarquer que c'était *mes* dents. Alors, à la place, il a pris des photos du moulage. Il a dit qu'il allait les publier dans un magazine.

— Je me demande bien quel genre de canard, dit Bud. Il y a pas beaucoup de demande pour les trucs comme ça.

Et on se mit tous à rigoler.

— Après qu'on m'a eu enlevé l'appareil, je continuais à mettre ma main devant ma bouche quand je riais. Comme ça, dit-elle. Des fois, je le fais encore. L'habitude. Mais un jour, Bud, il m'a dit : « T'as plus besoin de faire ça, Olla. T'as plus besoin de cacher tes dents. T'as des belles dents, maintenant. »

Olla regarda Bud. Bud lui fit un clin d'œil. Elle sourit et baissa les yeux. Fran but une gorgée de whisky et moi, une rasade de bière. Je ne savais pas quoi répondre à ça. Fran non plus. Mais je savais que Fran aurait plein de choses à dire, après.

— Olla, j'ai appelé ici une fois. Vous avez répondu, mais j'ai raccroché. Je ne sais plus pourquoi.

Je dis ça en sirotant ma bière. Je ne savais pas pourquoi je parlais de ça en ce moment.

— Je m'en souviens pas. C'était quand ?

— Il y a un bout de temps.

— Je m'en souviens pas, reprit-elle en secouant la tête.

Elle tripotait les dents de plâtre sur ses genoux. Elle regarda la course sur l'écran, et se remit à se balancer.

Fran tourna les yeux vers moi. Elle ouvrit la bouche, mais se tut.

— Alors, quoi de neuf ? demanda Bud.

— Prenez donc des cacahuètes, dit Olla. On va bientôt passer à table.

Un cri partit du fond de la maison.

— Encore lui ! dit Olla en faisant la grimace.

— Le petit, dit Bud.

Il se renversa dans son fauteuil et on suivit la fin de la course, trois ou quatre tours, sans le son. Une ou deux fois, on entendit encore le bébé, des petits cris rageurs venant de la pièce du fond.

— Je sais pas, dit Olla en se levant. Le dîner est presque prêt. J'ai juste à finir la sauce. Mais il vaut mieux que j'aille d'abord voir ce qu'il a. Allez donc vous asseoir à table. J'en ai pour une minute.

— J'aimerais voir le bébé, dit Fran.

Olla tenait toujours le moulage. Elle alla le reposer sur le téléviseur.

— Ça va peut-être l'énerver. Il a pas l'habitude de voir des étrangers. Attendez que je le rendorme. Alors vous pourrez venir le regarder, pendant qu'il dormira.

Puis elle enfila le couloir et ouvrit une porte. Elle se glissa dans la pièce et referma derrière elle. Le bébé s'arrêta de pleurer.

Bud arrêta la télé et on alla s'asseoir à table. Bud et moi, on se mit à causer boulot. Fran écoutait. De temps en temps, elle posait une question. Mais je savais qu'elle s'ennuyait ferme, et qu'elle était peut-être même en rogne après Olla parce qu'elle n'avait pas voulu lui montrer le bébé. Elle examinait la cuisine d'Olla. Elle enroula une mèche autour de ses doigts en inspectant les affaires d'Olla.

Olla revint dans la cuisine.

— Je l'ai changé et je lui ai donné son canard en caoutchouc. Peut-être qu'il va nous laisser manger tranquillement, maintenant.

Elle souleva un couvercle et retira une poêle du feu. Elle versa une sauce rouge dans un bol qu'elle posa sur la table. Elle souleva d'autres couvercles et s'assura que tout était prêt. Sur la table, il y avait un jambon rôti, des patates douces, de la purée, des fèves, des épis de maïs, et de la salade. Le pain de Fran était à la place d'honneur, à côté du jambon.

— J'ai oublié les serviettes, dit Olla. Vous pouvez commencer. Qu'est-ce que vous voulez boire ? Bud prend toujours du lait en mangeant.

— Du lait, ça me va, dis-je.

— De l'eau pour moi, dit Fran. Mais je peux aller la chercher. Je ne veux pas me faire servir. Vous avez assez à faire.

Elle fit le geste de se lever.

— Je vous en prie. Vous êtes invités. Ne vous dérangez pas. Je vais vous en chercher.

Olla s'était remise à rougir.

On attendait, les mains sur les genoux. Je pensai

aux dents en plâtre. Olla revint avec les serviettes en papier, deux grands verres de lait pour Bud et moi, et un verre d'eau glacée pour Fran.

— Merci, dit Fran.

— Il y a pas de quoi, dit Olla en s'asseyant.

Bud s'éclaircit la gorge. Il inclina la tête et prononça une courte prière. Il parlait si bas que j'avais du mal à comprendre. Mais je compris le topo — il remerciait les puissances supérieures de la nourriture qu'on allait s'envoyer.

— Amen, dit Olla quand il eut fini.

Bud me tendit le plat de jambon et se servit de la purée. Et on passa aux affaires sérieuses. On parla pas beaucoup, mais de temps en temps, Bud ou moi, on disait : « Il est vraiment extra, ce jambon » ou « Ce maïs, c'est le meilleur que j'aie jamais mangé de ma vie. »

— C'est le pain qui fait la différence, dit Olla.

— Je reprendrais bien de la salade, Olla, dit Fran, un peu mollifiée, peut-être.

— Ressers-toi donc, me dit Bud en me passant le jambon ou le bol de sauce rouge.

On entendait parfois le bébé faire des bruits divers. Olla tournait la tête pour écouter, puis, rassurée, reportait son attention sur son dîner.

— Le bébé est pas dans son assiette ce soir, dit Olla à Bud.

— J'aimerais bien le voir quand même, dit Fran. Ma sœur a un bébé. Mais ils habitent à Denver. Quand est-ce que j'irai à Denver ? J'ai une nièce que j'ai jamais vue.

Fran rêvassa là-dessus une minute, puis se remit à manger. Olla se fourra un bout de jambon dans la bouche en disant :

— Espérons qu'il va s'endormir.

— Il y a encore plein de tout. Reprenez du jambon et des patates douces, les enfants, dit Bud.

— Je peux plus avaler une bouchée, avoua Fran en posant sa fourchette dans son assiette. C'est fameux, mais je n'en peux plus.

— Réservez un petit coin. Olla nous a fait une tarte à la rhubarbe.

— Alors, j'en mangerai un petit bout. Quand tout le monde y sera.

— Moi aussi, dis-je.

Mais c'était par politesse. Je déteste la tarte à la rhubarbe, depuis le jour où j'en ai mangé avec de la glace à la fraise, quand j'avais treize ans.

On finit ce qu'on avait dans nos assiettes. Puis on réentendit ce putain de paon. Maintenant, il était sur le toit. Il marchait au-dessus de nos têtes de long en large, et ça faisait tic-tac sur les tuiles.

— Joey va bientôt se percher pour la nuit. Il est fatigué et il va s'écrouler. Il dort dans un arbre.

L'oiseau se remit à donner de la voix. « *Lé-on!* » qu'il faisait. Tout le monde se tut. Qu'est-ce qu'on aurait pu dire?

— Il veut entrer dans la maison, Bud.

— Ben, il rentrera pas. On a de la visite, au cas où t'aurais pas remarqué. Et ils ont pas envie de voir ce putain d'oiseau dans la maison. Cette sale bête et tes anciennes dents! Qu'est-ce qu'ils vont penser?

Il secoua la tête et se mit à rigoler. On rigola en chœur. Fran rigola avec nous.

— C'est pas une sale bête, Bud, dit Olla. Qu'est-ce qui te prend? Tu l'aimes bien, Joey. Depuis quand tu trouves que c'est une sale bête?

— Depuis qu'il a chié sur le tapis, dit Bud. Excusez mon vocabulaire, dit-il à Fran. Mais si vous voulez que je vous dise, il y a des jours que je pourrais lui tordre le cou. Il vaut même pas la peine qu'on le tue, hein, Olla? Des fois, en plein milieu de la nuit, il me réveille avec ses gueulantes. Il vaut pas un clou — pas vrai, Olla?

Olla secoua la tête à tant de conneries, en promenant quelques fèves autour de son assiette.

— Mais d'abord, comment ça se fait que vous ayez un paon? demanda Fran avec intérêt.

Olla leva les yeux.

22

— J'avais toujours rêvé d'avoir un paon. Depuis que j'avais découpé une photo dans un magazine quand j'étais petite. Je trouvais qu'il y avait rien de plus beau. J'avais découpé la photo et je l'avais punaisée au-dessus de mon lit. Ce que je l'ai gardée longtemps, cette photo! Puis quand Bud et moi on a pris cette maison, j'ai vu l'occasion. J'ai dit : « Bud, je veux un paon. » Bud m'a ri au nez.

— Finalement, je me suis renseigné, continua Bud. Il y avait un vieux qu'en élevait dans la commune voisine. Oiseaux de paradis, qu'il les appelait. On a payé cent tickets pour cet oiseau de paradis. (Il se frappa le front de l'index.) Dieu Tout-Puissant, je me suis trouvé une femme qu'a des goûts de luxe.

Il sourit à Olla.

— Bud, tu sais bien que c'est pas vrai. En plus, c'est un bon gardien. On n'a pas besoin de chien de garde avec Joey. Il entend tout ce qui se passe.

— Si les temps deviennent durs, j'en ferai un pot-au-feu. Avec les plumes et tout.

— Bud! C'est pas drôle.

Mais elle se mit à rire, avec gros plan sur ses dents. Le bébé se remit à chialer. Cette fois, il pleurait pour de bon. Olla posa sa serviette et se leva.

— Si c'est pas une chose, c'en est une autre. Amène-le donc ici, Olla.

— C'est ce que je vais faire.

Et elle alla chercher le bébé.

Le paon se remit à donner de la voix, et ça me fit dresser les cheveux sur la nuque. Je regardai Fran. Elle prit sa serviette et la reposa. Je regardai la fenêtre de la cuisine. Dehors, il faisait nuit. La fenêtre était ouverte, mais il y avait une moustiquaire. J'eus l'impression d'entendre l'oiseau sur la véranda. Fran tourna la tête vers le couloir. Elle surveillait l'arrivée d'Olla avec le bébé.

Au bout d'un moment, Olla revint avec. Je regardai le bébé, et ça me coupa le souffle. Olla s'assit à table avec son fils. Elle le tenait sous les bras pour le mettre debout sur ses genoux, face à nous. Elle nous regarda, Fran, puis moi. Elle ne rougissait pas. Elle attendait qu'on dise quelque chose.

— Ah! dit Fran.

— Qu'est-ce qu'il y a? dit vivement Olla.

— Rien, dit Fran. J'avais l'impression d'avoir vu quelque chose à la fenêtre. Une chauve-souris, peut-être.

— On n'a pas de chauves-souris dans le coin, dit Olla.

— Alors, c'était peut-être une mite, dit Fran. Enfin, c'était quelque chose. En voilà un bébé! ajouta-t-elle.

Bud regardait le bébé. Puis il regarda Fran. Il inclina sa chaise sur les deux pieds de derrière et hocha la tête. Il opina encore du bonnet.

— Faites donc pas attention. On sait qu'en ce moment, il gagnerait pas un concours de beauté. C'est pas un Clark Gable. Mais faut lui donner le temps. Avec un peu de chance, il ressemblera à son papa en grandissant.

Debout sur les genoux d'Olla, le bébé nous regardait. Olla le tenait maintenant par la taille, alors il pouvait se balancer sur ses grosses jambes. C'était bien le bébé le plus moche que j'avais jamais vu. Tellement moche que je trouvais rien à dire. J'arrivais pas à sortir un mot. Je veux pas dire qu'il était malade ou défiguré. Non, pas du tout. Il était moche, c'est tout. Il avait une grosse figure rouge, des yeux qui lui sortaient de la tête, un front démesuré et des grosses lèvres épaisses. Quant au cou, mieux vaut ne pas en parler, et il avait trois ou quatre mentons qui ballonnaient jusque sous ses oreilles. Des oreilles en éventail sur sa tête chauve. Il avait aussi des gros plis de graisse aux poignets, des bras et des doigts boudinés. Lorsque je dis qu'il était moche, je suis encore modeste.

L'affreux bébé donna de nouveau de la voix en sautant sur les genoux de sa mère. Puis il s'arrêta. Il se pencha et tendit sa grosse main boudinée vers l'assiette d'Olla.

J'en ai vu, des bébés. Quand j'étais gosse, mes deux sœurs avaient six gniards à elles deux. J'étais tout le temps entouré de lardons quand j'étais gosse. Mais ce bébé-là, il les battait tous. Fran le regardait aussi. Je suppose qu'elle ne savait pas quoi dire non plus.

— Il est costaud, hein? dis-je.

— Il y en a pas pour longtemps avant qu'il joue au rugby, dit Bud. Sûr que c'est pas ici qu'on lui plaindra la nourriture.

Comme pour confirmer ces paroles, Olla plongea sa fourchette dans une patate douce et la porta à la bouche du môme.

— Qui c'est le bébé à sa maman? dit-elle au tas de graisse, sans faire attention à nous.

Le bébé se pencha et ouvrit un grand four. Il saisit la fourchette qu'Olla approchait, et referma la bouche dessus. Il mâchonna sa bouchée en sautant sur les genoux d'Olla. Les yeux lui sortaient de la tête. On avait l'impression qu'il était en train de suffoquer.

— Ça, c'est un numéro, Olla! dit Fran.

Le visage du bébé se plissa et il se remit à chialer.

— Laisse entrer Joey, dit Olla à Bud.

Bud redressa sa chaise.

— Je trouve qu'on devrait d'abord demander à nos invités si ça ne leur fait rien.

Olla regarda Fran, puis moi. De nouveau, elle avait le visage cramoisi. Le bébé continuait à sauter sur ses genoux, se tortillant pour qu'on le pose par terre.

— On est tous copains ici, dis-je. Faites comme chez vous.

— Peut-être qu'ils n'ont pas envie d'avoir un gros

oiseau comme Joey dans les pattes. Tu y as pensé, Olla ?

— Ça vous embête, nous demanda Olla, si Joey rentre ? Ce soir, il a quelque chose qui va pas, l'oiseau. Et le bébé aussi. Il a l'habitude que Joey rentre pour jouer avec lui avant qu'on le mette au lit. Et ils n'arrivent pas à dormir, ni l'un ni l'autre.

— Ne vous en faites pas pour nous, dit Fran. Ça me fait rien qu'il rentre. J'avais jamais approché un paon, avant. Mais ça ne fait rien.

Elle me regarda. Je suppose qu'elle voulait que je dise quelque chose.

— Et comment, dis-je. Faites-le entrer.

Je pris mon verre et finis mon lait.

Bud se leva et alla ouvrir la porte. Il alluma la lumière dans le jardin.

— Comment il s'appelle, votre bébé ? demanda Fran.

— Harold, dit Olla en lui redonnant de la patate douce. Il est intelligent. Malin comme un singe. Il comprend tout ce qu'on lui dit. Pas vrai, Harold ? Attendez d'avoir un bébé, Fran. Vous verrez.

Fran la regarda, sans rien dire. J'entendis la porte s'ouvrir et se refermer.

— Pour être intelligent, on peut dire qu'il l'est, dit Bud en rentrant dans la cuisine. Il tient du père d'Olla. Alors là, en voilà un vieux qu'était intelligent.

Je regardai derrière Bud, et je vis le paon dans le séjour, qui tournait la tête à droite et à gauche, comme pour se regarder dans la glace. Il se secoua, et on aurait dit qu'on battait des cartes.

Il avança d'un pas. Puis d'un autre.

— Je peux tenir le bébé ? dit Fran.

Elle disait ça comme si elle demandait à Olla de lui faire une fleur. Olla lui tendit le bébé par-dessus la table. Fran essaya d'asseoir le bébé sur ses genoux, mais il se mit à se tortiller en chialant.

— Harold, dit Fran.

Olla regarda Fran avec le bébé.

— Quand le grand-père d'Harold avait seize ans, il a décidé de lire l'encyclopédie de A à Z. Et il l'a fait. Il avait vingt ans quand il a fini. Juste avant de rencontrer ma mère.

— Et où il est, maintenant? demandai-je. Qu'est-ce qu'il fait?

Je voulais savoir ce qu'était devenu un homme qu'avait des idées pareilles.

— Il est mort, dit Olla.

Elle surveillait Fran, qui avait couché le gosse sur ses genoux. Elle le chatouillait sous un de ses mentons. Elle se mit à parler bébé avec lui.

— Il était bûcheron, dit Bud. Il a reçu un arbre sur le râble.

— Maman a touché l'assurance, dit Olla. Mais c'est dépensé depuis longtemps. Bud lui envoie quelque chose tous les mois.

— Pas beaucoup, dit Bud. On n'a pas grand-chose nous-mêmes. Mais c'est la mère d'Olla.

Maintenant, le paon avait rassemblé son courage, et avançait, à petits pas balancés et saccadés, vers la cuisine. Il penchait la tête de côté et nous fixait de ses petits yeux rouges. Il avait sur la tête une crête de plusieurs pouces, petite aigrette de plumes. Il s'arrêta à quelques pas de la table et nous regarda.

— C'est pas pour rien qu'on les appelle oiseaux de paradis, dit Bud.

Fran ne leva pas les yeux. Elle concentrait son attention sur le bébé. Elle s'était mise à le tapoter, ce qui semblait lui plaire. Je veux dire qu'au moins il s'était arrêté de chialer. Elle le souleva à hauteur de son visage, et lui murmura quelque chose à l'oreille.

— Et maintenant, dit-elle, ne raconte à personne ce que je t'ai dit.

Le bébé la fixait de ses gros yeux globuleux. Puis il tendit la main et prit une poignée de cheveux blonds. Le paon se rapprocha de la table. On se taisait. On restait immobiles. Puis Harold vit l'oiseau. Alors, il lâcha les cheveux de Fran et se mit à sauter en faisant des bruits divers.

Le paon fit vivement le tour de la table, cap sur le môme. Il lui caressa les jambes de son long cou. Il fourra son bec sous son pyjama en balançant la tête d'avant en arrière. Le gosse se mit à rire en agitant les jambes. Se recouchant sur le dos, il gigota pour descendre des genoux de Fran. Le paon continuait à se pousser contre le bébé, comme si c'était un jeu à eux. Fran tenait le bébé contre ses jambes, mais il se débattait pour se libérer.

— J'en crois pas mes yeux, dit-elle.

— Il est dingue, ce paon, voilà ce qu'il y a, dit Bud. Ce putain d'oiseau, il sait même pas qu'il est un oiseau, c'est bien ça le drame.

Olla sourit en montrant ses dents. Elle regarda Bud. Bud écarta sa chaise de la table et hocha la tête.

Il était vraiment moche, ce môme. Mais, à les voir, ça n'avait pas l'air d'avoir beaucoup d'importance pour eux. Ou si ça en avait, peut-être qu'ils se disaient simplement, d'accord, il est moche, mais c'est notre gosse. Et il changera. Bientôt, il passera à un autre stade. Il y a toujours un stade, et puis il y a le suivant. A la longue, les choses s'arrangeront, quand il sera passé par tous les stades. Ils devaient penser quelque chose dans ce goût-là.

Fran secoua de nouveau la tête. Elle lissa sa robe à l'endroit où le bébé s'était assis. Olla reprit sa fourchette et mangea les quelques fèves qui restaient dans son assiette. Bud prit le bébé et le posa sur sa hanche.

— Il y a encore la tarte et le café, dit-il.

Cette soirée chez Bud et Olla, c'était spécial. Je savais que c'était spécial. Ce soir-là, j'étais content de presque tout dans ma vie. Il me tardait d'être seul avec Fran pour lui dire tout ce que je ressentais. Je fis un vœu, ce soir-là. Assis à la table, je fermais les yeux et me concentrai très fort. J'ai fait le vœu de ne jamais oublier cette soirée. Et c'est un vœu qui s'est réalisé. Et c'est dommage. Mais bien sûr, je ne pouvais pas le savoir à ce moment-là.

— A quoi tu penses, Jack? me demanda Bud.

— A rien, dis-je en lui souriant.

— Chiche que vous nous le dites, dit Olla.

Je continuai à sourire en secouant la tête.

Ce soir-là, une fois rentrés de chez Bud et Olla, et sous les couvrantes, Fran me dit:

— Chéri, remplis-moi de ta semence.

Quand elle dit ça, je l'entendis jusqu'au bout des orteils et je lâchai tout en poussant un cri.

Plus tard, quand les choses eurent changé pour nous, qu'on eut un gosse et tout ça, Fran repensa à cette soirée chez Bud en disant que c'était là que tout avait commencé à changer. Mais elle avait tort. Le changement est venu plus tard — et quand il est venu, c'était comme quelque chose qui serait arrivé à d'autres, pas quelque chose qui aurait pu nous arriver à nous.

— Merde pour ces gens et leur affreux moutard, dit Fran, sans raison apparente, quand on regarde la télé, le soir. Et leur oiseau puant, quelle horreur!

Elle dit souvent des trucs comme ça, bien qu'on n'ait jamais revu Bud et Olla depuis ce fameux soir.

Fran ne travaille plus à la laiterie, il y a longtemps qu'elle a coupé ses cheveux. Et elle s'est laissé grossir, aussi. On n'en parle pas. Qu'est-ce qu'on pourrait en dire?

Je vois toujours Bud à l'usine. On travaille et on mange notre gamelle ensemble. Si je lui demande, il me parle d'Olla et d'Harold. Jocy n'est plus dans le tableau. Il s'est envolé un soir, et ils n'en ont plus entendu parler. Il n'est jamais revenu. L'âge, peut-être, dit Bud. Alors, les chouettes l'ont remplacé. Bud hausse les épaules. Il mange son sandwich, et dit qu'un jour Harold sera demi de mêlée.

— Faudrait que tu voies ce gosse, dit Bud.

J'opine du bonnet. On est toujours copains. Ça, ça

n'a pas changé. Mais maintenant, je fais attention à ce que je lui dis. Et je sais qu'il le sent et qu'il voudrait que ce soit comme avant. Moi aussi.

Une fois de loin en loin, il me demande des nouvelles de ma famille.

— Tout le monde va bien, je dis.

Je referme ma gamelle et sors mes cigarettes. Bud hoche la tête et sirote son café. La vérité, c'est que mon gosse a tendance à la fauche. J'en parle à personne. Pas même à sa mère. Surtout pas avec sa mère. D'ailleurs, on se parle de moins en moins. On se contente de regarder la télé. Mais je me rappelle cette soirée. La façon dont ce paon levait ses pattes grises et faisait le tour de la table. Et mon ami et sa femme nous disant au revoir sur la véranda. Olla donnant à Fran quelques plumes de paon pour emporter à la maison. Je me rappelle quand on s'est serré la main, quand on s'est embrassés en se disant des trucs. Dans la voiture, en rentrant, Fran se serrait contre moi. Elle avait posé la main sur ma jambe. Sortant de chez mon ami, c'est comme ça qu'on était rentrés chez nous.

LA MAISON DE CHEF

Cet été-là, Wes loua une maison meublée au nord d'Eureka, à un alcoolique repenti du nom de Chef. Puis il m'appela pour me demander de laisser tomber ce que je faisais et de venir emménager avec lui. Il me dit qu'il était au régime sec. Je le connaissais, son régime sec. Mais il a rien voulu savoir. Il a rappelé en disant, Edma, on voit l'océan de la fenêtre. L'air sent le sel. Je l'ai écouté. Il n'avait pas la voix pâteuse. J'ai dit, je vais réfléchir. Et j'ai réfléchi. Une semaine plus tard, il a rappelé en disant, alors, tu viens ? J'ai dit que je réfléchissais toujours. Il a dit, on va repartir à zéro. J'ai dit, si je viens, je veux que tu fasses quelque chose pour moi. Tout ce que tu voudras, a dit Wes. J'ai dit, je veux que tu essaies d'être le Wes du début. L'ancien Wes. Le Wes que j'ai épousé. Il s'est mis à pleurer, mais ça m'a paru bon signe. Alors j'ai dit, d'accord, je viens.

Wes avait quitté sa nana ou elle l'avait quitté — je ne savais pas, et je ne voulais pas le savoir. Quand j'ai décidé de retourner avec Wes, il a fallu que je me sépare de mon compagnon. Il a dit, tu fais une connerie. Il a dit, me fais pas ça, et nous ? J'ai dit, il faut que je le fasse pour Wes. Il essaie de ne plus boire. Tu sais ce que c'est. Je sais, a dit mon ami, mais je ne veux pas que tu partes. J'ai dit, j'y vais pour l'été, puis je verrai. Je reviendrai, j'ai dit. Il a dit, et moi ? Qu'est-ce que tu fais pour moi ? Ne reviens pas.

On a bu du café, des sodas et toutes sortes de jus de fruits, cet été-là. L'été durant, on n'a rien bu d'autre. Je me surprenais à souhaiter que l'été ne finisse jamais. Je savais bien que ce n'était pas possible, mais au bout d'un mois passé avec Wes dans la maison de Chef, j'ai remis mon alliance. Je ne la portais plus depuis deux ans. Depuis le soir où, complètement givré, Wes avait jeté la sienne dans un verger de pêchers.

Wes avait quelques économies, alors je n'étais pas obligée de travailler. Et, renseignements pris, Chef nous louait la maison pour pratiquement rien. On n'avait pas le téléphone. On payait le gaz et l'électricité, et on achetait les promotions au supermarché Safeway. Un dimanche, Wes sortit pour acheter une arroseuse tournante, et revint avec un cadeau pour moi. Un beau bouquet de marguerites et un chapeau. Le mardi soir, on allait au cinéma. Les autres soirs, Wes allait à ses réunions d'Abstinents. Chef venait le chercher en voiture et le ramenait après. Certains jours, Wes et moi on allait pêcher la truite dans un ruisseau du voisinage. On pêchait de la berge, et ça nous prenait toute la journée pour en attraper quelques petites. Épatant, je disais, et le soir, je nous les faisais frire pour le dîner. Des fois, j'ôtais mon chapeau, et je m'endormais sur la couverture à côté de ma canne à pêche. Juste avant de m'endormir, je voyais des nuages passer au-dessus de ma tête. Le soir, Wes me prenait dans ses bras et me demandait si j'étais toujours sa petite femme chérie.

Nos gosses gardaient leurs distances. Cheryl vivait chez des paysans, dans une ferme de l'Oregon. Elle élevait un troupeau de chèvres dont elle vendait le lait, s'occupait d'abeilles et mettait le miel en pots. Elle avait sa vie à elle, et je ne lui reprochais rien. Ce qu'on faisait, son père et moi, ça ne lui faisait ni chaud ni froid tant qu'on ne la mêlait pas à nos histoires. Bobby faisait les foins dans l'État de Washington. Après les foins, il ferait les pommes. Il avait une nana et faisait des économies. J'écrivais des lettres et je signais : « Je vous aime pour la vie. »

Un après-midi, Wes arrachait les mauvaises herbes dans le jardin, quand Chef arrêta sa voiture devant la maison. Je faisais la vaisselle dans l'évier. Je levai les yeux et vis la grosse voiture de Chef s'arrêter. Je pouvais apercevoir sa voiture, le chemin d'accès, la grand-route, et, derrière la route, les dunes et l'océan. Il y avait des nuages. Chef descendit de voiture et remonta son pantalon. Je savais qu'il y avait quelque chose. Wes arrêta ce qu'il faisait et se redressa. Il portait des gants de jardinier et un chapeau de toile. Il ôta son chapeau et s'essuya le visage du revers de la main. Chef s'approcha et lui mit le bras sur les épaules. Wes ôta un gant. J'allai à la porte. J'entendis Chef dire à Wes que Dieu sait qu'il regrettait, mais qu'il était obligé de nous demander de quitter la maison à la fin du mois. Wes ôta son autre gant. Pourquoi ça, Chef ? Chef dit que sa fille, Linda, celle que Wes appelait la Grosse Linda, de l'époque où il buvait, avait besoin d'une piaule, et voilà. Chef dit à Wes que le mari de Linda était parti sur son bateau de pêche quelques semaines plus tôt, et qu'on ne l'avait plus jamais revu. C'est mon propre sang, dit Chef à Wes. Elle a perdu son mari. Elle a perdu le père de son gosse. Je peux l'aider. Je suis content de pouvoir l'aider, dit Chef. Je suis désolé, Wes, mais il va falloir que tu cherches une autre maison. Puis Chef serra Wes contre lui, remonta son pantalon, et s'en alla dans sa grosse voiture.

Wes rentra dans la maison. Il jeta son chapeau et ses gants sur le tapis et s'assit dans le grand fauteuil. Le fauteuil de Chef, je me dis. Le tapis de Chef, même. Wes était pâle. Je remplis deux tasses de café et lui en donnai une.

— Ça ne fait rien, je dis. Ne t'en fais pas, Wes.

Je m'assis sur le canapé de Chef avec mon café.

— La Grosse Linda va vivre ici à notre place.

Il avait sa tasse à la main, mais il ne buvait pas.

— Wes, te frappe pas comme ça !

— Son mec, on le retrouvera à Ketchikan. Le mari de la Grosse Linda, il a foutu le camp, c'est tout. Et je le comprends.

Wes dit que s'il était à sa place, il aurait préféré lui aussi couler avec son bateau plutôt que de vivre avec la Grosse Linda et son môme. Puis il posa sa tasse à côté de ses gants.

— On a pourtant été heureux dans cette maison jusque-là.

— On en trouvera une autre, je dis.

— Pas comme celle-là, dit Wes. Ça ne sera pas la même chose. Cette maison, c'était chouette pour nous. On y a des bons souvenirs. Maintenant, la Grosse Linda et son gosse vont y habiter.

Il prit sa tasse et goûta son café.

— C'est la maison de Chef. Il peut en faire ce qu'il veut.

— Je sais. Mais je suis pas obligé de trouver ça à mon goût.

Wes avait un drôle d'air. Un air que je connaissais bien. Il n'arrêtait pas de se toucher les lèvres de la langue. Il n'arrêtait pas de tripoter sa chemise sous sa ceinture. Il se leva et alla à la fenêtre. Immobile, il regardait l'océan, et les nuages qui s'amoncelaient. Il se tapotait le menton du bout des doigts, comme s'il réfléchissait à quelque chose. Et il réfléchissait.

— T'en fais pas, Wes, je dis.

— Elle veut que je m'en fasse pas, dit Wes, toujours immobile à la fenêtre.

Mais une minute plus tard, il vint s'asseoir à côté de moi sur le canapé. Il se croisa les jambes et se mit à tripoter les boutons de sa chemise. Je lui pris la main et me mis à parler. Je parlai de l'été. Mais je me surpris à en parler comme d'une chose appartenant au passé. Quelque chose remontant à des années. De toute façon, quelque chose qui était fini. Puis je me mis à parler des gosses. Wes dit, je voudrais pouvoir tout recommencer, et ne pas me tromper, cette fois.

— Ils t'aiment, je dis.

— Non, ils ne m'aiment pas, dit Wes.

— Un jour, ils comprendront.

— Peut-être, mais alors, ça n'aura plus d'importance.

— On ne sait jamais...

— Je sais quelques petites choses, dit Wes, et il me regarda. Je sais que je suis content que tu sois venue ici.

Je ne l'oublierai pas.

— Je suis contente aussi. Je suis contente que tu aies trouvé cette maison.

Wes ricana. Puis il rit. On rit tous les deux.

— Ce Chef, dit Wes en secouant la tête, il nous a eus, le salaud. Mais je suis content que tu aies remis ton alliance. Je suis content qu'on ait passé ces mois ensemble.

Alors, je dis quelque chose :

— Suppose, suppose seulement que rien ne soit jamais arrivé. Suppose que c'était la première fois. Suppose seulement. Ça ne fait de mal à personne de supposer. Disons que rien ne s'était jamais passé entre nous, avant. Tu vois ce que je veux dire ? Alors ?

Wes fixa les yeux sur moi.

— Alors je suppose qu'il faudrait que ce soit d'autres gens. Des gens qu'on n'est pas. Je n'ai plus le courage de faire des suppositions comme ça. On est nés ce qu'on est. Tu vois ce que je veux dire ?

J'ai dit que je n'avais pas renoncé à un brave gars et fait mille bornes pour l'entendre parler comme ça.

— Je suis désolé, mais je ne peux pas parler comme quelqu'un que je ne suis pas. Je ne suis pas quelqu'un d'autre. Si j'étais quelqu'un d'autre, c'est sûr que je ne serais pas là, nom de dieu. Si j'étais quelqu'un d'autre, ce ne serait pas moi. Mais je suis qui je suis. Tu ne comprends donc pas ?

— Je comprends, Wes.

Je portai sa main à ma joue. Et alors, je ne sais pas, je me rappelai comment il était quand il avait dix-neuf ans, courant à travers champs pour rejoindre son père monté sur son tracteur, et qui, la main en visière sur les yeux, regardait Wes courir vers lui. On venait d'arriver en voiture de Californie. Je sortis Cheryl et Bobby de la voiture et dis, voilà Grand-Père. Mais ils n'étaient encore que des bébés.

Assis à côté de moi, Wes se tapotait le menton, comme réfléchissant à ce qu'il allait faire. Le père de Wes était mort, et nos gosses étaient grands. Je regardai Wes, puis je regardai le séjour de Chef, les affaires de Chef, et je pensai, il faut qu'on fasse quelque chose, et vite.

— Chéri, je dis. Wes, écoute-moi.

— Qu'est-ce que tu veux ?

C'est tout ce qu'il dit. Il semblait avoir pris une décision. Et maintenant, il n'était plus pressé. Il se renversa sur le canapé, croisa les mains sur ses genoux et ferma les yeux. Il ne dit rien d'autre. Ce n'était pas la peine.

Je me répétai son nom. C'était un nom facile à prononcer, et voilà longtemps que j'avais l'habitude de le répéter. Puis je le dis encore une fois. Tout haut.

— Wes.

Il ouvrit les yeux. Mais il ne me regarda pas. Immobile, il regardait la fenêtre.

— La Grosse Linda.

Mais je savais que ce n'était pas elle. Elle n'était rien. Juste un nom. Wes se leva, ferma les rideaux, et l'océan disparut, comme ça.

Je me levai pour commencer le dîner. On avait encore du poisson dans le réfrigérateur. Il n'y avait pas grand-chose d'autre. On va faire le ménage ce soir, pensai-je, et ce sera fini.

CONSERVATION

LE mari de Sandy restait sur le canapé depuis qu'il avait été viré. Trois mois plus tôt, il était rentré pâle et nerveux, avec toutes ses affaires de travail dans une boîte.

— Joyeuse Saint-Valentin, dit-il à Sandy en posant sur la table de la cuisine une boîte de chocolats en forme de cœur et une bouteille de Jim Beam.

Il ôta sa casquette et la mit aussi sur la table.

— Je me suis fait virer aujourd'hui. Qu'est-ce que tu crois qu'on va devenir, maintenant ?

Sandy et son mari s'assirent à la table, burent le whisky et mangèrent les chocolats. Ils parlèrent de ce qu'il pourrait faire au lieu de poser des toits sur des maisons neuves. Mais ils ne trouvèrent rien.

— Il se présentera bien quelque chose, dit Sandy.

Elle voulait l'encourager. Mais elle avait peur, elle aussi. Finalement, il dit qu'il allait dormir là-dessus. Et c'était bien ce qu'il avait fait. Le soir, il coucha sur le canapé, et depuis il y dormait toujours.

Le lendemain de son renvoi, il fallut s'occuper de l'allocation de chômage. Il alla en ville remplir les papiers et chercher un autre boulot. Mais il n'y avait pas de travail dans sa partie, ni dans une autre, d'ailleurs. Il transpira lorsqu'il essaya de décrire à Sandy la foule qui grouillait au bureau du chômage. Le soir, il regagna son canapé. Il se mit à y passer tout son temps, comme si, pensait-elle, c'était pour lui une obligation maintenant qu'il n'avait plus d'emploi. De temps en temps, il allait voir quelqu'un pour discuter d'un boulot, et tous les quinze jours, il pointait pour toucher son allocation. Le reste du temps, il ne bougeait pas de son canapé. On dirait qu'il y *habite*, pensait Sandy. Il *habite* dans le séjour. De temps en temps, il feuilletait les magazines qu'elle rapportait du supermarché ; et de loin en loin, elle le trouvait en train de regarder le gros livre qu'on lui avait donné en prime à son inscription dans un club de livres — *Les Mystères du Passé*. Il tenait le livre devant lui, à deux mains, la tête penchée sur les pages, comme aimanté par ce qu'il lisait. Au bout d'un moment, elle remarqua qu'il n'avançait pas ; il semblait toujours en être au même passage — quelque part dans le deuxième chapitre, au jugé. Une fois, Sandy prit le livre et l'ouvrit à l'endroit marqué. Elle lut l'histoire d'un homme découvert après avoir passé deux mille ans dans une tourbière, en Hollande. Il y avait une photo. L'homme avait le front ridé, mais une expression sereine sur le visage. Il portait un bonnet de cuir et était couché sur le flanc. Ses mains et ses pieds s'étaient ratatinés, mais à part ça, il n'était pas trop horrible. Elle lut quelques pages, puis remit le signet où elle l'avait trouvé. Son mari le gardait à portée de la main sur la table basse devant le canapé. Saleté de canapé ! Maintenant, elle n'avait même plus envie de s'y asseoir. Elle n'arrivait pas à imaginer qu'autrefois ils s'y étaient couchés pour faire l'amour.

On livrait le journal à la maison tous les jours. Il le lisait de la première à la dernière page. Elle le voyait lire absolument tout, y compris les annonces nécrologiques, l'article météo donnant la température de toutes les villes et les « Nouvelles des Affaires » qui annonçaient les fusions d'entreprises et les taux d'intérêt. Le matin, il se levait avant elle et allait à la salle de bains. Puis il allumait la télé et faisait le café. A cette heure-là, il avait l'air en forme et joyeux, pensait-elle. Mais le temps qu'elle parte à son travail, il avait repris sa place sur le canapé et la télé marchait. La plupart du temps, elle marchait encore à son retour l'après-midi. Il était assis sur le canapé, ou couché, habillé comme lorsqu'il allait travailler — blue-jeans et chemise de finette. Des fois, la télé était arrêtée et il était assis, son livre dans les mains.

— Comment ça va? disait-il quand elle entrait dans le séjour.

— Ça va. Et toi?

— Ça va.

Il avait toujours une cafetière au chaud pour elle. Elle s'asseyait dans le fauteuil du séjour, lui sur le canapé, et elle racontait sa journée. Ils tenaient leur tasse et buvaient leur café comme s'ils étaient des gens normaux, pensait Sandy.

Sandy l'aimait encore, pourtant elle savait que la situation devenait bizarre. Elle était contente d'avoir un emploi, mais elle ne savait pas ce qui allait leur arriver à eux ni à personne au monde. A son travail, elle avait une amie à qui elle avait fait un jour des confidences sur son mari — qu'il restait tout le temps sur le canapé. Son amie n'avait pas eu l'air de trouver ça bizarre, ce qui l'avait à la fois étonnée et déprimée. Elle lui avait parlé d'un oncle à elle, qui vivait dans le Tennessee. Le jour de ses quarante ans, il s'était mis au lit et n'en était plus sorti depuis. Et il pleurait beaucoup — au moins une fois par jour. Elle se disait qu'il avait peut-être peur de vieillir. Ou peur d'avoir une crise cardiaque ou autre chose. Il avait soixante-trois ans maintenant, et il était toujours là. Sandy en fut stupéfaite. Si cette femme disait vrai, pensa-t-elle, cet homme était au lit depuis vingt-trois ans. Le mari de Sandy n'avait que trente et un ans. Trente et un et vingt-trois, ça fait cinquante-quatre. Ce qui l'amenait aux environs de cinquante ans, elle aussi. Mon Dieu, un homme ne peut quand même pas passer le restant de ses jours au lit, ou sur un canapé. Si son mari était blessé, ou malade, ou s'il avait eu un accident de voiture, ce serait différent. Elle comprendrait. Dans un cas pareil, elle savait qu'elle aurait pu le supporter. S'il était obligé de vivre sur le canapé, si même elle était obligée de lui apporter à manger, peut-être de le nourrir à la cuillère — ça aurait même un petit côté romanesque, ce genre de situation. Mais que son mari, jeune et en pleine santé, se couche sur le canapé et n'en bouge plus, sauf pour aller aux toilettes, allumer la télé le matin et l'éteindre le soir, c'était autre chose. Ça lui faisait honte ; et à part cette fois-là, elle n'en parla plus jamais à personne. Elle n'en parla plus à son amie dont l'oncle s'était mis au lit vingt-trois ans plus tôt, et y était toujours, pour ce que Sandy en savait.

Un jour, en fin d'après-midi, elle rentra de son travail, gara la voiture et entra dans la maison. Se glissant par la porte de la cuisine, elle entendit la télé marcher dans le séjour. La cafetière était sur la gazinière, à tout petit feu. D'où elle se tenait dans la cuisine, son sac à la main, elle apercevait une partie du séjour et voyait le dos du canapé et l'écran de la télé. Des personnages s'agitaient sur l'écran. Les pieds nus de son mari dépassaient à un bout du canapé. A l'autre bout, sur un oreiller posé sur le bras du canapé, elle voyait dépasser le haut de sa tête. Il ne bougea pas. Peut-être qu'il dormait, ou peut-être pas ; peut-être qu'il l'avait entendue, et peut-être pas. Mais elle décida que ça ne faisait aucune différence. Elle posa son sac sur la table et alla au réfrigérateur se prendre un yaourt. Mais quand elle ouvrit la porte, une bouffée d'air tiède et renfermé la frappa au visage. Quel gâchis à l'intérieur. La glace du compartiment congélateur avait fondu et coulé sur des restes de poisson et de céleri rémoulade. Elle était tombée dans le bol de riz et formait une petite mare dans le bas du réfrigérateur.

Il y avait de la glace partout. Elle ouvrit la porte du compartiment congélateur. Il s'en échappa une odeur épouvantable qui lui donna envie de vomir. Tout le fond était couvert de glace, elle cernait un paquet de hamburgers de trois livres. Elle tâta les enveloppes de cellophane couvrant la viande, et son doigt s'y enfonça. Les côtes de porc étaient décongelées, aussi. Tout était décongelé, y compris d'autres croquettes de poisson, un paquet de steaks et deux dîners chinois. Les hot dogs et la sauce tomate maison. Elle referma la porte et rouvrit le réfrigérateur pour prendre un yaourt. Elle souleva le couvercle et renifla. C'est alors qu'elle cria pour appeler son mari.

— Qu'est-ce qu'il y a ? dit-il en s'asseyant et regardant par-dessus le dos du canapé. Dis donc, qu'est-ce qu'il y a ?

Il se passa deux fois la main dans les cheveux. Elle ne savait pas s'il dormait à son arrivée, ou quoi.

— Cette saleté de frigo est foutue. Voilà ce qu'il y a.

Son mari se leva et posa son livre sur la télé. Puis il éteignit l'appareil et vint à la cuisine.

— Fais voir. Nom d'un chien, c'est pas vrai.

— Regarde toi-même. Tout va se gâter.

Il regarda à l'intérieur du réfrigérateur, et son visage prit une expression très grave. Puis il jeta un coup d'œil dans le compartiment congélateur et constata les dégâts.

— Qu'est-ce qu'on va faire ? dit-il.

Des tas d'idées lui passèrent soudain par la tête, mais elle ne dit rien.

— Nom de dieu! Quand la poisse commence, ça n'arrête plus. Dis donc, il peut pas avoir plus de dix ans, ce frigo. Il était presque neuf quand on l'a acheté. Mes vieux avaient un frigo qui leur a duré vingt-cinq ans. Ils l'ont donné à mon frère quand il s'est marié. Il marchait très bien. Alors, qu'est-ce qui se passe ?

Il se plaça de façon à pouvoir regarder dans l'étroit espace entre le mur et le réfrigérateur.

— J'y comprends rien, dit-il en secouant la tête. Il est branché.

Puis il saisit l'appareil et se mit à le secouer d'avant en arrière. Après, il le prit à bras le corps, tira, poussa, et le sortit de quelques pouces de sa niche. A l'intérieur, quelque chose tomba d'une étagère et se cassa.

— Merde !

Sandy réalisa qu'elle tenait toujours son yaourt. Elle alla à la poubelle, souleva le couvercle et le jeta.

— Il faut que je fasse tout cuire ce soir, dit-elle.

Elle se vit devant le feu, en train de faire cuire tout ça dans des poêles et au four.

— Il nous faut un nouveau frigo, dit-elle.

Il ne répondit pas. Il regarda encore une fois dans le compartiment congélateur, puis tourna la tête à droite et à gauche.

Elle passa devant lui et se mit à sortir les provisions et à les poser au fur et à mesure sur la table. Il l'aida. Il sortit la viande du compartiment congélateur et la posa sur la table. Puis il sortit les autres paquets, et les posa aussi sur la table, un peu plus loin. Il sortit tout, puis il prit les torchons en papier, la lavette à vaisselle et se mit à essuyer l'intérieur.

— On a perdu notre fréon, dit-il en s'arrêtant d'essuyer. Voilà ce qui s'est passé. Je le sens. Il y a eu une fuite de fréon. Il s'est passé quelque chose, et le fréon s'est échappé. J'ai déjà vu ça chez des gens, une fois.

Il était calme, maintenant. Il se remit à essuyer.

— C'est le fréon, répéta-t-il.

Elle arrêta ce qu'elle faisait et le regarda.

— Il nous faut un autre frigo, dit-elle.

— Facile à dire. Et où on va en trouver un ? Ça pousse pas sur les arbres.

— Il nous en faut un. Tu trouves pas qu'il nous faut un frigo ?

— Peut-être que non. Peut-être qu'on peut mettre les denrées périssables sur le bord de la fenêtre, comme ils font dans les grands ensembles. Ou alors, on peut acheter une petite glacière de camping et aller chercher de la glace tous les jours.

Elle posa une laitue et quelques tomates sur la table, à côté des paquets de viande. Puis elle s'assit et porta ses mains à son visage.

— On va se trouver un nouveau frigo, dit son mari. Oui, merde. Il nous en faut un, non? On peut pas s'en passer. Mais où on peut en trouver un, et combien on peut y mettre, voilà la question. Il doit y en avoir des millions d'occasions dans les petites annonces. Attends, on va regarder ce qu'il y a dans le journal. Je m'y connais en petites annonces, moi.

Elle baissa les mains et le regarda.

— Sandy, on va trouver une bonne occase dans le journal, reprit-il. Les frigos, ils sont faits pour durer toute une vie. Le nôtre, merde, je sais pas ce qui s'est passé. C'est seulement le deuxième de ma vie que je vois claquer comme ça, dit-il, ramenant son regard sur le réfrigérateur. Quelle déveine!

— Apporte le journal ici, dit-elle. On va voir ce qu'il y a.

— T'en fais pas.

Il alla à la table basse, feuilleta le paquet de journaux et revint avec les pages des petites annonces. Elle poussa ses provisions d'un côté pour pouvoir les étaler sur la table. Il s'assit. Elle regarda le journal, puis ses provisions décongelées.

— Il faut que je fasse cuire les côtes de porc ce soir, dit-elle. Et les hamburgers. Et aussi les steaks et les croquettes de poisson. Et faut pas que j'oublie les dîners chinois.

— Saloperie de fréon, dit-il. Ça pue partout.

Ils se mirent à lire les petites annonces. Il suivait une colonne du doigt, puis une autre. Il passa rapidement sur la section OFFRES D'EMPLOI. Elle vit des croix à côté d'une ou deux offres, mais elle ne regarda pas ce qu'il avait marqué. Ça n'avait pas d'importance. Il y avait une colonne intitulée : MATÉRIEL DE CAMPING. Puis ils trouvèrent ce qu'ils cherchaient : ÉLECTROMÉNAGER NEUF ET D'OCCASION.

— Là, dit-elle, posant le doigt sur le journal.

Il poussa le doigt de Sandy.

— Voyons, dit-il.

Elle remit le doigt à la même place.

— *Réfrigérateurs, Cuisinières, Lave-linge, Séchoirs, etc.*, dit-elle, lisant les sous-titres de la colonne. Vente aux enchères. Qu'est-ce que c'est que ça ? Une vente ?

Elle continua à lire.

— *Électroménager à la pelle, neuf et d'occasion, tous les jeudis soirs. Enchères à sept heures.* C'est aujourd'hui, dit-elle. Cette vente, c'est aujourd'hui. C'est dans Pine Street. J'ai dû passer devant des centaines de fois. Toi aussi. Tu sais où c'est. A côté de Baskin-Robbins.

Son mari ne dit rien. Il regardait fixement l'annonce. Il leva une main et se tirailla la lèvre inférieure avec deux doigts.

— Vente aux enchères, dit-il.

Elle fixa sur lui son regard.

— Allons-y. Qu'est-ce que tu en dis ? Ça te fera du bien de sortir, et on verra ce qu'on peut trouver. D'une pierre deux coups, dit-elle.

— Je suis jamais allé à une vente de ma vie. Et j'ai pas l'impression d'avoir envie de commencer.

— Viens donc ! Qu'est-ce que tu as ? C'est marrant. Ça fait des années que j'ai pas été à une vente, pas depuis que j'étais gosse. J'y allais avec mon père.

Tout d'un coup, elle avait très envie d'aller à cette vente.

— Ton père.

— Ouais, mon père.

Elle regarda son mari, attendant qu'il dise quelque chose. C'était bien le moins. Mais il ne dit rien.

— Les ventes, c'est marrant, dit-elle.

— Je te crois, mais j'ai pas envie d'y aller.

— Et j'ai aussi besoin d'une lampe de chevet. Ils en auront sûrement.

— Dis donc, on a besoin de plein de choses. Mais j'ai pas de boulot, oublie pas.

— Moi, je vais aller à cette vente. Tu viendras ou pas, comme tu voudras. Tu ferais aussi bien de venir, mais ça m'est égal. Si tu veux savoir, je m'en tape. Mais moi, j'y vais.

— J'irai avec toi. Qui a dit que je n'irais pas?

Il la regarda, puis détourna les yeux. Il prit le journal et relut l'annonce.

— J'y connais rien, moi, aux ventes. Mais il faut tout essayer une fois. Qui a dit qu'on allait acheter un frigo dans une vente?

— Personne. Mais on en achètera un quand même.

— D'accord.

— Bon. Mais seulement si tu en as vraiment envie.

Il hocha la tête.

— Il vaut mieux que je mette à faire cuire tout ça, dit-elle. Je vais faire les côtes de porc tout de suite, et on mangera. Le reste peut attendre. Je ferai cuire le reste plus tard. En rentrant de la vente. Mais il faut nous remuer. Le journal dit que c'est à sept heures.

— Sept heures, répéta-t-il.

Il se leva et retourna au séjour, où il regarda par la fenêtre une minute. Une voiture passa dans la rue. Il porta les doigts à sa lèvre. Elle le regarda s'asseoir sur le canapé et prendre son livre. Il l'ouvrit à l'endroit habituel. Mais une minute plus tard, il le reposa et s'allongea. Elle vit sa tête glisser sur l'oreiller posé sur le bras du canapé. Il l'arrangea sous sa tête et croisa ses mains derrière la nuque. Puis il ne bougea plus. Peu après, elle le vit mettre les bras le long du corps.

Elle plia le journal. Elle se leva et passa en silence dans le séjour. Il avait fermé les yeux. Sa poitrine se soulevait et s'abaissait à peine. Elle retourna à la cuisine et mit une poêle sur le feu. Elle alluma le brûleur et versa de l'huile dans la poêle. Elle se mit à faire frire des côtes de porc. Elle était allée à des ventes avec son père. Des ventes d'animaux de ferme, pour la plupart. Elle avait l'impression que son père était tout le temps en train d'essayer de vendre un veau, ou alors d'en acheter un. Des fois, ils vendaient du matériel agricole et de l'électroménager, dans ces ventes. Mais c'était surtout du bétail. Puis, quand son père et sa mère avaient divorcé, et qu'elle était allée vivre avec sa mère, son père lui avait écrit pour lui dire que ça lui manquait, de ne plus faire les ventes avec elle. Dans la dernière lettre qu'il lui avait écrite, alors qu'elle était adulte et mariée, il racontait qu'il avait acheté un bijou de voiture dans une vente, pour deux cents dollars. Si elle avait été là, disait-il, il lui en aurait aussi acheté une. Trois semaines plus tard, au milieu de la nuit, un coup de fil lui avait appris qu'il était mort. La fameuse voiture avait des fuites d'oxyde de carbone qui passaient par les fentes du plancher et il s'était évanoui au volant. Il habitait la compagne. Le moteur avait continué à tourner tant qu'il y avait eu de l'essence. Il était resté dans la voiture plusieurs jours, jusqu'à ce qu'on le découvre.

Dans la poêle, l'huile commençait à fumer. Elle en reversa un peu et brancha le ventilateur. Ça faisait vingt ans qu'elle n'était pas allée à une vente, et maintenant, elle s'apprêtait à y aller le soir même. Tout d'un coup, son père lui manqua. Même sa mère lui manqua, et pourtant, elles se disputaient tout le temps avant qu'elle rencontre son mari et se mette en ménage avec lui. Debout devant le feu, elle retournait sa viande, et son père et sa mère lui manquaient.

Toujours avec cette impression qu'ils lui manquaient, elle prit un torchon et ôta la poêle du feu. Au-dessus de la gazinière, la bouche d'aération aspirait la fumée. Elle se planta sur le seuil et regarda dans le séjour. La poêle fumait encore, et des gouttelettes d'huile sautaient par-dessus bord. Dans la pièce assombrie par le crépuscule, elle ne distinguait que la tête de son mari, et ses pieds nus.

— Viens, dit-elle. C'est prêt.

— J'arrive, dit-il.

Elle vit sa tête se soulever au bout du canapé. Elle reposa la poêle sur la gazinière et se tourna vers le buffet. Elle y prit deux assiettes qu'elle posa sur le comptoir. Elle souleva une côte de porc avec une spatule et la mit dans une assiette. La viande ne ressemblait pas à de la viande. Ça ressemblait à une vieille omoplate, ou à un outil pour creuser. Mais elle savait que c'était une côte de porc, elle sortit aussi l'autre de la poêle et la mit dans une assiette.

Une minute plus tard, son mari entra dans la cuisine. Il regarda le réfrigérateur une fois de plus, vide, et la porte ouverte. Sa mâchoire s'affaissa, mais il se tut. Elle mit le sel et le poivre sur la table.

— Assieds-toi, dit-elle en lui donnant une assiette dans laquelle gisaient les restes d'une côte de porc. Il faut que tu manges ça.

Il prit l'assiette, mais il resta debout à la regarder. Alors, elle se retourna pour prendre son assiette à elle. Sandy enleva le journal et poussa ses provisions à l'autre bout de la table.

— Assieds-toi, répéta-t-elle à son mari.

Il fit passer son assiette d'une main dans l'autre. Mais il resta debout. C'est alors qu'elle vit les petites mares d'eau sur la table. Elle entendit l'eau, aussi. Elle dégouttait de la table sur le lino. Elle baissa les yeux sur les pieds nus de son mari. Elle fixa ces pieds à côté d'une flaque d'eau. Elle savait que, de sa vie, elle ne reverrait rien d'aussi bizarre. Mais elle ne savait pas quoi faire. Elle se dit qu'elle ferait mieux de se mettre du rouge à lèvres, de prendre son manteau et d'aller à la vente. Mais elle n'arrivait pas à détacher les yeux des pieds nus de son mari. Elle posa son assiette sur la table et les regarda, jusqu'à ce que les pieds quittent la cuisine et retournent dans le séjour.

LE COMPARTIMENT

MYERS traversait la France en wagon de première classe, en route pour Strasbourg où son fils étudiait à l'université. Il ne l'avait pas vu depuis huit ans. Ils ne s'étaient pas téléphoné pendant tout ce temps ni même envoyé une carte postale depuis que la mère de son fils et lui s'étaient séparés — le garçon restant avec sa mère. Myers avait toujours pensé que les interférences inopportunes du petit dans leurs affaires personnelles avaient hâté la rupture finale.

La dernière fois qu'il avait vu son fils, le petit s'était rué sur lui au cours d'une violente querelle. La femme de Myers, debout près du buffet, cassait les soucoupes en porcelaine les unes après les autres. Puis elle s'était attaquée aux tasses.

— Ça suffit, avait dit Myers.

Et à cet instant, l'enfant l'avait chargé. Myers avait esquivé et avait immobilisé d'une prise au cou le garçon qui pleurait en le bourrant de coups dans le dos et les reins. Myers le tenait, et pendant qu'il le tenait, il en profita à fond. Il le cogna contre le mur en menaçant de le tuer. Et il le pensait.

— Je t'ai donné la vie, se souvenait-il avoir dit, et je peux te la reprendre !

Repensant maintenant à cette horrible scène, Myers branla du chef comme si cela était arrivé à un autre. Et c'était vrai. Il n'était plus le même homme, c'est tout. Maintenant, il vivait seul, et il voyait peu

48

de monde en dehors de son travail. Le soir, il écoutait de la musique classique et lisait des livres sur les leurres pour gibier d'eau.

Il alluma une cigarette et continua à regarder par la fenêtre du wagon, ignorant l'homme assis dans le coin couloir et qui dormait, son chapeau sur les yeux. Le jour venait de se lever, et un léger brouillard flottait sur les champs verdoyants défilant sous ses yeux. De temps en temps, Myers voyait une ferme et ses dépendances, le tout entouré de murs. Il se dit que c'était peut-être la solution — vivre dans une vieille maison entourée de murs.

Il était six heures. Myers n'avait pas dormi depuis qu'il était monté dans le train à Milan, la veille à onze heures du soir. Quand le train avait quitté cette ville, il s'était estimé heureux d'avoir le compartiment pour lui tout seul. Il avait laissé la lumière allumée, et avait lu des guides. Il lisait des choses qu'il regrettait de n'avoir pas lues avant de visiter les endroits dont ils parlaient. Il découvrait beaucoup de choses qu'il aurait dû voir et faire. En un sens, il regrettait de découvrir certaines choses sur l'Italie, maintenant qu'il la laissait derrière lui, après sa première, et sans aucun doute, sa dernière visite.

Il rangea les guides dans sa valise, mit la valise dans le filet, et sortit son manteau pour s'en couvrir. Il éteignit et resta dans le noir, les yeux clos, espérant que le sommeil viendrait. Au bout d'un laps de temps qui lui parut très long, et juste au moment où il avait l'impression de s'endormir, le train commença à ralentir. Il s'arrêta dans une petite gare non loin de Bâle. Là, un homme d'âge mûr, en complet sombre et chapeau, entra dans le compartiment. Il dit quelque chose à Myers dans une langue que Myers ne comprit pas, puis il mit son sac en cuir dans le filet. Il s'assit à l'autre bout du compartiment et redressa les épaules. Enfin, il tira son chapeau sur ses yeux. Le temps que le train reparte, l'homme dormait en ronflant doucement. Myers l'envia. Quelques minutes plus tard, un douanier suisse ouvrit la porte et alluma la lumière. En anglais et dans une autre langue — en allemand, supposa Myers —, le douanier demanda à voir leurs passeports. Le compagnon de compartiment de Myers repoussa son chapeau en arrière, battit des paupières et mit la main dans sa poche. Le douanier examina le passeport, regarda attentivement le voyageur et lui rendit ses papiers. Myers lui tendit son passeport. Le douanier lut les renseignements qu'il contenait, examina la photo, puis regarda Myers avant de le lui rendre en hochant la tête. Il éteignit et sortit. L'homme en face de Myers remit son chapeau sur ses yeux et allongea les jambes. Myers se dit qu'il s'était rendormi tout de suite, et, de nouveau, il l'envia.

Après quoi, il resta éveillé et se mit à réfléchir à l'entrevue avec son fils qui n'était plus éloignée que de quelques heures. Comment devrait-il se comporter devant le jeune homme, à la gare ? Fallait-il l'embrasser ? Cette perspective le mettait mal à l'aise. Ou devait-il simplement lui tendre la main, sourire comme si ces huit ans ne comptaient pas, puis lui tapoter l'épaule ? Peut-être son fils dirait-il quelques mots — *Je suis content de te voir* — *Tu as fait bon voyage ?* Et Myers dirait — quelque chose. Il ne savait vraiment pas quoi.

Le *controleur** français passa dans le couloir. Il regarda Myers et l'homme dormant en face de lui. Ce même *contrôleur** avait déjà poinçonné leurs billets, alors Myers tourna la tête et se remit à regarder par la fenêtre. D'autres maisons apparurent. Mais maintenant, il n'y avait plus de murs, et les maisons étaient plus petites et plus rapprochées. Bientôt, il en était sûr, il verrait un village français. La brume se levait. Le train siffla et traversa une route fermée d'un passage à niveau. Il vit une jeune femme, en sweater, les cheveux ramenés sur la tête, qui attendait avec sa bicyclette en regardant filer les wagons.

* En français dans le texte. (*N.d.T.*)

Comment va ta mère? pourrait-il demander à son fils quand ils seraient à quelque distance de la gare. *As-tu des nouvelles de ta mère?* Pendant un instant de panique, il lui vint à l'idée qu'elle était peut-être morte. Puis il comprit qu'il ne pouvait en être ainsi, qu'il en aurait eu vent — d'une façon ou d'une autre, il en aurait entendu parler. Il savait que s'il se laissait aller à penser à ces choses, son cœur allait se briser. Il boutonna sa chemise jusqu'au col et ajusta sa cravate. Il posa son manteau sur le siège à côté de lui. Il laça ses souliers, se leva et enjamba les pieds du dormeur. Il se glissa hors du compartiment.

Marchant vers l'autre bout du wagon, Myers fut obligé de se tenir de la main à la fenêtre pour garder son équilibre. Il ferma la porte des minuscules toilettes. Puis il ouvrit le robinet et s'aspergea d'eau le visage. Le train amorça un virage, toujours à grande vitesse, et il fut obligé de se retenir au lavabo pour ne pas tomber.

Deux mois plus tôt, il avait reçu une lettre de son fils. Elle était brève. Il écrivait qu'il vivait en France, et qu'il était étudiant à l'université de Strasbourg depuis un an. Pas d'autres renseignements quant à ce qui lui avait pris d'aller en France, ou à ce qu'il avait fait durant les années précédentes. Comme de juste, pensa Myers, il ne disait pas un mot de sa mère — pas un indice sur sa situation ou ses activités. Mais, inexplicablement, le jeune homme terminait sa lettre par « Je t'embrasse », mots que Myers avait longtemps ruminés. Finalement, il avait répondu. Après mûre réflexion, il écrivait qu'il pensait depuis quelque temps à faire un petit voyage en Europe. Son fils viendrait-il le chercher à la gare de Strasbourg? Il signa la lettre: « Je t'embrasse, Papa. » Le jeune homme avait répondu et Myers avait pris ses dispositions. Il fut frappé qu'il n'y eût personne, à part sa secrétaire et quelques collègues, qu'il jugeât nécessaire de prévenir de son départ. Il avait accumulé six semaines de vacances à l'entreprise d'ingénierie où il travaillait, et il décida de les prendre en une fois pour ce voyage. Il était content de l'avoir fait, bien qu'il n'eût maintenant aucune intention de passer tout ce temps en Europe.

D'abord, il était allé à Rome. Après les premières heures passées à déambuler seul dans les rues, il avait regretté de ne pas faire partie d'un voyage organisé. Il se sentait seul. Il alla à Venise, ville que sa femme et lui parlaient toujours de visiter. Mais Venise l'avait déçu. Il y vit un manchot manger du calamar frit, et partout où il regardait, ce n'étaient que bâtisses sales et lézardées. Il prit le train pour Milan où il descendit dans un hôtel quatre étoiles et passa la soirée à regarder un match de football sur un téléviseur Sony, jusqu'à la fin des émissions. Il se leva le lendemain matin et traîna dans la ville jusqu'à l'heure de son train. Il avait prévu que son escale à Strasbourg serait le point culminant de son voyage. Au bout d'un ou deux jours, peut-être trois — il verrait comment ça se présentait — il partirait pour Paris et prendrait l'avion pour rentrer chez lui. Il était fatigué d'essayer de se faire comprendre par des étrangers et serait content de rentrer.

Quelqu'un tourna la poignée des toilettes. Myers finit de rentrer sa chemise dans son pantalon. Il boucla sa ceinture. Puis il ouvrit, oscillant au rythme du train, et rejoignit son compartiment. En ouvrant la porte, il vit immédiatement qu'on avait touché à son pardessus. Il n'était plus sur le même siège. Il se dit qu'il était dans une situation ridicule mais potentiellement sérieuse. Il prit son pardessus, le cœur battant à grands coups. Il mit la main dans la poche intérieure, et sortit son passeport. Il avait son portefeuille dans sa poche revolver. Donc, il avait toujours son passeport et son portefeuille. Il passa en revue les autres poches de son pardessus. Ce qui avait disparu, c'était le cadeau pour son fils — une montre japonaise très chère, achetée dans une boutique de Rome. Pour plus de sûreté, il la transportait dans la poche intérieure de son pardessus. Et maintenant, elle s'était volatilisée.

— Pardon, dit-il à l'homme vautré sur son piège, jambes allongées, chapeau sur les yeux. Pardon.

L'homme repoussa son chapeau et ouvrit les paupières. Il se redressa et regarda Myers. Il avait les yeux dilatés. Il devait être en train de rêver. Mais ce n'était pas sûr.

— Vous avez vu quelqu'un entrer ici ?

Manifestement, l'homme ne comprenait pas ce que disait Mycrs. Il continua à le fixer d'un air d'incompréhension totale. Mais il y avait peut-être autre chose, se dit Myers. Peut être que cet air dissimulait ruse et tromperie. Myers secoua son pardessus pour fixer l'attention du voyageur. Puis il mit la main dans sa poche et fouilla. Il remonta sa manche et lui montra sa montre. L'homme regarda Myers, puis sa montre. Il semblait dérouté. Myers tapota le cadran de sa montre. Il remit son autre main dans la poche de son pardessus et fit semblant de fouiller. Il lui montra de nouveau sa montre puis agita les doigts, espérant exprimer l'idée que la montre s'était envolée par la porte.

L'homme haussa les épaules et secoua la tête.

— Merde, dit Myers, frustré.

Il enfila son pardessus et sortit dans le couloir. Il ne pouvait pas rester dans le compartiment une minute de plus. Il avait peur de frapper cet homme. Il regarda à droite et à gauche dans le couloir, comme dans l'espoir de voir et reconnaître le voleur. Mais il n'y avait personne. Peut-être que son compagnon de compartiment n'avait pas pris la montre. Peut-être que quelqu'un d'autre, la personne qui avait tourné la poignée des toilettes, avait remarqué le pardessus et le dormeur en passant dans le couloir, et avait simplement ouvert la porte, fait les poches, et refermé en sortant.

Myers marcha lentement jusqu'au bout du couloir, inspectant le wagon. Il y avait peu de monde dans cette voiture de première, mais une ou deux personnes dans chaque compartiment. Elles dormaient, ou semblaient dormir, les yeux clos et la tête renversée sur le dossier de leur siège. Dans un compartiment, un homme d'environ son âge, assis dans un coin fenêtre, regardait le paysage. Quand Myers s'arrêta pour le regarder, l'homme se retourna et le foudroya du regard.

Myers passa dans le wagon de deuxième classe. Là, les compartiments étaient bondés — parfois cinq à six passagers dans chaque, et les gens, il le vit d'un seul coup d'œil, étaient plus pauvres. La plupart étaient éveillés — trop inconfortable pour dormir — et ils le regardaient quand il passait. Des étrangers, pensa-t-il. Il était clair que si l'homme de son compartiment n'avait pas pris sa montre, le voleur venait de ce wagon. Mais que faire ? C'était sans espoir. La montre avait disparu. Elle était dans la poche d'un autre, maintenant. Il ne pouvait espérer faire comprendre au *contrôleur* ce qui s'était passé. Et même s'il pouvait, qu'est-ce qu'il ferait ? Il revint dans son compartiment. Il regarda à l'intérieur, et vit que l'homme avait rallongé ses jambes et remis son chapeau sur ses yeux.

Myers enjamba les pieds de l'homme et s'assit dans son coin près de la fenêtre. Il était comme hébété de colère. Maintenant, ils arrivaient aux abords de la ville. Fermes et prés faisaient place à des usines aux portes surmontées de noms imprononçables. Le train commença à ralentir. Myers voyait des voitures dans les rues, et d'autres attendant en file aux passages à niveau. Il se leva et descendit sa valise. Il la tint sur ses genoux tout en regardant ce lieu détestable.

Il lui vint à l'esprit qu'il n'avait pas envie de voir son fils, après tout. Cette idée le choqua, et pendant un instant sa mesquinerie le diminua à ses yeux. Il secoua la tête. De toutes les bêtises qu'il avait faites dans sa vie, ce voyage était sans doute la pire. Mais le fait était là, il n'avait aucune envie de voir ce garçon qui, par son comportement, s'était depuis longtemps aliéné son affection. Ce garçon avait dévoré la jeunesse de son père, avait transformé la jeune fille qu'il avait courtisée et épousée en une alcoolique névrosée que l'enfant cajolait et rudoyait alternativement. Pourquoi grands dieux, se demandait Myers, avait-il fait tout ce chemin pour voir quelqu'un qu'il détestait? Il n'avait pas envie de serrer la main de son fils, la main de son ennemi, pas envie de lui mettre la main sur l'épaule en bavardant à bâtons rompus. Il n'avait pas envie d'être obligé de lui demander des nouvelles de sa mère.

Comme le train entrait en gare, il s'assit au bord de son siège. L'interphone émit une annonce en français. Le compagnon de Myers commença à bouger. Il ajusta son chapeau, se redressa sur son siège comme une autre annonce en français sortait du haut-parleur. Myers n'en comprit pas un mot. Le train ralentit et s'arrêta, et Myers se sentait de plus en plus agité. Il décida qu'il ne bougerait pas de son compartiment. Il resterait assis où il était jusqu'à ce que le train reparte. Et quand il repartirait, il serait dedans, jusqu'à Paris, point final. Il regarda prudemment par la fenêtre, redoutant de voir le visage de son fils contre la vitre. Il ne savait pas ce qu'il ferait dans ce cas. Il avait peur de lui montrer le poing. Il vit quelques personnes sur le quai, en manteaux et écharpes, leurs valises à leurs pieds, prêtes à monter dans le train. D'autres attendaient, sans bagages, les mains dans les poches, venant manifestement chercher quelqu'un. Son fils n'en faisait pas partie, naturellement, mais cela ne voulait pas dire qu'il n'était pas quelque part dans les parages. Myers posa sa valise par terre et se renfonça un peu dans son siège.

L'homme en face de lui bâillait en regardant par la fenêtre. Puis il posa son regard sur Myers. Il ôta son chapeau et se passa la main dans les cheveux.

Puis il remit son chapeau, se leva, descendit son sac du filet. Il ouvrit la porte du compartiment. Mais avant de sortir, il se retourna et montra la gare du geste.

— Strasbourg, dit-il.

Myers se détourna.

L'homme attendit encore un instant, puis sortit dans le couloir avec son sac, et, Myers en était certain, avec la montre. Mais maintenant, c'était le moindre de ses soucis. Il regarda une fois de plus par la fenêtre. Il vit un homme en tablier, debout au milieu de l'entrée de la gare, qui fumait une cigarette. Il observa deux employés qui donnaient des renseignements à une femme en jupe longue portant un bébé dans les bras. La femme écouta, hocha la tête, et se remit à écouter. Elle fit passer le bébé d'un bras sur l'autre. Les hommes continuaient à parler. Elle écoutait. L'un des hommes chatouilla le bébé sous le menton. La femme baissa les yeux et sourit. Elle changea encore son bébé de bras, tout en écoutant toujours. Myers vit un jeune couple s'embrasser sur le quai, non loin de son wagon. Puis le jeune homme lâcha la jeune femme. Il dit quelque chose, prit sa valise et s'avança pour monter dans le train. La femme le regarda partir. Elle porta une main à son visage, et s'effleura un œil, puis l'autre. Une minute plus tard, Myers la vit s'avancer sur le quai, les yeux fixés sur son wagon, comme suivant quelqu'un. Il détourna les yeux de la femme et regarda la grande horloge au-dessus de la salle d'attente. Il inspecta le quai, à droite et à gauche. Pas trace de son fils. Peut-être ne s'était-il pas réveillé, ou avait-il, lui aussi, changé d'avis. De toute façon, Myers se sentit soulagé. Il regarda de nouveau la pendule, puis la jeune femme qui se hâtait vers sa fenêtre. Il se recula, comme si elle allait casser le verre.

La porte du compartiment s'ouvrit. Le jeune homme qu'il avait vu sur le quai referma la porte derrière lui en disant :

— *Bonjour*[*].

Sans attendre une réponse, il jeta sa valise dans le filet et s'approcha de la fenêtre.

— *Pardonnez-moi*[*].

Il baissa la fenêtre.

— Marie, dit-il.

La jeune femme se mit à sourire et à pleurer en même temps. Le jeune homme lui prit les mains et se mit à lui baiser les doigts.

Myers détourna les yeux en serrant les dents. Il entendit les derniers cris des employés. Quelqu'un siffla. Peu après, le train s'ébranla et s'éloigna lentement du quai. Le jeune homme avait lâché les mains de la femme, mais il continuait à lui faire des signes tandis que le train s'ébranlait.

Mais le train n'alla pas loin, juste un peu plus loin à ciel ouvert, et Myers sentit un arrêt brutal. Le jeune homme ferma la fenêtre et vint s'asseoir près de la porte. Il sortit un journal de son pardessus et se mit à lire. Myers se leva et ouvrit la porte. Il alla au bout du couloir, jusqu'au soufflet. Il ne savait pas pourquoi ils s'étaient arrêtés. Peut-être que quelque chose ne fonctionnait pas. Il s'approcha de la fenêtre, mais il ne vit qu'un réseau embrouillé de rails où l'on formait les trains, où l'on accrochait et décrochait des wagons. Il s'écarta de la fenêtre. Sur la porte de la voiture suivante, il lut le mot : POUSSEZ. Myers frappa le mot du poing et la porte glissa. Il était de nouveau dans le wagon de deuxième classe. Il passa devant une rangée de compartiments où les gens s'installaient, comme pour un long voyage. Il fallait qu'il demande à quelqu'un où allait ce train. Il avait compris, en achetant son billet, que le train de Strasbourg continuait jusqu'à Paris. Mais il trouvait humiliant de passer la tête par une porte en disant : « Paree ? » ou quelque chose comme ça, comme s'il croyait être arrivé à destination. Il entendit un grand

---

[*] En français dans le texte. (*N.d.T.*)

bruit de ferraille, et le train fit marche arrière. Il revit la gare, et il repensa à son fils. Peut-être qu'il l'attendait quelque part, hors d'haleine d'avoir couru jusque-là, se demandant ce qui était arrivé à son père. Myers secoua la tête.

Son wagon grinça et gémit sous lui, puis quelque chose accrocha et se mit en place. Myers regarda le réseau des rails et réalisa que le train s'était remis en marche. Il fit demi-tour, revint au bout du wagon et repassa dans sa voiture. Il enfila le couloir jusqu'à son compartiment. Mais le jeune homme au journal était parti. Et la valise de Myers était partie. Ce n'était pas son compartiment. Il sursauta en réalisant qu'on devait avoir décroché son wagon et raccroché une voiture de deuxième classe à la place. Le compartiment devant lequel il se trouvait était presque plein de petits hommes basanés parlant une langue que Myers n'avait jamais entendue, à une vitesse de mitraillette. L'un d'eux lui fit signe d'entrer. Myers entra dans le compartiment et les hommes lui firent de la place. L'atmosphère était très gaie. L'homme qui lui avait fait signe tapota en riant la place à côté de lui. Myers s'assit, à contre-marche. Dehors, le paysage défilait de plus en plus vite. Pendant un moment, Myers eut l'impression que la campagne passait comme un boulet de canon. Il allait quelque part, ça, il le savait. Et si c'était la mauvaise direction, il le découvrirait tôt ou tard.

Il se renversa sur son siège et ferma les yeux. Les hommes continuaient à bavarder en riant. Leurs voix lui parvenaient comme de très loin. Bientôt, les voix s'intégrèrent aux bruits du train — et peu à peu, Myers se sentit porté, puis tiré, dans le sommeil.

C'EST PAS GRAND-CHOSE,
MAIS ÇA FAIT DU BIEN

SAMEDI après-midi, elle alla à la pâtisserie du centre commercial. Après avoir feuilleté un classeur de photos de gâteaux collées sur les pages, elle en commanda un au chocolat, le parfum préféré de son fils. Le gâteau choisi était décoré d'un vaisseau spatial avec plate-forme de lancement, sous un poudroiement d'étoiles, avec une planète en fondant rouge sur le bord. Son nom, Scotty, serait écrit en lettres vertes sous la planète. Le pâtissier, un homme d'âge mûr au cou de taureau, l'écouta sans rien dire quand elle lui confia que l'enfant aurait huit ans le lundi suivant. Le pâtissier portait un tablier blanc qui ressemblait à un sarrau. Les cordons lui passaient sous les bras, se croisaient dans le dos puis revenaient devant où il les avait noués autour de sa lourde taille. Il s'essuyait les mains à son tablier tout en l'écoutant. Il gardait les yeux sur la photo et la laissait parler. Il ne la bousculait pas. Il venait d'arriver, il serait là toute la nuit à son four, et il n'était pas vraiment pressé.

Elle lui donna son nom, Ann Weiss, et son numéro de téléphone. Le gâteau serait prêt lundi matin, tout chaud sorti du four, et largement à temps pour le goûter d'enfants de l'après-midi. Le pâtissier n'était pas jovial. Pas de plaisanteries entre eux, juste le minimum de paroles, les renseignements indispensables. Il la mettait mal à l'aise, et elle n'aimait pas cela. Tandis qu'il notait, penché sur le comptoir, son crayon à la main, elle observa ses traits rudes et se demanda s'il avait jamais fait quelque chose dans la vie, à part des gâteaux. Elle était mère, elle avait trente-trois ans, et il lui semblait que tout le monde, surtout un homme de l'âge du pâtissier, assez âgé pour être son père, devait avoir des enfants et connaître ce rituel des gâteaux et goûters d'anniversaire. Ils devaient bien avoir cela en commun, pensa-t-elle. Mais il était brusque avec elle — pas impoli, brusque. Elle renonça à s'en faire un ami. Elle regarda dans le fond de la pâtisserie, et vit une longue et lourde table en bois, avec une pile de moules à tarte à un bout ; et à côté de la table, un conteneur en métal plein de grilles vides. Il y avait un four immense. La radio jouait de la musique country-western.

Le pâtissier finit d'inscrire les informations sur le bon de commande et referma le classeur. Il la regarda et dit :

— Lundi matin.

Elle le remercia et rentra chez elle.

Le lundi matin, le héros de la fête d'anniversaire allait à l'école à pied avec un autre petit garçon. Ils se passaient et repassaient un sachet de pommes chips, et le gamin essayait de découvrir ce que son ami allait lui donner comme cadeau, l'après-midi. Sans regarder, le héros de l'anniversaire descendit du trottoir à un carrefour, et fut immédiatement renversé par une voiture. Il tomba sur le côté, la tête dans le ruisseau et les jambes sur la chaussée. Il avait les yeux clos, mais ses jambes s'agitaient, comme s'il essayait d'escalader quelque chose. Son ami lâcha le sachet de chips et se mit à crier. La voiture avait fait une trentaine de mètres, et s'était arrêtée au milieu de la rue. Le conducteur regarda par-dessus son épaule. Il attendit que l'enfant se fut remis debout en chancelant. Il vacillait un peu sur ses jambes. Il avait l'air hébété, mais indemne. Le conducteur passa en première et s'éloigna.

Le héros de l'anniversaire ne pleura pas, mais il ne parla pas non plus. Il ne répondit pas quand son ami lui demanda ce que ça faisait d'être renversé par une voiture. Il rentra chez lui à pied, et son ami alla à l'école. Il rentra dans la maison, mais pendant qu'il racontait son aventure à sa mère — assise près de lui sur le canapé, elle lui tenait les mains sur ses genoux, en disant « Scotty, mon chéri, tu es sûr que tu te sens bien », et pensait qu'elle appellerait le docteur de toute façon — il s'allongea soudain sur le canapé, ferma les yeux et son corps se fit tout mou. Voyant qu'elle n'arrivait pas à le réveiller, elle se hâta vers le téléphone et appela son mari au bureau. Howard lui dit de garder son calme, puis il appela une ambulance pour l'enfant et partit lui-même pour l'hôpital.

Bien entendu, le goûter fut remis. L'enfant était à l'hôpital avec un léger traumatisme crânien, et il était en état de choc. Il avait vomi, et ses poumons étaient pleins d'un liquide qu'il faudrait pomper l'après-midi. Pour le moment, il semblait plongé dans un très profond sommeil — mais pas dans le coma, avait fortement souligné le Dr Francis, pas dans le coma, quand il avait vu l'inquiétude qui se lisait dans les yeux des parents. A onze heures du soir, alors que l'enfant semblait se reposer confortablement après toutes les radios et examens de laboratoire, et qu'il n'y avait plus qu'à attendre son réveil, Howard quitta l'hôpital. Lui et Ann y avaient passé la journée avec l'enfant, et il rentrait pour prendre un bain et se changer rapidement.

— Je serai de retour dans une heure.

Elle hocha la tête.

— Très bien, dit-elle. Je t'attends.

Il l'embrassa sur le front, et ils s'effleurèrent la main. Elle s'assit sur la chaise à côté du lit et contempla l'enfant. Elle attendait qu'il se réveille, en pleine santé comme avant. Alors, elle pourrait commencer à se détendre.

Howard rentra à la maison. Il conduisait très vite sur les chaussées sombres et mouillées, alors il se ressaisit et ralentit. Jusqu'à maintenant, sa vie s'était déroulée sans à-coups et à son entière satisfaction — université, mariage, une autre année d'université pour préparer un diplôme supérieur de gestion, associé dans une firme d'investissements. Père. Il était heureux, et, jusqu'à présent, favorisé par la chance — il le savait. Ses parents vivaient encore, ses frères et sa sœur étaient établis, ses amis d'université s'étaient dispersés pour prendre leur place dans la société. Jusqu'à présent, il avait été épargné par le malheur, par ces forces dont il savait qu'elles existaient et qui pouvaient désemparer ou abattre un homme si la malchance frappait ou si le vent tournait soudain. Il s'engagea dans l'allée et coupa le moteur. Sa jambe gauche se mit à trembler. Il resta immobile dans la voiture une bonne minute, essayant de rationaliser la situation présente. Scotty avait été renversé par une voiture, et il était à l'hôpital, mais il allait se rétablir. Howard ferma les yeux et se passa la main sur le visage. Il descendit de voiture et marcha jusqu'à la porte. A l'intérieur, le chien aboyait. Le téléphone sonnait, sonnait, tandis qu'il ouvrait la porte et cherchait à tâtons l'interrupteur. Il n'aurait pas dû quitter l'hôpital, il n'aurait pas dû.

— Nom de dieu! s'exclama-t-il.

Il décrocha.

— J'arrive à l'instant!

— Il y a un gâteau qu'on n'est pas venu chercher, dit la voix à l'autre bout du fil.

— Qu'est-ce que vous dites? demanda Howard.

— Un gâteau, dit la voix. Un gâteau de seize dollars.

Le combiné à l'oreille, Howard cherchait à comprendre.

— Un gâteau? Première nouvelle, dit-il. Mon Dieu, de quoi parlez-vous?

— Pas de ça avec moi, dit la voix.

Howard raccrocha. Il alla à la cuisine et se versa un whisky. Il appela l'hôpital, l'état de l'enfant restait stationnaire : il dormait toujours et rien n'avait changé. Pendant que la baignoire se remplissait, Howard se rasa. Il venait juste de s'allonger dans la baignoire et de fermer les yeux quand le téléphone sonna à nouveau. Il sortit de l'eau à regret, attrapa une serviette et se rua vers l'appareil en disant : « Quel idiot, quel idiot d'avoir quitté l'hôpital ! » Il décrocha et cria :

— Allô !

Personne ne répondit. Puis son correspondant raccrocha.

Il fut de retour à l'hôpital peu après minuit. Ann était toujours sur la chaise, près du lit. Elle leva la tête vers Howard puis reporta les yeux sur son fils. La tête enveloppée de bandages, l'enfant avait toujours les yeux clos. Sa respiration était calme et régulière. D'un support dressé près du lit pendait une bouteille de glucose, avec un tuyau reliant le flacon au bras du petit.

— Comment va-t-il ? dit Howard. Qu'est-ce que c'est que ça ? ajouta-t-il avec un geste montrant le glucose et le tuyau.

— Ordre du Dr Francis, dit-elle. Il a besoin de nourriture. Il faut qu'il conserve ses forces. Pourquoi ne se réveille-t-il pas, Howard ? Je ne comprends pas, s'il n'a rien.

Howard se passa la main sur la nuque. Et les doigts dans les cheveux.

— Tout ira bien. Il se réveillera un peu plus tard. Le Dr Francis sait ce qu'il dit.

Au bout d'un moment, il reprit :

— Tu devrais peut-être rentrer à la maison te reposer un peu. Je resterai ici. Ne fais pas attention au dingue qui n'arrête pas de téléphoner. Raccroche tout de suite.

— Qui appelle ?

— Je ne sais pas. Quelqu'un qui n'a rien d'autre à faire que d'appeler les gens. Bon, rentre un peu, maintenant.

Elle secoua la tête.

— Non. Je me sens bien.

— Je t'en prie. Rentre un peu à la maison et viens me relayer au matin. Tout ira bien. Qu'a dit le Dr Francis ? Que Scotty se rétablirait. Qu'il ne fallait pas s'inquiéter. Il dort maintenant, c'est tout.

Une infirmière poussa la porte. Elle les salua de la tête en se dirigeant vers le lit. Elle sortit le petit bras de sous les couvertures, posa ses doigts sur le poignet, trouva le pouls, puis consulta sa montre. Peu après, elle remit le bras sous les couvertures et vint se placer au pied du lit où elle écrivit quelque chose sur la pancarte accrochée au lit.

— Comment va-t-il ? dit Ann.

La main d'Howard pesait sur son épaule. Elle sentait la pression de ses doigts.

— État stationnaire, dit l'infirmière. Le docteur va bientôt passer. Il vient d'arriver. Il est en train de faire sa ronde.

— J'étais en train de lui dire qu'elle pourrait rentrer se reposer un peu à la maison, dit Howard. Quand nous aurons vu le docteur.

— Ce serait une bonne idée, dit l'infirmière. Vous devriez tous les deux vous sentir libres de rentrer chez vous, si vous le désirez.

L'infirmière était une grande blonde scandinave. Elle parlait avec une pointe d'accent.

— Nous verrons ce que dira le docteur, dit Ann. Je veux lui parler. Je trouve qu'il ne devrait pas continuer à dormir comme ça. Je trouve que c'est mauvais signe.

Elle porta la main à ses yeux et baissa la tête. La main d'Howard se resserra sur son épaule, puis elle se déplaça vers son cou et se mit à masser ses muscles noués.

— Le Dr Francis sera là dans quelques minutes, dit l'infirmière.

Puis elle sortit.

Howard contempla son fils un moment, la petite poitrine qui se soulevait et s'abaissait régulièrement sous les couvertures. Pour la première fois depuis les terribles minutes qui avaient suivi l'appel d'Ann à son bureau, il sentit la peur lui nouer le ventre. Il se mit à secouer la tête. Scotty n'avait rien, mais au lieu de dormir à la maison dans son lit, il était à l'hôpital avec des bandages autour de la tête et un tuyau dans le bras. Et c'était de cela qu'il avait besoin en ce moment.

Le Dr Francis entra et serra la main à Howard, bien qu'ils se fussent déjà vus quelques heures plus tôt. Ann se leva.

— Docteur?

— Ann, dit-il en hochant la tête. Voyons d'abord comment il va.

Il s'approcha du lit et prit le pouls de l'enfant. Il lui souleva une paupière, puis l'autre. Howard et Ann, à côté du docteur, regardaient. Puis le docteur rabattit les couvertures et appliqua son stéthoscope contre le cœur et les poumons de l'enfant. Il palpa l'abdomen, ici et là. Quand il eut fini, il alla au pied du lit et étudia la pancarte. Il nota l'heure, griffonna quelque chose, puis regarda Howard et Ann.

— Docteur, comment va-t-il? demanda Howard. Qu'est-ce qu'il a, exactement?

— Pourquoi ne se réveille-t-il pas? dit Ann.

Épaules larges, visage bronzé, le docteur était bel homme. Il portait un complet trois-pièces, une cravate à rayures et des boutons de manchettes en ivoire. Ses cheveux gris soigneusement peignés lui encadraient le visage, il avait l'air de revenir d'un concert.

— Rien de grave, dit le docteur. Pas de quoi pavoiser, il pourrait aller mieux. Mais il n'a rien de grave. Quand même, je voudrais bien qu'il se réveille. Il devrait se réveiller bientôt.

Le docteur regarda l'enfant une fois de plus.

— Nous en saurons davantage dans deux heures, quand nous aurons les résultats des derniers examens. Mais il n'a rien de grave, croyez-moi, à part une imperceptible fracture du crâne. Il a quand même une fracture.

— Oh! non, dit Ann.

— Et un léger traumatisme crânien, comme je vous l'ai déjà dit. Bien entendu, vous savez qu'il est en état de choc. On voit cela parfois, dans les cas de choc. Ce profond sommeil.

— Mais il est hors de danger? dit Howard. Vous nous avez dit qu'il n'est pas dans le coma. Ce sommeil, ce n'est pas le coma — hein, docteur?

Howard attendit. Il regardait le docteur.

— Non, je n'appellerais pas ça un coma, dit le docteur en regardant l'enfant une fois de plus. Il est plongé dans un profond sommeil, c'est tout. C'est une réaction instinctive du corps, pour récupérer. Il est hors de danger, j'en suis certain. Mais nous en saurons davantage quand il se réveillera et que nous aurons les résultats des derniers examens.

— C'est un coma, dit Ann. Un genre de coma.

— Ce n'est pas le coma, pas encore, pas exactement, dit le docteur. Je n'appellerais pas ça un coma. Pas encore, en tout cas. Il est en état de choc. Dans les cas de choc, ce genre de réaction est assez commun; c'est une réaction temporaire au traumatisme corporel. Le coma. Le coma, c'est une perte de connaissance prolongée, un état qui peut durer des jours, des semaines, même. Scotty n'en est pas là, pour autant que nous puissions en juger. Je suis certain que son état va s'améliorer d'ici le matin. Je vous le parie. Nous en saurons plus quand il se réveillera, ce qui ne saurait tarder, maintenant. Bien entendu, vous pouvez rester ici ou rentrer chez vous, comme vous voulez. Mais je vous en prie, n'ayez pas peur de rentrer chez vous si vous le désirez. Ce n'est pas facile, je le sais.

Le docteur regarda de nouveau l'enfant, l'observa, puis il se tourna vers Ann:

— Essayez de ne pas vous inquiéter, petite maman. Croyez-moi, nous faisons le maximum. Ce n'est plus qu'une question de temps maintenant.

Il la salua de la tête, serra la main à Howard et sortit.

Ann posa la main sur le front de l'enfant.

— Au moins, il n'a pas de fièvre.

Puis elle ajouta :

— Mon Dieu, comme il est froid ! Howard ? Tu crois que c'est normal ? Touche sa tête.

Howard toucha les tempes de l'enfant. Il retenait son souffle.

— Je crois que c'est normal qu'il soit comme ça en ce moment. N'oublie pas qu'il est en état de choc. C'est ce qu'a dit le docteur. Le docteur sort d'ici. Il nous l'aurait dit si Scotty n'allait pas bien.

Ann resta debout un moment, se mordillant les lèvres. Puis elle s'approcha de sa chaise et s'assit.

Howard s'assit sur la chaise voisine. Ils se regardèrent. Il aurait voulu dire quelque chose pour la rassurer, mais il avait peur, lui aussi. Il lui prit la main et la posa sur ses genoux, et il se sentit mieux, d'avoir sa main sur les genoux. Puis il lui serra la main, et il la garda dans la sienne. Ils restèrent immobiles un moment, regardant l'enfant sans parler. De temps en temps, il lui serrait la main. Enfin, elle la lui retira.

— J'ai prié, dit-elle.

Il hocha la tête.

— Je croyais presque avoir oublié, mais c'est revenu tout seul. Tout ce que j'ai eu à faire, c'est de fermer les yeux et de dire : « Je vous en supplie, mon Dieu, aidez-nous — aidez Scotty » et tout est revenu facilement. Les paroles étaient toujours dans ma tête. Peut-être que si tu priais aussi...

— J'ai déjà prié, dit-il. J'ai prié cet après-midi — hier après-midi, je veux dire — après ton coup de fil, en allant à l'hôpital. J'ai déjà prié.

— C'est bien.

Pour la première fois, elle sentit qu'ils étaient ensemble dans ce malheur. Elle sursauta en réalisant que, jusque-là, ce n'était pour elle qu'un accident arrivé à Scotty et à elle. Elle avait laissé Howard à l'écart, bien qu'il fût là depuis le début. Elle se sentit heureuse d'être sa femme.

La même infirmière entra, reprit le pouls de l'enfant, vérifia le débit de la bouteille suspendue au-dessus du lit.

Une heure plus tard, un autre docteur entra. Il dit qu'il était le Dr Parsons, du service de radiologie. Il avait une grosse moustache. Il était en mocassins, blue-jeans et chemise western.

— Nous allons le descendre pour faire d'autres radios, leur dit-il. Il nous faut d'autres radios, et nous allons aussi lui faire un scanner.

— Qu'est-ce que c'est ? dit Ann. Un scanner ?

Elle était debout entre ce nouveau docteur et le lit.

— Je croyais que vous aviez déjà fait toutes les radios.

— J'ai bien peur qu'il ne nous en faille d'autres. Rien d'alarmant à cela. Nous avons simplement besoin d'autres clichés, et nous voulons lui faire un scanner du cerveau.

— Mon Dieu !

— C'est une procédure parfaitement normale dans les cas de ce genre, dit le nouveau docteur. Nous avons besoin de savoir avec certitude pourquoi il ne s'est pas encore réveillé. C'est la procédure médicale normale, et cela n'a rien d'alarmant. Nous le descendrons dans quelques minutes.

Peu après, deux aides-soignants arrivèrent dans la chambre avec un lit roulant. Cheveux noirs, teint basané, ils étaient en uniformes blancs, et ils échangèrent quelques mots dans une langue étrangère tout en détachant le tuyau et en portant l'enfant sur le lit roulant. Puis ils le roulèrent dans le couloir. Howard et Ann montèrent dans le même ascenseur. Ann contemplait l'enfant. Elle ferma les yeux quand la cabine commença sa descente. Les aides-soignants étaient debout en silence, chacun à un bout du lit roulant, mais à un moment, l'un dit quelque chose en sa langue, et l'autre hocha lentement la tête en réponse.

Un peu plus tard, juste comme le soleil commençait à éclairer les fenêtres de la salle d'attente du service de radiologie, ils reparurent avec l'enfant et le ramenèrent dans sa chambre. Howard et Ann remontèrent dans le même ascenseur, et ils reprirent leur place près du lit.

Ils attendirent toute la journée, mais l'enfant ne se réveillait toujours pas. De temps à autre, l'un d'eux quittait la chambre et descendait prendre un café à la cafétéria, puis, plein de remords, comme se rappelant soudain la situation, se levait et remontait en hâte dans la chambre. Le Dr Francis revint dans l'après-midi, examina l'enfant une fois de plus, puis sortit après leur avoir répété que tout allait bien et qu'il allait se réveiller d'une minute à l'autre. Des infirmières, différentes de celles de la nuit, venaient de temps en temps. Puis une jeune laborantine entra, en pantalon blanc et blouse blanche, avec un petit plateau à la main qu'elle posa sur la table de nuit. Sans leur adresser un mot, elle fit à l'enfant une prise de sang. Howard ferma les yeux, lorsque, ayant trouvé la veine sur le bras de l'enfant, l'infirmière enfonça son aiguille.

— Je ne comprends pas, lui dit Ann.

— Ordre du docteur, dit la jeune femme. Je fais ce qu'on me dit. On me dit, faites une prise à celui-là, je fais une prise. Qu'est-ce qu'il a d'ailleurs ? Il est adorable.

— Il a été renversé par une voiture, dit Howard. Qui s'est sauvée.

La jeune femme regarda l'enfant en secouant la tête. Puis elle reprit son plateau et sortit.

— Pourquoi ne se réveille-t-il pas ? dit Ann. Howard ? Je voudrais qu'ils me répondent, tous ces gens.

Howard garda le silence. Il se rassit et croisa les jambes. Il se frictionna le visage. Il regarda son fils, puis il se renversa sur sa chaise, ferma les yeux et s'endormit.

Ann s'approcha de la fenêtre et regarda le parking. Il faisait nuit, les voitures entraient et sortaient, phares allumés. Debout, appuyée des deux mains au rebord de la fenêtre, elle savait maintenant tout au fond d'elle-même qu'il se passait quelque chose, quelque chose de grave. Elle avait peur, et elle se mit à claquer des dents jusqu'au moment où elle raidit sa mâchoire. Elle vit une grosse voiture s'arrêter devant l'hôpital, et quelqu'un, une femme en manteau long, monter dans la voiture. Elle aurait voulu être cette femme, et que quelqu'un, n'importe qui, l'emmenât loin d'ici, en un lieu où Scotty l'attendrait quand elle descendrait de voiture, prêt à s'écrier : « Maman ! » et à se jeter dans ses bras.

Peu après, Howard se réveilla. Il regarda l'enfant. Puis il se leva, s'étira, et la rejoignit devant la fenêtre. Ils regardèrent tous les deux le parking. Ils ne se parlaient pas. Mais ils semblaient se comprendre instinctivement, comme si l'inquiétude les avait rendus transparents l'un à l'autre, d'une façon parfaitement naturelle.

La porte s'ouvrit, le Dr Francis entra. Il avait une cravate et un complet différents cette fois. Ses cheveux gris lui encadraient le visage, et il semblait venir de se raser. Il alla droit au lit et examina l'enfant.

— Il aurait dû se réveiller maintenant. Il n'y a aucune raison qu'il continue à dormir comme ça. Mais je peux vous assurer que nous sommes tous convaincus qu'il est hors de danger. Pourtant, nous serons soulagés quand il se réveillera. Il n'y a aucune raison, absolument aucune, qu'il ne se réveille pas. Bientôt ! Oh ! il aura une migraine épouvantable, vous pouvez en être sûrs. Mais tous ses examens sont bons. Aussi normaux que possible.

— Alors, il est dans le coma?

Le docteur se frictionna la joue.

— Appelons cela coma pour le moment, jusqu'à son réveil. Mais vous devez être épuisés. C'est très dur. Allez donc manger un morceau, ça vous fera du bien. Je mettrai une infirmière avec lui pendant votre absence, si cela peut vous rassurer. Allez, allez manger quelque chose.

— Je ne pourrais pas avaler une bouchée, dit Ann.

— Comme vous voudrez, bien sûr, dit le docteur. De toute façon, je voulais vous dire que tous les examens sont satisfaisants, les tests négatifs, nous n'avons absolument rien trouvé, et dès qu'il se réveillera, il sera tiré d'affaire.

— Merci, docteur, dit Howard.

Une fois de plus, ils se serrèrent la main. Le docteur lui tapota l'épaule et sortit.

— Je suppose que l'un de nous devrait aller voir ce qui se passe à la maison, dit Howard. Il faut donner à manger à Slug, par exemple.

— Appelle un voisin, dit Ann. Appelle les Morgan. N'importe qui donnera à manger au chien si on le demande.

— D'accord, dit Howard.

Au bout d'un moment, il reprit:

— Chérie, pourquoi n'y vas-tu pas? Pourquoi ne vas-tu pas voir ce qui se passe à la maison? Tu reviendras tout de suite. Ça te fera du bien. Je reste avec lui. Sérieusement, dit-il. Il faut conserver nos forces. Nous devrons rester ici un moment quand il sera réveillé.

— Pourquoi n'y vas-tu pas, toi? Nourrir Slug. Manger quelque chose toi-même.

— Je suis déjà rentré. Je suis resté une heure quinze exactement. Rentre une heure à la maison pour te rafraîchir. Tu reviendras après.

Elle tâcha de réfléchir, mais elle était trop fatiguée. Elle ferma les yeux et essaya encore de se concentrer. Au bout d'un moment, elle dit :

— Je vais peut-être rentrer à la maison quelques minutes. Peut-être que si je ne suis pas là à le surveiller tout le temps, il va se réveiller en pleine forme. Tu sais ? Peut-être qu'il se réveillera si je ne suis pas là. Je vais rentrer prendre un bain et me changer. Je donnerai à manger à Slug, puis je reviendrai.

— Je reste là, dit-il. Rentre à la maison, chérie. Je surveille la situation.

Il avait les yeux étrécis et injectés de sang, comme s'il avait bu sans arrêt depuis la veille. Ses vêtements étaient fripés. Il avait les joues bleues de barbe. Elle lui effleura le visage, puis retira sa main. Elle comprenait qu'il voulait être seul un moment, ne pas être obligé de parler ou de partager ses inquiétudes. Elle prit son sac sur la table de nuit et il l'aida à enfiler son manteau.

— Je ne serai pas longue.

— Profites-en pour te détendre un peu. Mange un morceau. Prends un bain. Et après le bain, repose-toi. Ça te fera du bien, tu verras. Puis reviens. Et essayons de ne pas trop nous ronger. Tu as entendu ce qu'a dit le Dr Francis.

Elle resta immobile une minute, essayant de se rappeler les paroles exactes du docteur, cherchant à retrouver les moindres nuances, les moindres allusions pouvant donner à ses paroles un sens différent de leur sens apparent. Elle essaya de se rappeler si l'expression de son visage avait changé lorsqu'il s'était penché pour examiner l'enfant. Elle se rappelait comme il avait composé son visage en soulevant les paupières de l'enfant, puis en l'écoutant respirer.

Elle alla jusqu'à la porte, puis se retourna. Elle regarda l'enfant, puis elle regarda le père. Howard hocha la tête. Elle sortit et referma la porte derrière elle.

Elle passa devant le bureau des infirmières et

enfila le couloir, à la recherche de l'ascenseur. Au bout du couloir, elle tourna à droite et entra dans une petite salle d'attente où une famille noire s'était installée dans des fauteuils en rotin. Il y avait un homme d'âge mûr en chemise et pantalon kaki, avec une casquette de base-ball rejetée en arrière. Une grosse femme en robe de chambre et pantoufles était affalée sur un siège. Une adolescente en jeans, avec des douzaines de petites nattes, fumait une cigarette, allongée de tout son long dans un fauteuil. Toute la famille tourna les yeux vers Ann à son entrée. La petite table était jonchée d'emballages de hamburgers et de gobelets en plastique.

— Franklin, dit la grosse dame en se soulevant un peu. C'est pour Franklin?

Ses yeux s'étaient dilatés.

— Dites-le moi, madame, reprit-elle. C'est pour Franklin?

Elle essayait de se lever, mais l'homme avait refermé la main sur son bras.

— Allons, allons, dit-il. Evelyn.

— Je suis désolée, dit Ann. Je cherche l'ascenseur. Mon fils est à l'hôpital, et je n'arrive pas à trouver l'ascenseur.

— L'ascenseur est par là, à gauche, dit l'homme, joignant le geste à la parole.

L'adolescente tira sur sa cigarette, le regard braqué sur Ann. Ses yeux étrécis n'étaient que deux minces fentes, et ses lèvres épaisses s'entrouvraient pour exhaler la fumée. La grosse négresse laissa tomber la tête sur son épaule, et détourna les yeux d'Ann, qui ne l'intéressait plus.

— Mon fils a été renversé par une voiture, dit Ann à l'homme.

Elle ressentait le besoin de donner des explications.

— Il a un traumatisme crânien et une légère fracture du crâne, mais il se remettra. Il est en état de choc pour le moment, et peut-être dans le coma.

C'est ça qui nous inquiète, cette histoire de coma. Je rentre un peu à la maison, mais mon mari reste avec lui. Il se réveillera peut-être pendant mon absence.

— Quel malheur, dit l'homme, remuant avec embarras dans son fauteuil.

Il secoua la tête, baissa les yeux sur la table puis les reporta sur Ann.

— Notre Franklin, il est sur la table d'opération. Un mec lui a fait une boutonnière. A essayé de le tuer. Il y a eu une bagarre, là où il était. A une boum. Paraît qu'il regardait, c'est tout. Sans embêter personne. Mais ça veut plus rien dire au jour d'aujourd'hui. Maintenant, il est sur la table d'opération. On espère et on prie, c'est tout ce qu'on peut faire.

Il la regardait toujours.

De nouveau, Ann fixa les yeux sur l'adolescente qui la dévisageait, puis sur la grosse femme qui baissait toujours la tête mais qui avait maintenant fermé les yeux. Ann vit ses lèvres remuer, former des mots sans émettre aucun son. Elle eut envie de lui demander quelles étaient ces paroles. Elle avait envie de parler avec ses gens qui étaient dans la même situation qu'elle. Elle avait peur, et ils avaient peur. Ils avaient cela en commun. Elle aurait aimé leur en dire davantage sur l'accident, leur parler encore de Scotty, leur raconter que c'était arrivé le jour de son anniversaire, et qu'il était toujours sans connaissance. Mais elle ne savait pas par où commencer. Alors elle resta là, à les regarder sans ajouter un mot.

Elle enfila le couloir que l'homme lui avait montré et trouva l'ascenseur. Elle attendit une minute devant les portes fermées, se demandant toujours si elle avait raison de s'en aller. Puis elle tendit la main et appuya sur le bouton.

Elle tourna dans son allée et coupa le moteur. Elle ferma les yeux et resta une minute, la tête sur le volant. Elle écouta les cliquetis du moteur qui commençait à refroidir. Puis elle descendit de voiture. Elle entendit le chien aboyer dans la maison. Elle alla jusqu'à la porte qui n'était pas fermée à clé. Elle entra, alluma et mit une bouilloire sur le feu. Elle ouvrit une boîte et donna à manger à Slug sur la véranda de derrière. Le chien mangea avidement, à petits lapements pressés. Il n'arrêtait pas de courir à la cuisine pour voir si elle était toujours là. Elle s'assit sur le canapé avec son thé, et le téléphone sonna.

— Oui! dit-elle en décrochant. Allô?

— Madame Weiss, dit une voix d'homme.

Il était cinq heures du matin, et elle avait l'impression d'entendre des machines ou des appareils quelconques en bruit de fond.

— Oui, oui! Qu'est-ce que c'est? dit-elle. C'est Mme Weiss. C'est moi. Qu'est-ce que c'est, s'il vous plaît?

Elle écouta les bruits de fond.

— C'est à propos de Scotty? Répondez, pour l'amour du ciel!

— Scotty, dit la voix masculine. Oui, c'est à propos de Scotty. Ce problème, ça a à voir avec Scotty. Vous avez oublié Scotty? dit l'homme.

Et il raccrocha.

Elle composa le numéro de l'hôpital et demanda le deuxième étage. Elle demanda des nouvelles de son fils à l'infirmière qui décrocha. Puis elle voulut parler à son mari. Il s'agissait, dit-elle, d'une urgence.

Elle attendit, tournant et retournant le fil du téléphone entre ses doigts. Elle ferma les yeux, prise de nausée. Il fallait qu'elle se force à manger. Slug arriva de la véranda et se coucha à ses pieds en remuant la queue. Elle lui tiraillia l'oreille tandis qu'il lui léchait les doigts. Howard vint en ligne.

— Quelqu'un vient de téléphoner, dit-elle, continuant à tortiller le fil. Il a dit que c'était à propos de Scotty, s'écria-t-elle.

— Scotty va bien, dit Howard. Enfin, je veux dire qu'il dort toujours. Pas de changement. L'infirmière est venue deux fois depuis ton départ. Une infirmière, ou une doctoresse. Il va bien.

— Un homme a appelé. Il a dit que c'était à propos de Scotty.

— Ma chérie, repose-toi, tu en as besoin. Ce doit être le même que tout à l'heure. N'y pense plus. Reviens quand tu te seras un peu reposée. Et nous prendrons ensemble le petit déjeuner ou quelque chose.

— Déjeuner. Je n'ai pas envie de déjeuner.

— Tu sais bien ce que je veux dire. Un jus de fruit, quelque chose, je ne sais pas. Je ne sais rien, Ann. Je n'ai pas faim non plus, nom d'un chien. Ann, c'est difficile de parler ici. Je suis à la réception. Le Dr Francis revient à huit heures. A ce moment-là, il aura quelque chose à nous dire, quelque chose de plus précis. C'est ce que m'a dit une infirmière. Elle n'en savait pas plus. Ann ? Chérie, nous allons peut-être savoir quelque chose. A huit heures. Reviens avant huit heures. En attendant, je suis là, et Scotty va bien. Pas de changement.

— Je buvais une tasse de thé, quand le téléphone a sonné. Il a dit que c'était à propos de Scotty. Il y avait des bruits de fond. Il y avait aussi des bruits de fond quand tu as pris la communication, Howard ?

— Je ne me rappelle plus. C'est peut-être le conducteur qui a renversé Scotty ; c'est peut-être un névrosé qui a appris ce qu'il avait fait à Scotty. Mais je suis là, avec lui. Repose-toi un peu comme tu en avais l'intention. Prends un bain, reviens vers sept heures, nous verrons le docteur ensemble. Tout ira bien, ma chérie. Je suis là, et il y a les docteurs et les infirmières à deux pas. Ils disent que son état est stationnaire.

— J'ai une peur affreuse.

Elle fit couler l'eau, se déshabilla et entra dans la baignoire. Elle se savonna et se sécha rapidement, sans prendre le temps de se laver les cheveux. Elle mit de la lingerie propre, un pantalon de laine et un sweater. Elle passa dans le séjour où le chien leva la tête vers elle en donnant un coup de queue par terre. Le jour commençait à se lever quand elle se dirigea vers sa voiture.

Elle entra dans le parking à l'hôpital et trouva une place proche de l'entrée principale. Elle se sentait obscurément responsable de ce qui était arrivé à l'enfant. Elle laissa ses pensées dériver vers la famille noire. Elle se souvenait du nom de Franklin, de la table couverte de papiers de hamburgers, et de l'adolescente qui la fixait en tirant sur sa cigarette.

— N'aie jamais d'enfants, dit-elle mentalement à l'image de l'adolescente en entrant dans le hall de l'hôpital. Pas d'enfants, pour l'amour du Ciel.

Elle prit l'ascenseur jusqu'au deuxième avec deux infirmières qui commençaient leur service. On était mercredi matin, peu avant sept heures. Quand les portes s'ouvrirent au deuxième, un assistant d'un certain docteur Madison attendait pour monter. Elle descendit derrière les infirmières qui partirent dans la direction opposée en continuant la conversation interrompue à son entrée. Elle enfila le couloir jusqu'à la petite salle où elle avait vu la famille noire. Ils étaient partis, maintenant, mais les fauteuils étaient en désordre, comme s'ils en avaient bondi brusquement la minute précédente. La table était toujours jonchée des mêmes papiers et gobelets, le cendrier était plein de mégots.

Elle s'arrêta au bureau de la surveillante. Une infirmière était debout derrière le comptoir ; elle se brossait les cheveux en bâillant.

— La nuit dernière, il y avait un jeune Noir en salle d'opération, dit Ann. Il s'appelait Franklin. Sa famille était dans la salle d'attente. J'aimerais avoir de ses nouvelles.

Une autre infirmière, assise à un bureau derrière

le comptoir, leva les yeux du graphique qu'elle consultait. Le téléphone bourdonna, elle décrocha, mais sans quitter Ann des yeux.

— Il est mort, dit l'infirmière, sa brosse à la main, sans cesser de la regarder. Vous êtes une amie de la famille ou quoi?

— J'ai fait la connaissance de la famille hier soir, dit Ann. Mon fils est à l'hôpital. On dit qu'il est en état de choc. On ne sait pas exactement ce qu'il a. Je me demandais comment allait Franklin, c'est tout. Merci.

Elle repartit dans le couloir. Des portes d'ascenseur de la même couleur que le mur glissèrent en silence, et un chauve décharné en sandales de toile et pantalon blancs en descendit, tirant un lourd chariot. Elle n'avait pas remarqué ces portes, la veille. L'homme roula son chariot dans le couloir et s'arrêta devant la porte la plus proche pour consulter une pancarte. Puis il se baissa et prit un plateau sur le chariot. Il frappa légèrement et entra. Croisant le chariot, elle sentit de désagréables odeurs de nourriture chaude. Elle pressa le pas, sans regarder les infirmières, et poussa la porte de la chambre de son fils.

Howard était debout près de la fenêtre, les mains croisées derrière le dos. Il se retourna à son entrée.

— Comment va-t-il? dit-elle en s'approchant du lit.

Elle jeta son sac par terre près de la table de nuit. Il lui semblait qu'elle était partie depuis très longtemps. Elle toucha le visage de l'enfant.

— Howard?

— Le Dr Francis sort d'ici.

Elle le regarda avec attention et eut l'impression que ses épaules s'affaissaient.

— Je croyais qu'il ne viendrait pas avant huit heures, dit-elle vivement.

— Il y avait un autre docteur avec lui. Un neurologue.

— Un neurologue, répéta-t-elle.

Howard hocha la tête. Ses épaules s'affaissaient, elle le voyait nettement.

— Qu'est-ce qu'il a dit, Howard? Pour l'amour du Ciel, qu'est-ce qu'ils ont dit? Qu'est-ce que c'est?

— Ils ont dit qu'on allait le descendre pour d'autres examens, Ann. Ils vont sans doute l'opérer, chérie. Ils vont l'opérer. Ils ne comprennent pas pourquoi il ne se réveille pas. Il y a autre chose que le choc ou le traumatisme, ça, ils le savent, maintenant. C'est dans le crâne, la fracture, ça a quelque chose à voir avec ça, pensent-ils. Alors, ils vont opérer. J'ai essayé de t'appeler, mais tu devais déjà être repartie.

— Oh! mon Dieu. Je t'en prie, Howard, je t'en prie, dit-elle en lui saisissant le bras.

— Regarde! Scotty! Regarde, Ann!

Il la fit tourner vers le lit.

Les yeux de l'enfant s'étaient ouverts puis refermés. Ils se rouvrirent. Les yeux regardèrent droit devant eux une minute, puis pivotèrent lentement, se posèrent sur Howard et Ann, puis se détournèrent.

— Scotty, dit sa mère, s'approchant du lit.

— Hé, Scott, dit son père. Hé, fiston.

Ils se penchèrent sur le lit. Howard prit la main de l'enfant dans les siennes et se mit à la tapoter et à la serrer doucement. Ann se pencha et couvrit de baisers le front de son fils. Elle lui prit le visage entre ses mains.

— Scotty, mon chéri, c'est Maman et Papa. Scotty?

L'enfant les regarda, mais sans les reconnaître. Puis sa bouche s'ouvrit, ses yeux se fermèrent, et il hurla jusqu'à ce qu'il n'eut plus un souffle d'air dans les poumons. Alors son visage se détendit et s'adoucit. Ses lèvres s'écartèrent comme son dernier soupir remontait dans sa gorge et s'exhalait doucement à travers ses dents serrées.

Les docteurs appelèrent ça une occlusion cachée, disant qu'ils en voyaient un cas sur un million. S'ils avaient diagnostiqué son état et opéré immédiatement, peut-être qu'ils auraient pu le sauver. Mais c'était improbable. De toute façon, qu'est-ce qu'ils auraient pu rechercher ? Rien n'était apparu, ni dans les examens ni à la radio.

Le Dr Francis paraissait secoué.

— Je n'arrive pas à exprimer ce que je ressens. Je suis tellement désolé, dit-il en les conduisant dans le bureau des docteurs.

Un autre médecin, assis dans un fauteuil, les jambes allongées sur une chaise, regardait la télévision. Il portait l'uniforme des accoucheurs, large pantalon vert, blouse verte et calot vert sur la tête. Il regarda Howard et Ann, puis le Dr Francis. Il se leva, éteignit le téléviseur et sortit. Le Dr Francis conduisit Ann au canapé, s'assit à côté d'elle et se mit parler à voix basse, d'un ton consolant. A un moment, il se pencha et la prit dans ses bras. Elle sentait sa poitrine se soulever et s'abaisser contre son épaule. Les yeux ouverts, elle l'écoutait. Howard alla aux toilettes, mais laissa la porte ouverte. Après une violente crise de larmes, il ouvrit le robinet et se lava le visage. Puis il sortit et s'assit près de la petite table du téléphone, fixant l'appareil, comme essayant de décider ce qu'il allait faire. Il donna quelques coups de fil. Au bout d'un moment, le Dr Francis eut besoin du téléphone.

— Y a-t-il quelque chose que je puisse faire pour vous ? leur demanda-t-il.

Howard secoua la tête. Ann fixa le Dr Francis, comme incapable de comprendre ses paroles.

Le docteur les raccompagna à la porte de l'hôpital. Les gens entraient et sortaient. Il était onze heures du matin. Ann avait conscience d'avancer lentement, à contrecœur. Il lui semblait que le Dr Francis les renvoyait, alors qu'ils auraient dû rester, alors que rester était la seule chose à faire. Elle embrassa le parking du regard, puis se retourna vers la façade de l'hôpital. Elle se mit à secouer la tête.

— Non, non, dit-elle. Je ne peux pas le laisser là, non.

Elle s'entendit parler ainsi, et pensa que ce n'était pas juste que les seuls mots qui lui vinssent à l'idée fussent du genre de ceux qu'on entend dans les feuilletons télé, quand les gens sont accablés par une mort soudaine. Elle aurait voulu trouver des paroles bien à elle.

— Non.

Sans savoir pourquoi, elle revit la tête de la grosse Noire ballottant sur l'épaule de l'adolescente.

— Non.

— Je vous reparlerai dans la journée, disait le docteur à Howard. Nous avons encore certaines choses à faire, certaines choses à expliquer. Certaines choses qu'il faut expliquer.

— Une autopsie, dit Howard.

Le Dr Francis acquiesça de la tête.

— Je comprends, dit Howard.

Puis il ajouta :

— Oh! mon Dieu! Non, je ne comprends pas, docteur. Je ne peux pas, je ne peux pas, je ne peux pas, c'est tout.

Le Dr Francis lui mit le bras sur les épaules.

— Je suis désolé. Dieu m'est témoin que je suis désolé.

Il lâcha les épaules d'Howard et lui tendit la main. Howard la regarda, puis la serra. Le Dr Francis reprit Ann dans ses bras. Il semblait plein d'une bonté qu'elle ne comprenait pas. Elle posa la tête contre l'épaule du docteur, mais garda les yeux ouverts. Elle regardait l'hôpital. Comme ils sortaient du parking, elle se retourna pour regarder l'hôpital.

A la maison, elle s'assit sur le canapé, les mains dans les poches de son manteau. Howard ferma la porte de la chambre de l'enfant. Il mit la cafetière en route, puis trouva un carton vide. Il voulait ramasser les jouets éparpillés dans le séjour. Mais à la place, il s'assit à côté d'elle sur le canapé, repoussa le carton, et se pencha, les bras entre les genoux. Il se mit à pleurer. Elle attira sa tête sur ses genoux et lui tapota les épaules. Par-dessus les sanglots d'Howard, elle entendait la cafetière siffler dans la cuisine.

— Là, là, dit-elle tendrement. Howard, il est parti. Il est parti, et il faudra nous habituer. A être seuls.

Au bout d'un moment, Howard se leva et se mit à tourner en rond dans la pièce, son carton à la main, sans rien mettre dedans, mais rassemblant quelques objets à un bout du canapé. Elle resta assise, les mains dans les poches de son manteau. Howard posa son carton et apporta le café au séjour. Plus tard, Ann appela quelques parents. Après chaque appel, quand son correspondant décrochait, Ann bredouillait quelques mots et pleurait une bonne minute. Puis elle expliquait raisonnablement, d'une voix posée, ce qui était arrivé et donnait les renseignements pour les obsèques. Howard emporta le carton dans le garage, où il vit la bicyclette de l'enfant. Il lâcha le carton et s'assit par terre. Puis il prit la bicyclette maladroitement dans ses bras et la serra contre son cœur. Il la serrait, et la pédale en caoutchouc lui entrait dans la poitrine. Il fit tourner la roue, une fois.

Ann raccrocha après avoir parlé à sa sœur. Elle cherchait un autre numéro quand le téléphone sonna. Elle décrocha aussitôt.

— Allô?

Elle entendit un bruit de fond, comme un bourdonnement.

— Allô! dit-elle. Pour l'amour du Ciel, qui est-ce? Qu'est-ce que vous voulez?

— Votre Scotty, il est prêt, dit la voix d'homme. Vous l'avez oublié?

— Espèce de salopard! hurla-t-elle dans le combiné. Comment pouvez-vous faire une chose pareille, espèce de salaud!

— Scotty, dit l'homme. Vous avez oublié Scotty? Et il raccrocha.

Howard entendit son cri et rentra précipitamment ; il la trouva la tête dans les bras, sur la table, et en sanglots. Il prit le combiné et n'entendit que la tonalité.

Beaucoup plus tard, juste après minuit, quand ils eurent terminé ce qu'ils avaient à faire, le téléphone sonna.

— Réponds, dit-elle. Howard, c'est lui, je le sens.

Ils s'étaient assis devant un café, à la table de la cuisine. Howard avait un petit verre de whisky à côté de sa tasse. Il décrocha à la troisième sonnerie.

— Allô, dit-il. Qui est à l'appareil? Allô! Allô!

On coupa à l'autre bout.

— Il a raccroché, dit Howard. Celui qui appelait.

— C'était lui. Le salaud! Je voudrais le tuer. Je voudrais le mitrailler et le regarder se tortiller par terre.

— Ann, je t'en prie!

— Tu as entendu quelque chose? Un bruit de fond? Un bruit de machines, comme un bourdonnement.

— Rien, je t'assure. Rien de semblable. Je n'ai pas eu beaucoup de temps. Je crois que la radio était allumée. Oui, il y avait une radio qui marchait, c'est tout ce que je peux te dire. Je ne comprends vraiment pas ce qui se passe.

Elle secoua la tête.

— Si je pouvais lui mettre la main dessus.

Puis elle se rappela. Elle savait qui c'était. Scotty, le gâteau, le numéro de téléphone. Elle repoussa sa chaise et se leva.

— Conduis-moi au centre commercial, Howard.

— Qu'est-ce que tu dis?

— Le centre commercial. Je sais qui appelle. Je sais qui c'est. C'est le pâtissier, ce salaud de pâtissier, Howard. Je lui avais commandé un gâteau pour l'anniversaire de Scotty. C'est lui qui appelle. C'est lui qui a notre numéro et n'arrête pas d'appeler. Pour nous harceler à propos de ce gâteau. Le pâtissier. Quel salaud.

Ils allèrent au centre commercial. Le ciel était clair et les étoiles scintillaient. Il faisait froid et ils mirent le chauffage dans la voiture. Ils s'arrêtèrent devant la pâtisserie. Tous les magasins et boutiques étaient fermés, mais il y avait des voitures à l'autre bout du parking, devant le cinéma. Les vitrines de la pâtisserie étaient noires, mais en approchant des vitres, ils virent que l'arrière-boutique était allumée. De temps en temps, un grand costaud entrait et sortait d'une flaque de lumière blafarde. Par la vitre, elle voyait les présentoirs et quelques petites tables entourées de chaises. Elle essaya de pousser la porte. Elle tapa aux vitres. Mais si le pâtissier les entendit, il fit la sourde oreille. Il ne regarda même pas dans leur direction.

Ils firent le tour de la pâtisserie, se garèrent et descendirent de voiture. Il y avait une fenêtre éclairée, mais trop haute pour qu'ils puissent voir à l'intérieur. Près de la porte, une pancarte annonçait : PATISSERIE — COMMANDES. Elle entendit la radio marcher doucement à l'intérieur, et quelque chose qui grinçait — une porte de four qu'on ouvrait ? Elle frappa et attendit. Puis elle frappa de nouveau, plus fort. On baissa la radio, puis elle entendit un frottement cette fois, comme un tiroir qu'on ouvre et qu'on referme.

Quelqu'un ouvrit la porte. Debout dans la lumière, le pâtissier les regarda.

— Je suis fermé pour les commandes, dit-il. Qu'est-ce que vous voulez à une heure pareille ? Il est minuit. Vous êtes saouls ou quoi ?

Elle s'avança dans la lumière venant de la porte.

Les lourdes paupières du pâtissier battirent en la reconnaissant.

— C'est vous, dit-il.

— C'est moi, dit-elle. La mère de Scotty. Et voilà le père de Scotty. Nous aimerions entrer.

— Je suis occupé. J'ai du travail, dit le pâtissier.

Elle était entrée de toute façon. Howard la suivit. Le pâtissier recula.

— Ça sent la pâtisserie ici. Tu ne trouves pas que ça sent la pâtisserie, Howard?

— Qu'est-ce que vous voulez? dit le pâtissier. Peut-être que vous voulez votre gâteau? C'est ça, vous avez décidé que vous voulez votre gâteau. Vous avez bien commandé un gâteau, non?

— Vous êtes futé pour un pâtissier, dit-elle. Howard, voilà l'homme qui n'arrête pas de nous appeler.

Elle serra les poings en le regardant d'un air féroce. Elle se sentait consumée de l'intérieur, consumée d'une colère qui lui donnait l'impression d'être plus grande qu'elle-même, plus grande que ces deux hommes.

— Une minute, dit le pâtissier. Vous voulez votre gâteau de trois jours? C'est ça? Je vais pas discuter avec vous, ma petite dame. Il est là, et de plus en plus rassis. Je vous le laisserai pour la moitié du prix convenu. Non. Vous le voulez? Il est à vous. Moi, je peux rien en faire maintenant, personne peut rien en faire. Il m'a coûté du temps et de l'argent, ce gâteau. Si vous le voulez, d'accord, si vous le voulez pas, encore d'accord. Il faut que je me remette au boulot.

Il les regarda, passant la langue entre ses dents.

— Encore des gâteaux, dit-elle.

Elle savait qu'elle se maîtrisait, qu'elle maîtrisait ce qui montait en elle. Elle était calme.

— Je travaille seize heures par jour pour gagner ma vie, ma petite dame, dit le pâtissier en s'essuyant les mains à son tablier. Je travaille nuit et jour pour joindre les deux bouts.

Le visage d'Ann prit une expression qui fit reculer le pâtissier.

— Attention, du calme, dit-il.

Il tendit le bras vers son comptoir et y prit de la main droite un rouleau à pâtisserie qu'il se mit à taper dans sa paume gauche.

— Vous voulez le gâteau oui ou non ? Il faut que je me remette au boulot. Les pâtissiers, ça travaille jour et nuit.

Il avait de petits yeux mauvais, pensa-t-elle, perdus dans ses grosses joues hérissées de barbe. Il avait le cou gras et épais.

— Je sais que les pâtissiers travaillent la nuit, dit Ann. Ils téléphonent la nuit, aussi. Espèce de salaud !

Le pâtissier continua à taper son rouleau dans sa main. Il jeta un coup d'œil à Howard.

— Du calme, du calme, lui dit-il.

— Mon fils est mort, dit-elle d'un ton froid, définitif. Il a été renversé par une voiture lundi matin. Nous l'avons veillé jusqu'à sa mort. Mais, bien entendu, vous ne pouviez pas le savoir, n'est-ce pas ? Les pâtissiers ne peuvent pas tout savoir — n'est-ce pas, Monsieur le Pâtissier ? Mais il est mort. Il est mort, salaud !

Aussi soudainement que la colère était montée en elle, elle se retira, faisant place à autre chose, à une sorte de vertige nauséeux. Elle s'appuya contre la table en bois saupoudrée de farine, se cacha le visage dans les mains et se mit à pleurer, à gros sanglots qui lui secouaient les épaules.

— Ce n'est pas juste, dit-elle. Ce n'est pas juste, ce n'est pas juste.

Howard la prit par la taille et regarda le pâtissier.

— Vous devriez avoir honte, dit-il.

Le pâtissier reposa son rouleau à pâtisserie sur le comptoir. Il ôta son tablier qu'il jeta à côté du rouleau. Il les regarda en secouant lentement la tête. Il tira une chaise de sous la table de bridge supportant papier et recettes, calculette et annuaire.

— Je vous en prie, asseyez-vous, dit-il à Howard. Je vais vous chercher une chaise. Asseyez-vous, s'il vous plaît.

Il passa dans la boutique et revint avec deux petites chaises en fer forgé.

— S'il vous plaît, asseyez-vous tous les deux.

Ann s'essuya les yeux et regarda le pâtissier.

— J'aurais voulu vous tuer, dit-elle. Vous voir mort.

Le pâtissier leur fit de la place sur la table. Il poussa de côté la calculette, les papiers et les recettes. Il jeta l'annuaire par terre où il atterrit avec un bruit mat. Howard et Ann s'assirent et rapprochèrent leurs chaises de la table. Le pâtissier s'assit aussi.

— Je voudrais vous dire à quel point je regrette ce que j'ai fait, dit le pâtissier posant ses coudes sur la table. Dieu seul sait comme je le regrette. Écoutez. Je ne suis qu'un pâtissier. J'ai pas la prétention d'être autre chose. Peut-être qu'avant, il y a des années, j'étais autrement. J'ai oublié, je ne sais plus. Mais je ne suis plus ce que j'étais, si je l'ai jamais été. Maintenant, je suis plus qu'un pâtissier. Ça n'excuse pas ce que j'ai fait. Mais je le regrette. Je regrette ce qui est arrivé à votre fils, et le rôle que j'ai joué.

Il étala ses mains sur la table, puis les retourna, paumes en l'air.

— Je n'ai pas d'enfants, alors je peux seulement imaginer ce que vous souffrez. Tout ce que je peux vous dire, c'est que je regrette. Pardonnez-moi, si vous pouvez. Je ne suis pas mauvais bougre, je crois pas. Je suis pas un salaud comme vous avez dit au téléphone. Il faut que vous compreniez, je suis devenu un vieil ours, on dirait. Je vous en prie, est-ce que vous pourrez me pardonner ?

Il faisait chaud dans la pâtisserie ; Howard se leva, ôta son manteau et aida Ann à ôter le sien. Le pâtissier les considéra quelques instants, puis hocha la tête et se leva aussi. Il s'approcha du four et tourna quelques boutons. Il trouva des tasses et les remplit de café à la cafetière électrique. Il posa un pot de crème et un sucrier sur la table.

— Vous avez sûrement besoin de manger un morceau, dit le pâtissier. J'espère que mes petits pains tout chauds vous plairont. Il faut que vous mangiez pour tenir le coup. Manger, c'est pas grand-chose, mais ça fait du bien dans une situation comme ça.

Il leur servit des petits pains à la cannelle tout chauds sortis du four, et dont le glaçage coulait encore. Il posa le beurre sur la table, et des couteaux pour l'étaler. Puis il s'assit avec eux. Il attendit. Il attendit jusqu'au moment où chacun d'eux prit un petit pain et se mit à manger.

— Ça fait du bien de manger quelque chose, dit-il en les observant. Il y en a encore. Mangez. Mangez tout ce que vous voudrez. Il y en a tant qu'on veut.

Ils mangèrent les petits pains en buvant du café. Soudain, Ann se sentait affamée, et les petits pains étaient chauds et sucrés. Elle en mangea trois, ce qui fit plaisir au pâtissier. Puis il se mit à parler. Ils l'écoutaient avec attention. Bien qu'ils fussent épuisés et angoissés, ils écoutèrent tout ce que le pâtissier avait à leur dire. Ils hochèrent la tête quand le pâtissier se mit à parler de la solitude, et de cette impression de doute et de limitation qu'il ressentait dans son âge mûr. Il leur dit ce que c'était que d'avoir passé toute une vie sans enfants. Il leur parla des jours qui se répétaient, avec les fours tout le temps pleins et tout le temps vides. La préparation des buffets, des fêtes. Les glaçages épais comme ça. Les petits mariés plantés en haut des gâteaux de noces. Des centaines, non, des milliers, maintenant. Les anniversaires. Vous voyez ça, toutes ces bougies qui brûlent. Il avait une bonne clientèle. Il était pâtissier. Il était content de n'être pas fleuriste. C'est mieux de nourrir les gens. Et ça sentait meilleur que les fleurs.

— Sentez-moi ça, dit le pâtissier, rompant un pain complet. C'est un pain lourd, mais riche.

Ils sentirent le pain, puis il le leur fit goûter. Il avait un goût de mélasse et de grain concassé. Ils l'écoutèrent. Ils mangèrent tout ce qu'ils voulurent. Ils avalèrent le pain complet. Les lumières fluorescentes éclairaient comme en plein jour. Ils parlèrent jusqu'au petit matin, quand l'aube grise pâlit les hautes fenêtres, sans penser à partir.

LES VITAMINES DU BONHEUR

J'avais un emploi et Patti n'en avait pas. Je travaillais quelques heures, la nuit, à l'hôpital. Un job insignifiant. A part quelques menues tâches, je signais le bulletin de présence pour huit heures, et allais boire avec les infirmières. Au bout d'un moment, Patti a voulu travailler. Elle disait qu'elle avait besoin d'un travail par dignité personnelle. Alors elle a commencé par faire du porte à porte pour vendre des vitamines.

Pendant un certain temps, elle n'a été qu'une simple vendeuse comme les autres, arpentant les rues dans des quartiers inconnus, frappant à toutes les portes. Mais elle apprit les trucs du métier. C'était une rapide, et elle avait toujours été douée à l'école. Elle avait de la personnalité. Bientôt, sa compagnie lui donna de l'avancement. Certaines filles moins débrouillardes furent placées sous ses ordres. Avant longtemps, elle dirigeait toute une équipe et avait un petit bureau au siège. Les filles qui travaillaient pour elle changeaient tout le temps. Certaines quittaient au bout de deux jours — voire au bout de deux heures. Mais parfois il y avait des filles capables. Elles s'y entendaient à vendre des vitamines. C'étaient ces filles-là qui restaient avec Patti. Elles formaient le noyau de l'équipe. Pourtant il y en avait qui n'arrivaient pas à vendre.

Les filles qui n'accrochaient pas partaient, c'est

tout. Elles ne revenaient pas. Si elles avaient le téléphone, elles le débranchaient. Elles ne répondaient pas à la porte. Patti prenait à cœur ces défections, comme si les filles étaient des converties ayant perdu la foi. Elle se sentait responsable de leur départ. Mais elle s'en remettait. Trop d'entre elles partaient pour ne pas s'en remettre.

De temps en temps, une fille paniquait et n'arrivait pas à tirer une sonnette. Ou alors, elle sonnait, mais sa voix se bloquait. Ou alors, elle mélangeait à ses formules de politesse quelque chose qu'elle n'aurait pas dû dire avant d'être à l'intérieur. Dans les cas comme ça, la fille décrochait pour la journée, prenait sa boîte d'échantillons, traînait jusqu'à ce que Patti et les autres aient fini. Après elles se réunissaient en conférence. Elles revenaient toutes au bureau. Elles se disaient des trucs pour se donner du cœur au ventre. « Quand le boulot devient dur, les durs continuent le boulot. » Ou « Fais ce qu'il faut et ce qu'il faut arrivera. » Des trucs comme ça.

Parfois, une fille prenait la clé des champs, avec la boîte d'échantillons et tout. Elle rentrait en ville en stop et filait. Il y en avait toujours d'autres pour prendre sa place. Les filles allaient et venaient, à l'époque. Patti avait une liste. A intervalles réguliers de quelques semaines, elle passait une annonce dans *L'Économe*. Il y avait d'autres filles et d'autres stages de formation. Des filles, il y en avait à la pelle.

Le noyau de l'équipe se composait de Patti, Donna et Sheila. Patti était très belle, avec de l'allure, Donna et Sheila étaient passables, c'est tout. Un soir, cette Sheila dit à Patti qu'elle l'aimait plus que personne au monde. Patti me rapporta ces paroles. Elle avait raccompagné Sheila, et elles étaient restées devant chez elle. Patti dit à Sheila qu'elle l'aimait aussi. Qu'elle aimait toutes ses filles. Mais ce n'était pas ce que Sheila avait en tête. Alors Sheila avait porté la main à la poitrine de Patti. Patti m'avait dit qu'elle avait pris la main de Sheila et l'avait gardée dans les siennes. Elle lui avait expliqué qu'elle n'était pas de ce bord-là. Sheila n'avait pas bronché, elle avait seulement hoché la tête, embrassé la main de Patti et était descendue de voiture.

C'était peu avant Noël. Les vitamines se vendaient mal, et on avait décidé de donner une soirée pour remonter le moral aux filles. Sur le moment, ça semblait une bonne idée. Sheila fut la première à être saoule et à tourner de l'œil. Elle s'évanouit tout debout, s'effondra et dormit pendant des heures. Elle était debout au milieu du séjour, et la minute d'après ses yeux se fermaient, ses jambes fléchissaient, et elle tombait, son verre encore à la main. Dans sa chute, la main tenant le verre frappa la table basse quand elle tomba. A part ça, on ne l'entendit pas. Le verre se renversa sur le tapis. Patti, moi et une autre, on la transporta sur la véranda derrière la maison, on la coucha sur un lit de camp et on fit ce qu'on put pour oublier.

Tout le monde se saoula et rentra chez soi. Patti se mit au lit. Moi, je voulais continuer, alors je m'assis à la table avec un verre, jusqu'à l'aube. Puis Sheila rentra de la véranda et sursauta. Elle dit qu'elle avait une migraine à se taper la tête contre les murs. Que sa migraine était tellement carabinée qu'elle avait peur d'en loucher toute sa vie. Et elle était sûre qu'elle s'était cassé le petit doigt. Elle me le montra. Il était violet. Elle se mit à faire toute une histoire parce qu'on l'avait laissée dormir avec ses lentilles de contact. Elle voulait savoir si on se foutait d'elle. Elle approcha son petit doigt de son visage et le regarda en secouant la tête. Puis elle tendit le bras et continua à le regarder. On aurait dit qu'elle n'arrivait pas à croire ce qui lui était arrivé cette nuit-là. Elle avait le visage boursouflé et les cheveux ébouriffés. Elle fit couler de l'eau froide sur son doigt.

— Mon Dieu, mon Dieu, dit-elle, et elle pleura un peu dans l'évier.

Mais elle avait fait du gringue à Patti, une déclaration d'amour, et je ne la plaignis pas.

Je buvais un whisky avec du lait et un glaçon. Sheila était penchée sur la paillasse. Elle me regardait, avec des petits yeux. Je bus une gorgée, sans rien dire. Elle se remit à me raconter qu'elle avait une gueule de bois pas possible. Qu'elle avait besoin de voir un docteur. Qu'elle allait réveiller Patti. Qu'elle laissait tomber son boulot, qu'elle quittait l'État pour aller à Portland. Mais qu'il fallait d'abord qu'elle dise au revoir à Patti. Elle voulait que Patti la conduise à l'hôpital pour son doigt et ses yeux.

— Je vais t'y conduire, dis-je.

Je n'en avais pas envie, mais j'irais quand même.

— Je veux que ce soit Patti.

Elle tenait son doigt cassé de l'autre main, son petit doigt aussi gros qu'une lampe de poche.

— En plus, il faut qu'on se parle. Il faut que je lui dise que je vais à Portland. Il faut que je lui dise au revoir.

— Je suppose qu'il faudra que je le lui dise à ta place. Elle dort.

Sheila devint mauvaise.

— On est *amies*. Il faut que je lui parle. Il faut que je lui dise moi-même.

Je secouai la tête.

— Elle dort. Je viens de te le dire.

— On est amies, et on s'aime. Il faut que je lui dise au revoir.

Sheila s'apprêta à sortir de la cuisine. Je fis mine de me lever.

— J'ai dit que je te conduirais à l'hôpital.

— Tu es saoul! Tu ne t'es pas couché.

Elle regarda encore son doigt et ajouta:

— Merde, pourquoi c'est arrivé, ça?

— Je suis saoul, mais je peux conduire jusqu'à l'hôpital.

— Je ne veux pas monter en voiture avec toi! hurla Sheila.

— Comme tu voudras. Mais tu ne réveilleras pas Patti. Putain de gougnote!

— Salaud!

Voilà ce qu'elle dit, sur quoi elle sortit de la cuisine, passa la porte sans aller aux toilettes ou se laver la figure. Je me levai et la regardai par la fenêtre. Elle descendait la rue vers Euclid Avenue. Personne d'autre n'était levé. Il était trop tôt.

Je terminai mon verre et pensai à m'en reverser un autre. Ce que je fis.

Après ça, personne ne revit plus Sheila. En tout cas, personne du groupe des vitamines. Elle tourna dans Euclid Avenue et sortit de nos vies.

Plus tard, Patti dit:

— Qu'est-ce qui lui est arrivé, à Sheila?

— Elle est partie à Portland, répondit-je.

J'en pinçais pour Donna, l'autre membre du noyau. Le jour de la soirée, on avait dansé sur des disques de Duke Ellington. La main posée au creux de ses reins tout en évoluant sur le tapis, je la serrais de près, je sentais le parfum de ses cheveux. C'était chouette de danser avec elle. J'étais le seul homme, et il y avait sept filles, dont six dansaient entre elles. Le spectacle du séjour, c'était chouette.

J'étais dans la cuisine quand Donna entra avec son verre vide. On se regarda. Je la pris dans mes bras et on s'embrassa. Immobiles, on resta un moment embrassés comme ça.

Puis elle dit:

— Non. Pas maintenant.

En entendant ce « pas maintenant », je la lâchai. Je me disais que c'était aussi sûr que de l'argent en banque.

J'étais en train de ruminer cette étreinte quand Sheila était entrée avec son doigt cassé.

Je continuai à penser à Donna. Je vidai mon verre.

Je décrochai le téléphone et me dirigeai vers la chambre. Je me déshabillai et me couchai près de Patti. Je restai allongé un moment, pour me détendre. Puis je la pris. Mais elle ne se réveilla pas. Après, je fermai les yeux.

L'après-midi était avancé quand je les rouvris. J'étais seul dans le lit. La pluie battait les carreaux. Un beignet était posé sur l'oreiller de Patti, et un verre d'eau de la veille sur la table de nuit. J'étais encore saoul et je n'avais pas les idées nettes. Je savais que c'était dimanche, et que Noël n'était pas loin. Je mangeai le beignet et bus le verre d'eau. Je me rendormis et ne me réveillai qu'en entendant Patti passer l'aspirateur. Puis elle entra dans la chambre et me demanda ce qu'était devenue Sheila. C'est alors que je lui dis. Qu'elle était partie à Portland.

Environ une semaine après le Jour de l'An, Patti et moi, on prenait un verre. Elle venait de rentrer de son travail. Il n'était pas très tard, mais le temps était sombre et pluvieux. J'allais prendre mon service dans deux heures, mais avant on prenait un scotch en bavardant. Patti était crevée. Elle avait le moral à zéro et en était à son troisième verre. Personne n'achetait de vitamines. Et elle n'avait plus que Donna et Pam, une presque bleue qui était klepto. On parlait de choses et d'autres, comme du mauvais temps et des contredanses qu'on peut faire sauter. Puis on se mit à discuter, on serait mieux lotis si on déménageait en Arizona, ou un endroit comme ça.

Je remplis nos verres. Je regardai par la fenêtre. L'Arizona, ce n'était pas une mauvaise idée.

— Les vitamines, dit Patti.

Elle prit son verre et fit tourner ses glaçons.

— Nom d'un chien! dit-elle. Quand j'étais à l'école, c'est bien la dernière chose que je me serais vue faire. Merde, je n'aurais jamais pensé que je finirais par vendre des vitamines. Elle est bien bonne, celle-là. C'est d'un comique!

— Je n'y avais jamais pensé non plus, chérie, dis-je.

— Exact. Tu as bien résumé la situation.

— Chérie.

— Il n'y a pas de chérie qui tienne. La vie est dure. Tu peux la regarder du côté que tu veux, elle est dure.

Elle sembla réfléchir un moment à la question. Elle secoua la tête puis elle vida son verre.

— Je rêve de vitamines même la nuit. Pas une minute de répit! Pas de répit! Au moins, toi, quand tu as fini ton travail, tu n'y penses plus. Je parie que tu n'en as jamais rêvé. Je parie que tu ne rêves jamais que tu cires les parquets ou autre chose. Quand tu sors de ton boulot, tu n'en rêves pas, non? cria-t-elle.

— Je ne me souviens jamais de mes rêves. Peut-être que je ne rêve pas. Je ne me rappelle rien quand je me réveille.

Je haussai les épaules. Je ne savais pas ce qui se passait dans ma tête quand je dormais. Je m'en foutais.

— Tu rêves! s'écria Patti. Même si tu ne t'en souviens pas. Tout le monde rêve. Si tu ne rêvais pas, tu deviendrais fou. J'ai lu des trucs là-dessus. C'est une soupape. Les gens rêvent quand ils dorment. Ou alors, ils deviennent dingues. Mais moi, quand je rêve, je rêve de vitamines. Tu comprends ce que je te dis?

Elle avait les yeux fixés sur moi.

— Oui et non, dis-je.

La question n'était pas simple.

— Je rêve que je fais l'article pour les vitamines. Je vends des vitamines jour et nuit. Merde, quelle vie!

Elle vida son verre.

— Comment elle va, Pam? Elle continue à faucher?

Je voulais détourner la conversation, mais je n'avais rien trouvé d'autre à dire.

— Merde alors! dit Patti.

Et elle secoua la tête comme si j'étais débile. On écouta tomber la pluie.

— Personne ne vend de vitamines, continua Patti. Elle prit son verre, mais il était vide.

— Personne n'achète de vitamines. Voilà ce que j'essaie de te faire comprendre. Tu as entendu ce que je t'ai dit?

Je me levai et remplis nos verres.

— Donna fait quelque chose? demandai-je.

Je lus l'étiquette de la bouteille et attendis.

— Elle a pris une petite commande avant-hier. C'est tout. C'est tout ce qu'on a fait cette semaine, à nous toutes. Ça ne m'étonnerait pas qu'elle laisse tomber. Je la comprendrais, dit Patti. Si j'étais elle, je laisserais tomber. Et si elle s'en va, alors quoi? Je reviens à la case départ. Je repars à zéro. On est au milieu de l'hiver, tout le monde est malade, tout le monde meurt, et les gens ne pensent même pas qu'ils ont besoin de vitamines. J'en suis malade moi-même.

— Qu'est-ce qu'il y a, chérie?

Je posai les verres sur la table et m'assis. Elle poursuivit comme si je n'avais rien dit. Peut-être que je n'avais rien dit.

— Je suis mon unique cliente, dit-elle. Je me dis que de prendre toutes mes vitamines, ça me fera du bien à la peau. Qu'est-ce que tu en penses, de ma peau? Tu crois que ça existe, les overdoses de vitamines? J'en arrive à ne même plus pouvoir vomir comme les gens normaux.

— Chérie, dis-je.

— Tu t'en fous que je prenne des vitamines. Voilà le hic. Tu te fous de tout. Mes essuie-glaces se sont cassés cet après-midi. J'ai failli avoir un accident. A un cheveu.

On continua à boire et à parler jusqu'à l'heure de

mon boulot. Patti dit qu'elle allait se tremper dans la baignoire si elle ne s'endormait pas avant.

— Je dors debout, dit-elle. Vitamines ! Il n'y a plus que ça qui compte !

Elle regarda autour d'elle dans la cuisine. Elle regarda son verre vide. Elle était saoule. Elle me laissa l'embrasser. Après, je partis à mon boulot.

Il y a un endroit où je vais après le travail. J'ai commencé à y aller pour la musique, et parce qu'on me servait après la fermeture. Ça s'appelle *Off-Broadway*. C'est un bar de Noirs dans le quartier noir. Le gérant est un Noir qui s'appelle Khaki. Les gens viennent chez lui quand on ferme ailleurs. Ils demandent la spécialité maison — Coca Royal Crown avec une giclée de whisky — ou alors, ils apportent leur bouteille dans leur poche. Ils demandent un R.C. et ajoutent leur whisky. Il y a des musiciens qui viennent faire un bœuf, et les buveurs qui veulent continuer à boire boivent en écoutant la musique. Parfois, les gens dansent. Mais la plupart du temps, ils boivent en écoutant la musique.

De temps en temps, un Noir file un coup de bouteille sur la tête d'un autre Noir. Une fois, le bruit a couru qu'on avait suivi quelqu'un aux toilettes et qu'on lui avait coupé la gorge pendant qu'il avait les mains occupées à pisser. Mais je n'ai jamais vu de bagarre. Rien que Khaki ne puisse contrôler. Khaki est un grand Noir avec un crâne chauve comme un genou qui brille drôlement sous les néons. Il porte des chemises hawaïennes par-dessus son pantalon. Je crois qu'il a un pistolet dans sa ceinture. Du moins, sans doute. Si quelqu'un commence à faire du pétard, Khaki s'amène. Il pose sa grosse patte sur l'épaule du gars, il dit quelques mots et on n'en parle plus. J'y allais de temps en temps depuis quelques mois. J'étais content parce qu'on me disait des trucs — des trucs comme : « Ça va, mon vieux ? » ou « Dis donc, ça fait une paye qu'on t'a pas vu, mon pote. »

C'est à l'*Off-Broadway* que j'avais donné rendez-vous à Donna. Le seul rendez-vous qu'on ait eu.

Je sortis de l'hôpital juste après minuit. Le temps s'était levé et les étoiles brillaient. J'avais toujours la tête lourde des scotchs que j'avais bus avec Patti. Mais je me dis que je passerais bien au *New Jimmy* pour boire un verre en vitesse avant de rentrer. La voiture de Donna était à côté de la mienne, et Donna était dedans. Je me souvenais de cette étreinte dans la cuisine. « Pas maintenant » qu'elle avait dit.

Elle baissa sa vitre et secoua sa cigarette.

— Je ne pouvais pas fermer l'œil, dit-elle. J'ai des tas de trucs qui me trottent dans la tête, et je n'arrivais pas à dormir.

— Tiens, Donna. Je suis content de te voir, Donna.

— Je ne sais pas ce que j'ai.

— Tu veux qu'on aille quelque part prendre un verre ?

— Patti est mon amie.

— C'est mon amie aussi.

Puis j'ajoutai :

— Allons-y.

— Je voulais que tu le saches.

— Je connais un bar. Un bar de Noirs. Il y a de la musique. On pourra prendre un verre en écoutant la musique.

— Tu peux me conduire ?

— Viens à côté de moi.

Elle attaqua tout de suite sur les vitamines. Les vitamines étaient foutues, les vitamines buvaient un bouillon. Le marché des vitamines était en chute libre.

— Ça me fait mal au cœur de faire ça à Patti, dit Donna. C'est ma meilleure amie, et elle se décarcasse pour nous faire une situation. Mais il va falloir que je laisse tomber. Ça, c'est entre nous. Jure-le ! Mais il faut bien que je mange. Il faut que je paie mon loyer. J'ai besoin de chaussures et d'un manteau neuf. Les vitamines, ça ne paie plus. Je ne crois pas qu'il y ait encore de l'argent à gagner dans les vitamines. Je n'ai rien dit à Patti. Comme je te l'ai dit, c'est une idée, c'est tout.

Donna posa sa main à côté de ma jambe. Je la pris et lui serrai les doigts. Elle me rendit la politesse. Puis elle retira sa main et enfonça l'allume-cigare. Quand elle eut allumé sa cigarette, elle remit sa main à la même place.

— Le pire, c'est que ça me fait mal au cœur de laisser tomber Patti. Tu comprends? On formait une équipe.

Elle me tendit sa cigarette.

— Je sais que ce n'est pas ta marque, mais essaie toujours.

J'entrai dans le parking de l'*Off-Broadway*. Trois Noirs étaient appuyés contre une Chevrolet au pare-brise fêlé. Ils traînaient, c'est tout, en se passant une bouteille dans un sac. Ils nous jetèrent un coup d'œil. Je contournai la voiture pour ouvrir la portière à Donna. Je fermai les portes à clé, pris Donna par le bras et on se dirigea vers la rue. Les Noirs nous regardèrent.

— Tu n'as pas l'intention d'aller à Portland, non? lui dis-je.

On était sur le trottoir et je la pris par la taille.

— Portland, connais pas. Je n'y ai jamais pensé une minute.

A l'*Off-Broadway*, la salle de devant, c'est une salle de bar normale. Quelques Noirs étaient assis au comptoir, et d'autres étaient penchés sur leurs assiettes, autour de tables couvertes de toile cirée rouge. On traversa le café et on entra dans la grande salle de derrière. Il y a un long comptoir avec des box contre le mur, et dans le fond, une estrade où les musiciens peuvent s'installer. Devant la plate-forme s'étend ce qui peut passer pour une piste de danse. Les bars et les boîtes de nuit étaient encore ouverts, alors il n'y avait pas encore grand monde. J'aidai

Donna à ôter son manteau. On choisit un box et on posa nos cigarettes sur la table. La serveuse noire, qui s'appelle Hannah, s'approcha. Hannah et moi, on se salua de la tête. Elle regarda Donna. Je commandai deux Coca RC maison et décidai de voir la vie en rose.

Elle nous apporta nos verres, je payai, on en but une gorgée, puis on se mit à se peloter. On continua comme ça un moment, à se caresser, se peloter et s'embrasser. De temps en temps, Donna s'arrêtait, s'écartait de moi, me repoussait un peu et me prenait par les poignets. Elle me regardait dans les yeux. Puis elle fermait lentement les paupières et on se remettait à s'embrasser. Bientôt, la salle commença à se remplir. On arrêta de se bécoter. Mais je gardai mon bras autour de sa taille. Elle posa la main sur ma jambe. Deux cornistes noirs et un batteur blanc se mirent à jouer un morceau. Je me dis que Donna et moi, on allait prendre un autre verre en écoutant la musique. Puis on s'en irait chez elle pour finir ce qu'on avait commencé.

Je venais juste de passer ma commande à Hannah quand un Noir nommé Benny s'approcha avec un autre Noir — un grand Noir sur son trente et un. Il avait des petits yeux rouges et portait un complet trois-pièces à rayures. Plus chemise rose, cravate, pardessus, feutre mou — tout quoi !

— Salut mon vieux, dit Benny.

Benny me tendit le bras pour une poignée de main fraternelle. Benny et moi, on se mit à bavarder. Il savait que j'aimais la musique, et il venait toujours bavarder avec moi quand on était là tous les deux. Il aimait parler de Johnny Hodges, il avait joué du saxo avec lui. Il disait des trucs, par exemple : « Quand Johnny et moi on a fait un bœuf à Mason City... »

— Bonsoir, Benny, dis-je.

— Je te présente Nelson, dit Benny. Il revient du Vietnam aujourd'hui. Ce matin. Il vient écouter la musique. Il a mis ses chaussures de danse, juste en cas.

Benny regarda Nelson et hocha la tête.

— Je te présente Nelson.

Je regardai les chaussures luisantes de Nelson, puis je regardai Nelson. Il semblait vouloir me situer. Il m'étudiait. Puis il me décocha un sourire jusqu'aux oreilles.

— Je vous présente Donna, dis-je. Donna, voilà Benny, et Nelson. Nelson, Donna.

— Salut, petite, dit Nelson.

Et Donna rétorqua du tac au tac :

— Salut Nelson, salut Benny.

— On peut s'asseoir avec vous, les enfants ? dit Benny. D'accord ?

— D'accord, je dis.

Mais j'aurais préféré qu'ils trouvent une autre place.

— On ne va pas rester longtemps, dis-je. Juste le temps de finir notre verre, c'est tout.

— Je sais, mon vieux, je sais, dit Benny.

Il s'assit en face de moi quand Nelson fut installé dans le box.

— Les choses à faire, les endroits où aller, Benny connaît tout, dit Benny avec un clin d'œil.

Nelson regarda Donna en face de lui, puis il ôta son chapeau. Il le tournait et retournait dans ses grosses pognes, comme s'il cherchait quelque chose sur le rebord. Il fit de la place sur la table pour son couvre-chef. Il regarda Donna. Il sourit en bombant le torse. Il bombait le torse toutes les deux minutes, comme fatigué de porter ses épaules.

— C'est un grand copain à vous, je parie, dit Nelson à Donna.

— On est amis, oui, dit Donna.

Hannah revint. Benny commanda des RC. Hannah s'éloigna et Nelson sortit une pinte de whisky de son pardessus.

— Amis, dit Nelson. Bons amis.

Il dévissa le bouchon de son whisky.

— Attention, Nelson, dit Benny. Attention qu'on te voie pas. Nelson descend d'avion. Retour du Vietnam, dit Benny.

Nelson leva sa bouteille et but une rasade au goulot. Il revissa le bouchon, posa la bouteille sur la table et mit son chapeau par-dessus.

— Vraiment bons amis, dit-il.

Benny me regarda en roulant les yeux. Mais il était saoul, lui aussi.

— Il faut que je me remette en forme, dit-il.

Il but un peu de Coca dans les deux verres, puis les passa sous la table et les compléta avec du whisky. Il remit la bouteille dans sa poche.

— Merde, ça fait un mois que je suis au régime sec. Faut que je reprenne les bonnes habitudes.

On était tassés dans le box, nos verres devant nous, le chapeau de Nelson sur la table.

— Toi, me dit Nelson, tu es avec une autre, non ? Avec une belle môme. Vous êtes pas mariés, je sais. Mais tu es bon copain avec celle-là aussi. Exact ?

Je bus une rasade, mais sans sentir le whisky, sans rien sentir du tout.

— Toutes ces conneries qu'on voit sur le Vietnam à la télé, c'est vrai ? je demandai.

Nelson me fixait de ses yeux rouges.

— Ce que je veux dire, c'est : est-ce que tu sais où elle est, ta femme ? Je parie qu'elle est dehors avec un mec, et elle lui fait des choses et elle le fait bander pendant que t'es là avec ta petite copine. Je parie qu'elle a un petit copain aussi, elle.

— Nelson ! dit Benny.

— Y a pas de Nelson qui tienne, dit Nelson.

— Nelson, foutons-leur la paix. Il y a quelqu'un dans le box d'à côté. Quelqu'un dont je t'ai parlé. Nelson descend d'avion de ce matin, dit Benny.

— Je parie que je sais ce que tu penses, dit Nelson. Je parie que tu penses : « V'là un Noir complètement beurré, qu'est-ce que je vais en faire ? Le dérouiller, peut-être ? » C'est bien ça que tu penses, hein ?

Je regardai la salle autour de moi. Je vis Khaki debout près de l'estrade, les musiciens jouant derrière lui. Il y avait quelques couples sur la piste. J'eus l'impression que Khaki regardait de mon côté, mais s'il regarda, il détourna les yeux tout de suite.

— C'est pas à ton tour de parler? dit Nelson. Je te taquine, c'est tout. J'ai taquiné personne depuis que j'ai quitté le Vietnam. Les singes, je les ai pas mal taquinés.

Il eut encore un grand sourire, jusqu'aux oreilles. Puis il arrêta de sourire, l'œil vague.

— Montre-leur ton oreille, dit Benny, posant son verre sur la table. Il la transporte partout avec lui. Montre-leur, Nelson.

Nelson demeura immobile. Puis il se mit à tâter les poches de son pardessus. Il en sortit des affaires. Il sortit des clés et une boîte de boules de gomme.

— Je n'ai pas envie de voir une oreille, dit Donna. Berk. Deux fois berk. Nom d'un chien!

Elle me regarda.

— Il faut qu'on s'en aille, dis-je.

Nelson continuait à tâter ses poches. Il sortit un portefeuille de la poche intérieure de son veston, le posa sur la table, et le tapota de la main.

— J'ai cinq grands formats, là-dedans. Écoute-moi bien, dit-il à Donna. Je vais te donner deux billets. Tu me suis? Je te donne deux gros billets, et tu me tailles une pipe. Comme sa nana est en train de faire avec un autre. Tu m'entends? Tu sais qu'elle est en train de tailler une pipe à un mec pendant que t'es là, avec sa main sous ta jupe. C'est de bonne guerre. Tiens.

Il tira les coins des billets de son portefeuille.

— Voilà un autre billet de cent pour ton petit copain, pour qu'il se sente pas largué. Il a pas besoin de rien faire. T'as pas besoin de rien faire, me dit Nelson. Tu restes là à boire ton coup en écoutant la musique. Bonne musique. Moi et la nana, on sort ensemble comme des bons copains. Et elle revient toute seule. Ça sera pas long.

— Nelson, dit Benny. C'est pas des façons de parler, Nelson.

Nelson sourit de toutes ses dents.

— J'ai fini de parler, dit-il.

Il trouva ce qu'il cherchait. Un étui à cigarettes en argent. Il l'ouvrit. Je regardai l'oreille à l'intérieur, couchée sur un lit de coton. On aurait dit un champignon sec. Mais c'était une vraie oreille, et elle était attachée à une chaînette.

— Mon dieu, dit Donna. Berk.

— C'est quelque chose, hein? dit Nelson en regardant Donna.

— Tire-toi, dit Donna.

— C'était une fille, dit Nelson.

— Nelson, dis-je.

Puis Nelson me fixa de ses yeux rouges. Il poussa de côté le chapeau, le portefeuille et l'étui à cigarettes.

— Qu'est-ce que tu veux? dit Nelson. Je te donnerai ce que tu veux.

Khaki avait une main sur mon épaule et l'autre sur celle de Benny. Il était penché sur la table, son crâne brillant sous les lumières.

— Alors, les gars? Ça va comme vous voulez?

— Tout va bien, Khaki, dit Benny. Comme sur des roulettes. Les copains, ils allaient partir. Moi et Benny, on va rester un peu pour écouter la musique.

— Parfait, dit Khaki. Moi, ce que je veux, c'est que tout le monde soit heureux.

Il regarda le box. Il regarda le portefeuille de Nelson sur la table, et l'étui à cigarettes ouvert à côté. Il vit l'oreille.

— C'est une vraie oreille?

— Oui. Montre-lui, Nelson. Nelson descend d'avion ce matin avec son oreille. Il revient du Vietnam. Cette oreille, elle a fait le tour du monde pour être ce soir sur cette table. Montre-lui, Nelson, dit Benny.

Nelson prit l'étui et le tendit à Khaki.

Khaki examina l'oreille. Il souleva la chaîne et fit pendouiller l'oreille devant son nez. Il la regarda. Il la fit osciller au bout de sa chaînette.

— J'ai entendu parler de ces oreilles séchées, et des bites et tout.

— Je l'ai coupée sur un singe, dit Nelson. Il pouvait plus rien entendre avec. Je voulais un souvenir.

Khaki faisait tourner l'oreille au bout de sa chaîne.

Donna et moi, on se leva pour sortir du box.

— T'en va pas, ma petite, dit Nelson.

— Nelson, dit Benny.

Maintenant, Khaki surveillait Nelson. J'étais debout à côté du box, le manteau de Donna dans les mains. J'avais les jambes en coton.

Nelson éleva la voix.

— Si tu sors avec cet enfant de salaud, si tu le laisses te brouter le minet, vous aurez affaire à moi tous les deux.

On commença à s'éloigner. Les gens nous regardaient.

— Nelson revient du Vietnam, il descend d'avion ce matin, entendis-je Benny dire derrière moi. Il a bu toute la journée. C'est le jour le plus long. Mais lui et moi, ça va, Khaki.

Nelson gueula quelque chose par-dessus la musique.

— Ça vous servira à rien! Vous pouvez faire ce que vous voulez, ça servira à rien!

Je l'entendis dire ça, puis je n'entendis plus rien. La musique stoppa, puis reprit. On ne regarda pas en arrière. On continua. On sortit sur le trottoir.

J'ouvris la portière à Donna. Je remis le cap sur l'hôpital. Donna resta sagement à sa place. Elle alluma une cigarette, mais ne dit pas un mot.

J'essayai de dire quelque chose.

— Écoute, Donna, ne t'en fais pas pour ça. Je regrette que ça se soit passé comme ça.

— Cet argent, ça ne m'aurait pas fait de mal. C'est à ça que je pensais.

Je continuai à conduire, et je ne la regardai pas.

— C'est vrai. Ça ne m'aurait pas fait de mal.

Elle secoua la tête.

— Je ne sais pas, dit-elle.

Puis elle baissa la tête et se mit à pleurer.

— Ne pleure pas, dis-je.

— Je n'irai pas travailler demain, aujourd'hui, à n'importe quelle heure que le réveil sonne. Je n'irai pas. Je quitte la ville. Ce qui s'est passé ce soir, c'est un signe.

Elle poussa l'allume-cigare et attendit qu'il saute.

J'arrêtai sa voiture à côté de la mienne et coupai le moteur. Je regardai dans le rétroviseur, me demandant à moitié si je n'allais pas voir une vieille Chrysler entrer dans le parking, Nelson aux commandes. Je gardai les mains sur le volant une minute, puis les posai sur mes genoux. Je n'avais pas envie de toucher Donna. L'étreinte de l'autre soir dans la cuisine, les baisers à l'*Off-Broadway*, tout ça, c'était fini.

— Qu'est-ce que tu vas faire ? je dis.

Mais je m'en foutais. Elle aurait pu mourir d'une attaque, ça ne m'aurait fait ni chaud ni froid.

— Peut-être que je pourrais aller à Portland, dit-elle. Il doit bien y avoir quelque chose à Portland. En ce moment, tout le monde ne parle que de Portland. Portland, ça porte chance. Portland par-ci et Portland par-là. Portland, c'est aussi bien qu'ailleurs. C'est pareil.

— Donna, dis-je, il faut que je rentre.

Je me mis en devoir de descendre. J'entrouvris la portière, et la lumière du plafond s'alluma.

— Pour l'amour du ciel, éteins ça !

Je descendis en vitesse.

— Bonsoir, Donna, dis-je.

Je la laissai, les yeux fixés sur le tableau de bord. Je démarrai mon moteur et allumai les phares. Je passai la première et appuyai sur l'accélérateur.

Je me versai un scotch, en bus une gorgée et emportai mon verre à la salle de bains. Je me lavai les dents. Puis j'ouvris un tiroir. Patti me cria quelque chose de la chambre. Elle ouvrit la porte de la salle de bains. Elle était tout habillée. Elle s'était endormie avec ses affaires sur le dos, je suppose.

— Quelle heure est-il ? gueula-t-elle. Je ne me suis pas réveillée ! Mon dieu, oh, mon dieu ! Tu ne m'as pas réveillée, merde !

Elle était furax, debout sur le seuil, tout habillée. Elle aurait pu s'apprêter à aller au travail. Mais il n'y avait pas de boîte d'échantillons, pas de vitamines. Elle faisait un mauvais rêve, c'est tout. Elle se mit à secouer la tête, de droite et de gauche.

Je n'étais pas d'humeur à rien supporter de plus, ce soir-là.

— Retourne te coucher, chérie. Je cherche quelque chose.

Je pris quelque chose dans l'armoire à pharmacie. Des trucs tombèrent dans le lavabo.

— Où est l'aspirine ?

Je fis encore tomber des trucs. Je m'en foutais. Les trucs continuaient à tomber.

ATTENTION

APRÈS avoir beaucoup discuté — ce que sa femme,
Inez, appelait *évaluer la situation* — Lloyd quitta le
foyer conjugal et se prit un appartement. Il avait un
deux-pièces salle de bains au deuxième d'une maison de deux étages. Les pièces étaient mansardées.
Quand il marchait, il était obligé de baisser la tête. Il
devait s'accroupir pour regarder par la fenêtre, et
faire attention pour entrer dans son lit et en sortir. Il
y avait deux clés. Il rentrait dans la maison avec
l'une. Puis il montait un étage qui le menait au
premier palier. Il avait une autre volée de marches à
grimper jusqu'à sa porte, et ouvrait avec l'autre clé.

Un jour qu'il revenait chez lui dans l'après-midi,
avec un sac contenant trois bouteilles de champagne
André et un peu de viande, il s'arrêta sur le palier et
regarda chez sa propriétaire. Il vit la vieille dame
étendue à plat dos sur le tapis. Elle semblait dormir.
Puis il lui vint à l'idée qu'elle était peut-être morte.
Mais la télé marchait, alors il préféra penser qu'elle
dormait. Il ne savait pas quoi en penser. Il changea
son sac de main. C'est alors que la femme toussa,
allongea le bras le long de son corps, et s'immobilisa
de nouveau. Lloyd reprit sa montée et ouvrit sa
porte. Plus tard le même jour, vers le soir, en regardant par la fenêtre de sa cuisine, il vit la vieille dame
dans le jardin, en chapeau de paille, un bras ballant
au côté. Elle arrosait des pensées.

Dans sa cuisine, il avait un bloc cuisinière-réfrigérateur. Le bloc était petit, coincé dans l'étroit espace séparant l'évier du mur. Il était obligé de se baisser, presque de s'agenouiller, pour prendre quelque chose dans le réfrigérateur. Ça ne faisait rien, parce qu'il n'y mettait pas grand-chose de toute façon — à part des jus de fruits, un peu de viande, et du champagne. La cuisinière avait deux brûleurs. De temps en temps, il chauffait de l'eau dans une casserole et se faisait du café instantané. Mais certains jours, il ne buvait pas de café. Il oubliait, ou alors, il n'avait pas envie. Un matin, il se réveilla, et se mit tout de suite à manger des beignets en miettes en buvant du champagne. Quelques années plus tôt, ça l'aurait faire rire, un petit déjeuner pareil. Maintenant, ça ne lui paraissait pas si extraordinaire. En fait, il n'y avait rien trouvé d'extraordinaire jusqu'au moment, où, au lit, il avait cherché à se rappeler ce qu'il avait fait dans la journée, en commençant au lever. D'abord, il ne s'était rien rappelé d'intéressant. Puis il s'était souvenu d'avoir mangé ces beignets en buvant du champagne. A une époque, il aurait trouvé ça un peu dingue, quelque chose à raconter aux amis. Maintenant, plus il y pensait, plus il voyait que ça n'avait pas d'importance, ni dans un sens ni dans l'autre. Il avait mangé des beignets et bu du champagne au petit déjeuner. Et alors?

Dans son meublé, il avait aussi une table, des chaises, un petit canapé et un fauteuil, et un téléviseur posé sur une table basse. Il ne payait pas l'électricité, ce n'était même pas sa télé, alors parfois, il la laissait marcher jour et nuit. Mais il baissait le son, sauf quand il voyait quelque chose qui l'intéressait. Il n'avait pas de téléphone, ce qui lui convenait très bien. Il ne voulait pas le téléphone. Il y avait une chambre, avec un grand lit, une table de nuit et une commode, et une salle de bains.

La seule fois où Inez lui avait rendu visite, il était

onze heures du matin. Il avait emménagé depuis quinze jours, et il se demandait si elle passerait. Mais il essayait de faire quelque chose pour son problème avec l'alcool, alors il était content d'être tout seul. Il le lui avait clairement fait comprendre — être seul, c'était le plus important. Le jour où elle vint, il était sur le canapé, en pyjama, et se frappait de la main le côté droit de la tête. Entre deux coups, il entendit des voix en bas, sur le palier. C'était comme un murmure de voix dans une foule lointaine, mais il savait que c'était Inez, et il pressentait que c'était une visite importante. Il se frappa encore une fois la tête, et se leva.

Il s'était réveillé le matin, et avait constaté qu'il avait un bouchon de cérumen dans l'oreille. Il n'entendait rien distinctement, et il semblait avoir perdu le sens de l'équilibre, dans l'histoire. Depuis une heure, il était sur le canapé, frustré, essayant de se déboucher l'oreille en se frappant la tête de temps en temps. Parfois, il massait la partie cartilagineuse sous l'oreille ou tirait sur le lobe. Puis il fourrageait furieusement dans le conduit avec son petit doigt, bouche ouverte, simulant des bâillements. Il avait essayé tout ce qui lui était venu à l'idée, et il approchait du bout du rouleau. En bas, il entendit les murmures s'arrêter. Il se donna encore un bon coup sur la tête et termina son champagne. Il éteignit la télé et emporta son verre dans l'évier. Il y prit la bouteille de champagne ouverte et l'emporta dans la salle de bains où il la cacha derrière le tabouret. Puis il alla ouvrir la porte.

— Bonjour, Lloyd, dit Inez.

Elle ne souriait pas. Elle se tenait sur le seuil, dans un pimpant tailleur de printemps. Il ne lui connaissait pas ces vêtements. Elle tenait un sac en toile avec des tournesols brodés sur les deux faces. Il ne connaissait pas ce sac non plus.

— Je croyais que tu ne m'avais pas entendue, dit-elle. Je croyais que tu était sorti ou autre chose.

Mais la femme en bas — elle s'appelle comment, déjà? Mme Matthews — elle pensait que tu étais là.

— Je t'ai entendue. Mais tout juste, dit-il en remontant son pyjama et en se passant la main dans les cheveux. En fait, je ne tiens pas la forme. Entre donc.

— Il est onze heures, dit-elle.

Elle entra et referma la porte derrière elle. Elle agissait comme si elle ne l'avait pas entendu. Et peut-être qu'elle ne l'avait pas entendu.

— Je sais quelle heure il est, dit-il. Il y a longtemps que je suis levé. Depuis huit heures. J'ai regardé une partie de l'émission *Aujourd'hui*. Mais je suis en train de devenir dingue. J'ai une oreille bouchée. Tu te rappelles la fois où ça m'était arrivé? On habitait près du restaurant chinois. Où des gosses avaient trouvé un bouledogue à la chaîne. J'avais été forcé d'aller chez le docteur qui m'avait nettoyé l'oreille. Je sais que tu te rappelles. Tu m'avais emmené en voiture et on avait attendu longtemps. Eh bien, c'est pareil, maintenant. Je veux dire, c'est aussi terrible. Seulement, ce matin, je ne peux pas aller chez le docteur. D'abord, je n'ai pas de docteur. Je deviens dingue, Inez. J'ai envie de me couper la tête ou quelque chose.

Il s'assit à un bout du canapé et elle à l'autre. Mais le canapé était petit, et ils étaient proches l'un de l'autre. Si proches qu'il aurait pu tendre la main et lui toucher le genou. Il se retint. Elle embrassa la pièce du regard, puis fixa de nouveau les yeux sur lui. Il savait qu'il n'était ni rasé ni peigné. Mais c'était sa femme, et elle savait tout ce qu'on pouvait savoir sur lui.

— Qu'est-ce que tu as essayé? dit-elle en fouillant dans son sac et en sortant une cigarette. Je veux dire, qu'est-ce que tu as fait jusqu'à maintenant?

— Qu'est-ce que tu dis?

Il tourna vers elle son oreille gauche.

— Inez, je te jure que je n'exagère pas. Ce truc-là,

ça me rend dingue. Quand je parle, j'ai l'impression d'être dans un tonneau. Ma tête résonne. Et je n'entends pas bien. Quand tu parles, on dirait que tu parles dans un tuyau de plomb.

— Tu as des cotons-tiges ou de l'huile Wesson ?

— Chérie, c'est sérieux. Je n'ai pas de cotons-tiges et pas d'huile Wesson. Tu plaisantes ?

— Si nous avions de l'huile Wesson, j'en ferais chauffer et je te la verserais dans l'oreille. Ma mère faisait tout le temps ça. Ça ramollirait le bouchon.

Il secoua la tête. Il avait l'impression d'avoir la tête pleine d'eau. Comme quand il nageait au fond de la piscine municipale et qu'il remontait les oreilles pleines de flotte. Mais alors, c'était facile de la faire sortir. Il n'avait qu'à se remplir les poumons, fermer la bouche et se pincer le nez avec les doigts. Puis il gonflait les joues et forçait l'air à remonter vers sa tête. Ses oreilles se débouchaient, et, pendant quelques secondes, l'eau qui lui sortait de la tête et coulait sur ses épaules lui donnait des sensations agréables. Puis il remontait sur le bord du bassin.

Inez termina sa cigarette et l'éteignit.

— Lloyd, nous avons à discuter. Mais chaque chose en son temps, je suppose. Va t'asseoir sur la chaise. Non, pas *cette* chaise, celle de la cuisine ! Pour faire un peu de lumière sur la situation.

Il se tapa la tête une fois de plus. Puis il alla s'asseoir sur la chaise devant la table. Elle s'approcha et s'arrêta derrière lui. Elle lui toucha les cheveux du bout des doigts, écarta ses cheveux de ses oreilles. Il voulut lui prendre la main, mais elle la retira.

— C'est quelle oreille, tu as dit ?

— L'oreille droite, dit-il. La droite.

— Premièrement, ne bouge plus. Je vais chercher une épingle à cheveux et du papier de soie. J'essaierai de te retirer le bouchon comme ça. Ça marchera peut-être.

Il fut inquiet à l'idée qu'on lui introduise une

épingle à cheveux dans l'oreille. Il dit quelque chose dans ce sens.

— Quoi? dit-elle. Mon Dieu, je ne t'entends pas. C'est peut-être contagieux.

— Quand j'étais gosse, dit Lloyd, on avait un prof d'hygiène à l'école. C'était comme une infirmière. Elle disait qu'il ne fallait jamais rien nous mettre de plus petit qu'un coude dans l'oreille.

Il se rappelait vaguement un tableau mural avec un immense croquis de l'oreille, montrant tout un réseau compliqué de canaux, passages et cloisons.

— Eh bien, ton infirmière était devant le même problème, dit Inez. De toute façon, il faut tenter quelque chose. On va d'abord essayer ça. Si ça ne marche pas, on essayera autre chose. C'est la vie, non?

— Ça a un sens caché ou non, ce que tu dis? dit Lloyd.

— Ça veut juste dire ce que ça dit. Mais tu peux penser ce que tu veux. Je veux dire, on est en république. Maintenant, je vais chercher ce qu'il me faut. Ne bouge pas.

Elle passa son sac en revue, mais n'y trouva pas ce qu'il lui fallait. Finalement, elle le vida sur le canapé.

— Pas d'épingles à cheveux. Zut!

Mais c'était comme si elle avait parlé de l'autre pièce. En un sens, c'était comme s'il avait imaginé qu'elle parlait. A une époque, ils se croyaient télépathes, quand ils étaient ensemble. L'un pouvait terminer les phrases commencées par l'autre.

Elle prit des pinces à ongles, les tortilla une minute, et il les vit se séparer en deux morceaux. Il avait l'impression qu'elle tenait une petite épée.

— Tu vas me mettre ça dans l'oreille?

— Tu as peut-être une meilleure idée? C'est ça ou rien. Peut-être que tu as un crayon? Tu préfères que je me serve d'un crayon? Ou peut-être que tu as un tournevis qui traîne quelque part, dit-elle en riant.

Ne t'inquiète pas. Écoute, Lloyd, tu n'auras pas mal. Je ferai attention. Je vais mettre du papier de soie au bout. Tout ira bien. Je ferai attention, je t'ai dit. Ne bouge pas, je vais chercher du papier de soie. Je vais faire un goupillon.

Elle entra dans la salle de bains et s'y attarda un moment. Il resta où il était, sur sa chaise devant la table. Il se mit à penser aux choses qu'il avait à lui dire. Il voulait lui dire qu'il se limitait au champagne, au champagne seulement. Il voulait lui dire qu'il diminuait le champagne, aussi. Maintenant, ce n'était plus qu'une question de temps. Lorsqu'elle revint dans le séjour, il ne put articuler un mot. Il ne savait pas par où commencer. De toute façon, elle ne le regarda pas. Elle tira une cigarette de ses affaires en tas sur le canapé. Elle l'alluma avec son briquet et alla se planter devant la fenêtre de la rue. Elle dit quelque chose, mais il ne distingua pas les mots. Quand elle s'arrêta de parler, il ne lui demanda pas ce qu'elle avait dit. Il ne savait pas ce que c'était, mais il n'avait pas envie qu'elle le répète. Elle éteignit sa cigarette, mais elle resta debout devant la fenêtre, penchée en avant, la pente du toit à quelques pouces de sa tête.

— Inez, dit-il.

Elle se retourna et s'approcha de lui. Il voyait le papier de soie à la pointe de la lime.

— Penche la tête de côté et ne bouge plus, dit-elle. Voilà. Reste assis et ne bouge plus. Ne bouge plus, répéta-t-elle.

— Fais attention, nom d'un chien !

Elle ne répondit pas.

— Je t'en prie, je t'en prie, dit-il.

Puis il ne dit plus rien. Il avait peur. Il ferma les yeux et retint son souffle en sentant la lime s'enfoncer dans son conduit auditif et se mettre à tâter. Il était sûr que son cœur allait s'arrêter de battre. Puis elle poussa un peu plus loin et se mit à tourner et retourner la petite lame, travaillant sur ce qu'il y avait dedans. Dans son oreille, il entendit un petit couic.

— Aïe! dit-il.

— Je t'ai fait mal?

Elle retira la lime de son oreille et recula d'un pas.

— Tu sens quelque chose de différent, Lloyd?

Il porta ses mains à ses oreilles et baissa la tête.

— C'est pareil, dit-il.

Elle le regarda et se mordit les lèvres.

— Laisse-moi aller à la sàlle de bains, dit-il. Avant d'aller plus loin, il faut que j'aille à la salle de bains.

— Vas-y, dit Inez. Je vais descendre et demander à ta propriétaire si elle a de l'huile Wesson, ou quelque chose comme ça. Elle aura peut-être même des cotons-tiges. Je ne sais pas pourquoi je n'y ai pas pensé plus tôt. A lui demander.

— Bonne idée, dit-il. Moi, je vais aller à la salle de bains.

Elle s'arrêta à la porte, le regarda, puis sortit. Il traversa le séjour, entra dans sa chambre et ouvrit la porte de la salle de bains. Il passa la main derrière le tabouret et en ramena la bouteille de champagne. Il but une longue rasade. Le champagne était tiède, mais ça faisait du bien. Il en but encore un peu. Au début, il avait vraiment cru qu'il pouvait continuer à boire s'il se limitait au champagne. Mais en un rien de temps, il s'était aperçu qu'il en buvait trois ou quatre bouteilles par jour. Il savait qu'il faudrait faire quelque chose, et bientôt. Mais d'abord, il voulait récupérer son ouïe. Chaque chose en son temps, comme elle disait. Il but le reste du champagne et remit la bouteille vide à sa place, derrière le tabouret. Puis il ouvrit le robinet et se lava les dents. Il s'essuya à la serviette et retourna dans l'autre pièce.

Inez était revenue, et elle était devant la cuisinière, en train de faire chauffer quelque chose dans une petite casserole. Elle jeta un coup d'œil dans sa direction, mais d'abord, elle ne dit rien. Par-dessus l'épaule d'Inez, il regarda par la fenêtre. Un oiseau vola d'un arbre à l'autre et se mit à se lisser les plumes. Mais s'il chantait, il ne l'entendit pas.

Elle dit quelque chose qu'il ne saisit pas.

— Répète, dit-il.

Elle secoua la tête et se retourna vers le feu.

Puis elle se tourna de nouveau vers lui, et dit, assez haut et assez lentement pour qu'il puisse l'entendre :

— J'ai trouvé ta cachette dans la salle de bains.

— J'essaie de diminuer.

Elle dit autre chose.

— Quoi ? Qu'est-ce que tu as dit ?

Il ne l'avait vraiment pas entendue.

— On parlera plus tard, dit-elle. On a des choses à discuter, Lloyd. L'argent, pour commencer. Mais il y a d'autres choses. Il faut d'abord que tu récupères ton oreille.

Elle mit le doigt dans la casserole, puis la retira du feu.

— Je vais laisser refroidir une minute, dit-elle. C'est trop chaud pour le moment. Assieds-toi. Mets cette serviette sur tes épaules.

Il fit ce qu'elle lui disait. Il s'assit sur la chaise, et mit la serviette autour de son cou et sur ses épaules. Puis il se frappa de la main le côté de la tête.

— Merde, dit-il.

Elle ne leva pas les yeux. Elle replongea le doigt dans la casserole, pour voir. Puis elle versa le liquide de la casserole dans son gobelet en plastique, le prit à la main et s'approcha de lui.

— N'aie pas peur. C'est de l'huile d'amandes douces de ta propriétaire, c'est tout. Je lui ai dit ce que tu avais, et elle pense que ça te fera du bien. Sans garantie, dit Inez. Mais peut-être que ça ramollira le bouchon. Elle dit que ça arrivait à son mari. Elle dit qu'un jour, elle a vu un morceau de cire tomber de l'oreille de son mari, et que c'était comme un gros bouchon en quelque chose. C'était du cérumen, voilà ce que c'était. Elle m'a dit d'essayer ça. Et elle n'avait pas de cotons-tiges. Je ne comprends pas ça, qu'elle n'ait pas de cotons-tiges. Ça, ça m'étonne vraiment.

— D'accord, dit-il. D'accord. Je veux bien essayer n'importe quoi. Inez, si je devais continuer comme ça, je crois que j'aimerais mieux mourir. Et je le pense, tu sais.

— Penche la tête de côté maintenant. Ne bouge pas. Je vais te remplir l'oreille, puis je boucherai avec ce chiffon. Et tu resteras encore dix minutes comme ça, sans bouger. Alors, on verra. Si ça ne marche pas, je n'ai pas autre chose à te proposer. Je ne sais plus quoi faire.

— Ça marchera. Si ça ne marche pas, je trouverai un pistolet et je me tirerai une balle dans la tête. Je parle sérieusement. C'est l'impression que j'ai, en tout cas.

Il pencha la tête de côté et ne bougea plus. Il voyait tout dans la pièce sous une perspective nouvelle. Mais ce n'était pas très différent de l'ancienne, sauf que tout était sur le côté.

— Plus bas, dit-elle.

Il se tint à sa chaise pour garder son équilibre et abaissa la tête un peu plus. Tous les objets de son champ visuel, tous les objets de sa vie semblaient être rassemblés à l'autre bout de la pièce. Il sentait le liquide chaud couler dans son oreille. Puis elle prit le chiffon et l'appliqua sur le conduit. Peu après, elle se mit à lui masser le tour de l'oreille. Elle pressait sur la partie molle entre la mâchoire et le crâne. Elle déplaça ses doigts vers la partie au-dessus de l'oreille et continua à masser. Au bout d'un moment, il ne savait plus depuis combien de temps il se tenait comme ça. Ça pouvait faire dix minutes. Ou plus. Il se tenait toujours à la chaise. De temps en temps, elle pressait le côté de sa tête du bout de ses doigts, et il sentait l'huile chaude remuer dans les canaux, à l'intérieur. Quand elle pressait d'une certaine façon, il avait l'impression d'entendre, dans sa tête, un son doux et bruissant.

— Redresse-toi, dit Inez.

Il se redressa, pressant ses paumes contre sa tête tandis que le liquide coulait de son oreille. Elle le recueillit dans la serviette, puis elle lui essuya le lobe.

Inez respirait par le nez. Lloyd l'entendit inspirer et expirer. Il entendit une voiture passer dans la rue, devant la maison, et derrière, sous la fenêtre de la cuisine, le clac-clac caractéristique d'un sécateur.

— Alors? dit Inez.

Elle attendit, les mains sur les hanches, fronçant les sourcils.

— Je t'entends! dit-il. Je suis guéri! Je veux dire, j'entends. Je n'ai plus l'impression que tu parles sous l'eau. C'est formidable. Ça fait du bien. Pendant un moment, j'ai cru que je devenais dingue. Mais je me sens bien maintenant. J'entends tout. Écoute, chérie, je vais faire du café. Il y a du jus d'orange aussi.

— Il faut que je m'en aille, dit-elle. Je suis en retard. Mais je reviendrai. On ira déjeuner quelque part un de ces jours. Il faut qu'on parle.

— Je n'ai qu'à ne pas dormir du côté droit, c'est tout, continua-t-il.

Il la suivit dans le séjour. Elle alluma une cigarette.

— C'est comme ça que c'est arrivé. J'ai dormi toute la nuit du côté droit, et mon oreille s'est bouchée. Je crois que tout ira bien tant que je n'oublierai pas et que je dormirai de l'autre côté. Si je fais attention. Tu vois ce que je veux dire? Il faut que je dorme sur le dos, ou alors, sur le côté gauche.

Elle ne le regarda pas.

— Pas pour toujours, bien sûr, je sais. Je n'y arriverais pas. Pas pour le restant de mes jours. Mais pendant un moment, en tout cas. Sur le côté gauche, ou alors, sur le dos.

Mais tout en disant ça, il commença à redouter la nuit suivante. Il se mit à redouter le moment où il se préparerait à se coucher, et ce qui pourrait arriver ensuite. Ce moment était encore loin, mais il en avait déjà peur. Et si, au milieu de la nuit, il se tournait accidentellement sur le côté droit, et que le poids de sa tête sur l'oreiller scellât la cire une fois de plus dans les sombres canaux de son oreille? Et s'il se réveillait alors, incapable de rien entendre, avec le plafond à quelques pouces de sa tête?

— Mon Dieu, dit-il. Nom d'un chien, c'est terrible. Inez, je viens d'avoir quelque chose comme un cauchemar affreux. Inez, où vas-tu maintenant?

— Je te l'ai dit, dit-elle, remettant toutes ses affaires dans son sac et sur le point de partir.

Elle consulta sa montre.

— Je suis en retard.

Elle alla à la porte. Mais là, elle se retourna et lui dit encore quelque chose. Il n'écoutait pas. Il n'avait pas envie d'écouter. Il regarda ses lèvres remuer jusqu'à ce qu'elle ait fini de dire ce qu'elle avait à dire. Quand elle eut terminé, elle dit:

— Au revoir.

Alors, elle ouvrit la porte et la referma derrière elle.

Il passa dans la salle de bains pour s'habiller. Mais il en sortit une minute plus tard, n'ayant enfilé que son pantalon, et alla à la porte. Il l'ouvrit et s'immobilisa, prêtant l'oreille. Sur le palier du premier, il entendit Inez remercier Mme Matthews pour l'huile. Et la vieille dame répondre:

— Je vous en prie.

Puis il l'entendit faire un parallèle entre lui et son défunt mari.

— Laissez-moi votre numéro. Je vous appellerai s'il arrive quelque chose. On ne sait jamais.

— J'espère que ce ne sera pas nécessaire, dit Inez. Mais je vais vous le donner quand même. Vous avez quelque chose pour écrire?

Lloyd entendit Mme Matthews ouvrir un tiroir et fouiller dedans. Puis de sa voix de vieille dame, elle dit:

— Voilà.

Inez lui donna le numéro de téléphone de son domicile.

— Merci, dit-elle.

— Enchantée d'avoir fait votre connaissance, dit Mme Matthews.

Il écouta Inez descendre l'escalier et ouvrir la porte. Puis la refermer. Il attendit de l'entendre démarrer sa voiture et s'éloigner. Alors il ferma la porte et retourna dans la chambre pour finir de s'habiller.

Après avoir enfilé ses chaussures et noué les lacets, il s'allongea sur le lit et tira les couvertures sous son menton. Il étendit les bras à ses côtés sous les couvertures. Il ferma les yeux, et, comme si c'était la nuit, il fit semblant de dormir. Puis il plia les bras et les croisa sur sa poitrine pour voir si cette position lui conviendrait. Parfait, pensa-t-il. D'accord. S'il ne voulait pas que son oreille se rebouche, il lui faudrait dormir sur le dos, un point c'est tout. Il savait qu'il y arriverait. Simplement, il ne fallait pas oublier, même en dormant, et se tourner du mauvais côté. De toute façon, il avait besoin de quatre ou cinq heures de sommeil par nuit, pas plus. Il s'arrangerait. Il y a des choses pires. En un sens, c'était un défi. Mais il le relèverait. Il le savait. Une minute plus tard, il rejeta les couvertures et se leva.

Il avait encore la plus grande partie de la journée devant lui. Il alla à la cuisine, s'accroupit devant le petit réfrigérateur et en sortit une bouteille de champagne. Il tira le bouchon de plastique aussi doucement qu'il le put, mais il fit quand même entendre un joyeux « *pop* » annonciateur de festivités. Il vida l'huile restant dans le gobelet en plastique, puis le rinça et le remplit de champagne. Il l'emporta dans le séjour et s'assit sur le canapé. Il posa les pieds sur la table basse, et le champagne à côté. Il se renversa sur son siège. Mais au bout d'un moment, la nuit à venir lui redonna des inquiétudes. Et si, malgré ses efforts, le cérumen lui bouchait l'autre oreille? Il ferma les yeux et secoua la tête. Peu après, il se leva et alla dans sa chambre. Il se déshabilla et remit son pyjama. Puis il revint au séjour. Il se rassit sur le canapé, et remit ses pieds sur la table basse. Il tendit le bras et alluma la télé. Il régla le son. Il savait qu'il ne pourrait pas s'empêcher de s'inquiéter de ce qui arriverait quand il se coucherait. Il lui faudrait vivre avec. En un sens, toute cette histoire lui rappela le jour des beignets au champagne. Ce n'était pas si extraordinaire que ça, en y réfléchissant. Il but un peu de champagne. Il avait mauvais goût. Il se passa la langue sur les lèvres, puis s'essuya la bouche sur sa manche. Il regarda son gobelet et vit une pellicule d'huile sur le champagne.

Il se leva, et alla vider son verre dans l'évier. Il emporta la bouteille de champagne dans le séjour et s'installa confortablement sur le canapé. Il but à la bouteille, en la tenant par le goulot. Il n'avait pas l'habitude de boire à la bouteille, mais ça ne lui parut pas si extraordinaire que ça. Il se dit que même s'il s'endormait assis sur le canapé en plein après-midi, ce ne serait pas plus bizarre que d'avoir à dormir sur le dos pendant des heures d'affilée. Il baissa la tête pour regarder par la fenêtre. D'après l'angle des rayons du soleil et des ombres qui entraient dans la pièce, il se dit qu'il devait être dans les trois heures.

LÀ D'OÙ JE T'APPELLE

J.P. et moi, on est sur la véranda, devant la maison de désintoxication de Frank Martin. Comme nous tous chez Frank Martin, J.P. est avant tout un ivrogne. Mais il est aussi ramoneur. C'est la première fois qu'il vient, et il a peur. Moi, c'est la deuxième fois. Qu'est-ce qu'il y a à en dire ? Je suis revenu, c'est tout. Le vrai nom de J.P., c'est Joe Penny, mais il m'a dit de l'appeler J.P. Il a dans les trente ans. Plus jeune que moi. Pas beaucoup, mais un peu. Il est en train de me raconter comment il est devenu ramoneur, et il veut toujours se servir de ses mains en parlant. Mais ses mains tremblent. Je veux dire, elles ne veulent pas rester tranquilles.

— Ça, ça m'est jamais arrivé avant, dit-il.

Il veut dire le tremblement. Je lui dis que je comprends. Je lui dis que le tremblement passera. Et il passera. Mais il faut le temps.

On n'est là que depuis deux jours. On n'est pas sortis de l'auberge. J.P. a ses tremblements, et de temps en temps, un nerf — peut-être que c'est pas un nerf, mais c'est quelque chose — se met à me tirailler l'épaule à petites secousses. Quand ça arrive, ma bouche se dessèche. C'est un effort, rien que pour avaler. Je sais que quelque chose va se passer, et je veux l'éviter. Je veux me cacher, voilà ce que j'ai envie de faire. Je ferme les yeux et j'attends que ça passe, jusqu'à la fois suivante. J.P. peut attendre une minute.

J'ai vu une crise de delirium hier matin. Un mec qu'on appelle Tiny[1]. Un obèse, électricien à Santa Rosa. On disait qu'il était là depuis quinze jours et qu'il était tiré d'affaire. Il devait rentrer chez lui dans un jour ou deux, et passer le réveillon du Jour de l'An avec sa femme devant la télé. Pour le réveillon, Tiny voulait boire du chocolat en mangeant des petits fours. Hier matin, il avait l'air en forme au petit déjeuner. Il faisait des bruits avec sa bouche, pour montrer à un mec comment il s'y prenait pour que les canards viennent se poser jusque sur sa tête.

— Blam, blam, faisait Tiny.

Tiny avait les cheveux mouillés, collés sur la tête. Il sortait de la douche. Et aussi, il s'était coupé au menton en se rasant. Et alors ? Chez Frank Martin, tout le monde se coupe en se rasant. C'est des choses qui arrivent. Tiny s'installa à un bout de la table et se mit à raconter quelque chose qui lui était arrivé pendant une de ses virées. A la table, tous les mecs rigolaient et secouaient la tête en bâfrant leurs œufs. Tiny disait quelque chose, souriait, puis regardait autour de la table pour voir s'ils connaissaient. On avait tous fait des choses aussi moches et aussi dingues, c'est sûr, alors c'est pour ça qu'on rigolait. Tiny avait des œufs brouillés dans son assiette, avec quelques biscuits et du miel. J'étais à table, mais d'un coup, Tiny disparaît. Il était tombé à la renverse avec sa chaise, dans un grand bruit de ferraille. Il était par terre sur le dos, les yeux fermés, tambourinant des talons sur le lino. Les gars se mirent à gueuler pour appeler Frank Martin. Mais il était déjà là. Deux gars s'agenouillèrent par terre à côté de Tiny. L'un lui mit les doigts dans la bouche, essayant de lui tenir la langue. Frank Martin gueula :

— Reculez tous !

Alors je remarquai qu'on était tous penchés au-dessus de Tiny, pour le regarder, sans pouvoir en détacher les yeux.

1. Tiny = minuscule. *(N.d.T.)*

— Il lui faut de l'air, dit Frank Martin.

Et il courut au bureau appeler une ambulance.

Tiny est revenu à bord aujourd'hui. Il parle de se remettre d'aplomb. Ce matin, Frank Martin est allé le chercher à l'hôpital avec le break. Tiny est rentré trop tard pour les œufs, mais il a pris du café à la salle à manger et il est quand même venu s'asseoir à table avec nous. A la cuisine, quelqu'un lui a fait des toasts, mais Tiny ne les a pas mangés. Il est resté assis devant son café, les yeux perdus dans sa tasse. De temps en temps, il la remuait devant lui.

Je voudrais lui demander s'il a senti quelque chose, juste avant. J'aimerais savoir si son palpitant a eu des ratés, ou des accélérations. Est-ce que ses paupières se sont contractées? Mais je ne lui demanderai rien. Il n'a pas l'air très chaud pour en parler, de toute façon. Ce qui est arrivé à Tiny, c'est quelque chose que je n'oublierai jamais. Ce vieux Tiny, couché par terre et gigotant des jambes. Alors, chaque fois que ce nerf me chatouille dans l'épaule, je retiens mon souffle, et je m'attends à me retrouver sur le dos, avec les doigts d'un mec dans la bouche.

Dans son fauteuil sur la véranda de devant, J.P. garde ses mains sur ses genoux. Je fume, et je me sers d'un vieux seau à charbon comme cendrier. J'écoute J.P. qui parle sans discontinuer. Il est onze heures du matin — encore une heure et demie jusqu'au déjeuner. On n'a pas faim, ni l'un ni l'autre. Il nous tarde quand même de rentrer et de nous asseoir à la table. Peut-être que l'appétit viendra.

De quoi il parle, J.P.? Il raconte comment, quand il avait douze ans, il est tombé dans un puits, près de la ferme où il habitait. Le puits était à sec, heureusement pour lui. « Ou malheureusement », dit-il, regardant autour de lui et secouant la tête. Il raconte comment, tard dans l'après-midi, quand on l'avait eu retrouvé, son père l'avait tiré de là avec une corde. J.P. avait pissé dans sa culotte, en bas. Il avait vécu toutes sortes de terreurs, dans ce puits, hurlant au secours, attendant, puis, reprenant ses cris. Il avait tellement gueulé qu'il s'était enroué avant la fin. Il me dit que d'être au fond de ce puits, ça lui avait laissé des impressions inoubliables. Il était assis par terre, et regardait la bouche du puits. Tout en haut, il voyait un rond de ciel bleu. Parfois un nuage blanc passait. Un vol d'oiseaux fila au-dessus de lui, et il sembla à J.P. que les battements de leurs ailes démarraient une commotion. Il entendit d'autres choses. Des petits bruissements au-dessus de lui dans le puits, et il se demanda si des trucs allaient lui tomber dans les cheveux. Il pensait à des insectes. Il entendit le vent souffler à la bouche du puits, et ce bruit fit impression sur lui, aussi. Bref, tout était différent au fond du puits. Mais rien ne lui tomba dessus, et rien ne vint boucher le petit rond de ciel bleu. Puis son père arriva avec sa corde, et il ne mit pas longtemps à ramener J.P. dans le monde où il avait toujours vécu.

— Continue, J.P. Après? dis-je.

A dix-huit ou dix-neuf ans, après être sorti de l'école, et sans savoir ce qu'il avait envie de faire de sa vie, il traversa la ville un après-midi pour aller voir un ami. Cet ami vivait dans une maison où il y avait une cheminée. J.P. et son ami se mirent à boire de la bière en taillant une bavette. Ils passèrent des disques. On sonna à la porte. L'ami alla ouvrir, et trouva une jeune ramoneuse avec tout son fourbi. Elle portait un haut-de-forme, dont la vue fit tomber J.P. sur le cul. Elle dit à l'ami de J.P. qu'elle avait rendez-vous pour ramoner la cheminée. L'ami la laissa entrer et la salua bien bas. La jeune femme ne fit même pas attention à lui. Elle étala une couverture dans le foyer et prépara ses outils. Elle portait un pantalon noir, une chemise noire, des brodequins noirs et des chaussettes noires. Bien entendu, à ce moment-là, elle avait enlevé son chapeau. J.P. dit qu'il avait failli devenir dingue à la regarder. Elle fit son boulot. Elle ramonait la cheminée pendant que J.P. et son ami passaient des disques et buvaient de la bière. Mais ils l'observaient et ils observaient ce qu'elle faisait. De temps en temps, J.P. et son ami se regardaient et souriaient, ou alors, ils se faisaient un clin d'œil. Ils haussèrent les sourcils quand la moitié supérieure de la ramoneuse disparut dans la cheminée.

— Elle était gironde, en plus, dit J.P.

Quand elle eut fini son travail, elle roula ses affaires dans la couverture. L'ami de J.P. lui donna le chèque que ses parents avaient préparé pour elle. Puis elle demanda à l'ami s'il voulait l'embrasser.

— C'est censé porter chance, dit-elle.

C'était le bouquet pour J.P. L'ami roula des yeux blancs, fit le clown, puis, sans doute en rougissant, il l'embrassa sur la joue. A cette minute même, J.P. prit une décision. Il posa sa bière. Il se leva du canapé. Il s'approcha de la jeune femme qui s'apprêtait à partir.

— Et moi? lui dit J.P.

Elle le dévisagea. J.P. dit qu'il sentait son cœur taper dans sa poitrine. Le nom de la jeune femme, au fait, c'était Roxy.

— D'accord, dit Roxy. Pourquoi pas? J'ai des baisers à revendre.

Et elle lui planta un gros baiser sur la bouche, puis se retourna pour sortir.

Comme ça, vif comme l'éclair, J.P. la suivit sur la véranda. Il lui tint la porte. Il descendit le perron avec elle et l'accompagna dans l'allée, où elle avait garé sa fourgonnette. Quelque chose lui échappait. Rien d'autre au monde ne comptait plus. Il savait qu'il venait de rencontrer quelqu'un qui lui donnait des jambes en coton. Il sentait son baiser qui lui brûlait encore les lèvres, etc. J.P. ne savait plus où il en était. Il était plein de sensations qui le chamboulaient.

Il ouvrit pour elle les portières arrière de la fourgonnette. Il l'aida à ranger ses affaires à l'intérieur.

— Merci, lui dit-elle.

Alors il bredouilla qu'il aimerait bien la revoir. Est-ce qu'elle accepterait de venir au cinéma avec lui un de ces jours? Il réalisa du même coup ce qu'il avait envie de faire de sa vie. Il voulait faire la même chose qu'elle. Il voulait être ramoneur. Mais il ne le lui avoua pas tout de suite.

J.P. dit qu'elle mit ses mains sur ses hanches et le regarda. Puis elle trouva une carte professionnelle à l'avant de sa fourgonnette et la lui donna.

— Appelle à ce numéro ce soir après dix heures. Alors, on pourra parler. Maintenant, il faut que je m'en aille.

Elle mit son haut-de-forme, puis l'ôta. Elle regarda encore J.P. Ce qu'elle vit ne dut pas lui déplaire, parce que cette fois, elle sourit. Il lui dit qu'elle avait de la suie près de la bouche. Alors, elle monta dans sa fourgonnette, klaxonna et s'en alla.

— Et après? dis-je. T'arrête pas maintenant, J.P.

J'étais intéressé. Même s'il avait raconté comment il s'était mis à lancer des fers à cheval, je l'aurais écouté.

Il a plu la nuit dernière. Des nuages se sont amoncelés sur les collines, de l'autre côté de la vallée. J.P. s'éclaircit la gorge et regarde les collines et les nuages. Il se frictionne le menton. Puis il continue son histoire.

Roxy commença à sortir avec lui. Et peu à peu, il en arriva à lui demander s'il ne pourrait pas travailler avec elle. Mais Roxy travaillait avec son père et son frère, et ils avaient juste assez de boulot pour eux trois. Ils n'avaient besoin de personne. Et en plus, qui c'est, ce J.P.? J.P. quoi? Attention, ils lui dirent.

Alors elle et J.P. allèrent au cinéma ensemble. Ils allèrent danser plusieurs fois. Mais leur cour se résumait surtout à ramoner des cheminées ensemble. Avant qu'ils aient eu le temps de se retourner, dit J.P., ils parlaient déjà de passer devant M. le maire. Et au bout d'un moment, c'est ce qu'ils firent, ils se marièrent. Le beau-père de J.P. l'associa à son affaire. Un an plus tard à peu près, Roxy eut un gosse. Elle n'était plus ramoneuse. Enfin, elle arrêta de travailler. Bientôt, un deuxième gosse. J.P. avait à ce moment dans les vingt-cinq ans. Il était en train d'acheter une maison. Il dit qu'il était content de sa vie.

— J'étais content de la tournure que prenaient les choses, dit-il. J'avais tout ce que je désirais. J'avais une femme et des gosses que j'aimais, et je faisais un métier qui me plaisait.

Mais, pour une raison quelconque — qui sait pourquoi nous faisons ce que nous faisons ? — voilà qu'il se mit à boire de plus en plus. Pendant longtemps, il but de la bière, et seulement de la bière. Toutes les marques de bières — aucune importance. Il pouvait boire de la bière vingt-quatre heures sur vingt-quatre. Il buvait de la bière le soir en regardant la télé. Évidemment, de temps en temps, il buvait des trucs plus forts. Mais seulement quand ils sortaient en ville, ce qui était rare, ou quand ils avaient des invités. Puis, à un moment, il ne sait pas pourquoi, voilà qu'il était passé de la bière au gin-tonic. Et il buvait des gin-tonic après dîner, devant la télé. Il avait toujours un verre de gin-tonic à la main. Il dit que le goût lui plaisait. Il se mit à s'arrêter dans les bars après le travail pour boire des gin-tonic, avant de rentrer chez lui continuer à en boire. Puis il commença à sauter quelques dîners. Il ne rentrait pas. Ou alors, il rentrait, mais il n'avait pas faim. Il avait grignoté des cochonneries au bar. Des fois, il passait la porte, et sans raison, jetait sa gamelle à travers le séjour. Quand Roxy gueulait, il tournait les talons et repartait. Puis il commença à boire dès le début de l'après-midi, alors qu'il aurait dû être au boulot. Il me dit qu'il commençait la journée par deux gin-tonic dès le matin. Il buvait un petit coup avant de se laver les dents. Puis il prenait son café. Il allait travailler avec une Thermos de vodka dans sa musette.

J.P. s'arrête de parler. Il se ferme. Qu'est-ce qui se passe? J'écoute. D'abord, ça m'aide à me détendre. Ça m'empêche de ruminer sur ma propre situation. Au bout d'une minute, je dis:

— Qu'est-ce qui se passe, merde? Continue, J.P.

Il se frictionne le menton. Et bientôt, il recommence à parler.

Puis J.P. et Roxy eurent de vraies bagarres. Je dis bien des *bagarres*. J.P. dit qu'une fois elle lui a donné un coup de poing dans la figure et lui a cassé le nez.

— Regarde-moi ça, dit-il. Là.

Il me montre une cicatrice sur l'arête de son nez.

— C'est là qu'elle m'a cassé le nez.

Il lui rendit la politesse en lui démettant l'épaule. Une autre fois, il lui fendit la lèvre. Ils se tapaient dessus devant les gosses. Ça devenait dingue. Mais il continuait à boire. Il n'arrivait pas à s'arrêter. Et rien ne pouvait le faire arrêter. Même pas le père et le frère de Roxy, qui menaçaient de le dérouiller à mort. Ils disaient à Roxy de prendre ses gosses et de se tirer. Mais Roxy disait que c'était son problème. Elle s'était mise dans le pétrin, c'était à elle de s'en sortir.

Maintenant, J.P. s'arrête encore de parler. Il courbe les épaules et se tasse dans son fauteuil. Il regarde une voiture passer sur la route entre nous et les collines.

— J'ai envie de savoir la fin, J.P. Continue.

— Je ne sais pas.

Il hausse les épaules.

— Y a pas de pet, je dis.

Je veux dire qu'il y a pas de pet à me raconter la suite.

— Continue, J.P.

Une de ses solutions, dit J.P., avait été de prendre un amant. Il aurait bien voulu savoir comment elle trouvait le temps, avec la maison et les gosses.

Je le regarde, étonné. C'est un adulte.

— Si on veut, dis-je, on trouve toujours le temps. On le prend.

J.P. secoue la tête.

— Faut croire, dit-il.

Bref, il découvrit le pot aux roses — je veux dire l'amant de Roxy — et il perdit les pédales. Il s'arrangea pour retirer son alliance à Roxy, et il la coupa en morceaux avec une pince coupante. Jouissif. Ils avaient profité de l'occasion pour se filer quelques châtaignes. Le lendemain matin, en allant bosser, il fut arrêté pour conduite en état d'ivresse. Il perdit son permis. Il ne pouvait plus conduire la fourgonnette pour aller travailler. Aussi bien, dit-il. Il était déjà tombé d'un toit la semaine d'avant, et s'était cassé un pouce. C'était qu'une question de temps avant qu'il se casse les reins, dit-il.

Il était chez Frank Martin pour se désintoxiquer, et pour réfléchir à la façon de repartir du bon pied. Mais il n'était pas là contre sa volonté, pas plus que moi. On n'était pas enfermés. On pouvait partir quand on voulait. Mais on conseillait un séjour d'une semaine minimum, et un séjour de deux semaines à un mois était, comme ils disaient, « vivement recommandé ».

Comme j'ai dit, c'est la deuxième fois que je suis chez Frank Martin. Comme j'essayais de lui signer un chèque d'avance pour un séjour d'une semaine, Frank Martin dit :

— Les fêtes sont toujours dangereuses. Peut-être devriez-vous penser à rester un peu plus longtemps, cette fois. Deux semaines, par exemple. Vous pourriez rester deux semaines ? Pensez-y, en tout cas. Vous n'êtes pas obligé de vous décider immédiatement.

Il me tint le chèque du pouce et je signai. Puis je raccompagnai ma nana à la porte et lui dis au revoir.

— Au revoir, dit-elle, traversant la véranda en tanguant.

L'après-midi s'avance. Il pleut. Je quitte la porte pour aller à la fenêtre. Je soulève le rideau et je la regarde partir. Elle conduit ma voiture. Elle est saoule. Mais je suis saoul aussi, et je ne peux rien y faire. J'arrive à marcher jusqu'à un grand fauteuil près du radiateur, et je m'assieds. Plusieurs mecs détournent la tête de la télé, puis ils reviennent à leur écran. Je reste assis, c'est tout. De temps en temps, je jette un coup d'œil à la télé.

Plus tard le même jour, la porte d'entrée s'ouvrit en coup de vent, et J.P. fit son entrée, encadré par deux grands costauds — son beau-père et son beau-frère, j'appris par la suite. Ils pilotaient J.P. pour traverser le hall. Le vieux le fit inscrire et donna un chèque à Frank Martin. Puis ces deux types aidèrent J.P. à monter l'escalier. Je suppose qu'ils le mirent au lit. Presque tout de suite, le vieux et le jeune redescendirent et mirent le cap sur la porte. Ils n'avaient pas l'air d'avoir envie de traîner dans le coin. Il leur tardait de se laver les mains de tout ça. Je les comprends. Non, merde, je sais pas si j'aurais fait pareil, à leur place.

Un jour et demi plus tard, J.P. et moi on s'est rencontrés sur la véranda. On s'est serré la main en parlant de la pluie et du beau temps. J.P. a des crises de tremblements. On s'assied et on pose les pieds sur le garde-corps. On se renverse dans nos fauteuils, comme pour se mettre à l'aise, comme pour se préparer à bavarder gentiment. C'est à ce moment-là que J.P. se lance dans son histoire.

Il fait froid dehors, mais pas trop. Le ciel est un peu couvert. Frank Martin sort finir son cigare. Il porte un sweater boutonné jusqu'au cou. Frank Martin est petit et trapu. Il a des cheveux gris bouclés et une petite tête. Sa tête est trop petite pour son corps. Frank Martin plante son cigare dans sa bouche et croise les bras. Il le mâchonne en regardant de l'autre côté de la vallée. Il se tient là comme un boxeur, comme un mec qui connaît la musique.

J.P. redevient drôlement silencieux. Je veux dire, il respire à peine. Je jette ma cigarette dans le seau à charbon, et je regarde de plus près J.P., qui se tasse un peu plus dans son fauteuil. Il remonte son col. Qu'est-ce qui se passe, merde, je me demande. Frank Martin décroise les bras et tire une bouffée de son cigare. Il fait des volutes avec sa fumée. Puis il lève le menton vers les collines et dit :

— Jack London avait une grande maison de l'autre côté de cette vallée. Juste derrière cette colline verte que vous regardez en ce moment. Mais l'alcool l'a tué. Que ça vous serve de leçon. Il valait mieux que n'importe lequel d'entre nous. Mais il n'arrivait pas à se maîtriser non plus.

Frank Martin regarde ce qui reste de son cigare. Il s'est éteint. Il le jette dans le seau.

— Les gars, si vous avez envie de lire quelque chose pendant votre séjour ici, lisez donc son bouquin, *L'Appel de la forêt*. Vous voyez duquel je parle ? Nous l'avons à la bibliothèque, si vous voulez lire. C'est sur un animal moitié chien, moitié loup. Fin du sermon, dit-il, remontant son pantalon et tirant sur son sweater. Je rentre. Je vous reverrai au déjeuner.

— J'ai l'impression d'être un gros cafard, quand il est dans le coin, dit J.P. Il me donne l'impression que je suis un cafard.

J.P. secoue la tête, puis dit :

— Jack London. Quel nom ! Je voudrais avoir un nom comme ça, à la place du mien.

C'est ma femme qui m'a amené ici la première fois. Quand on était encore ensemble, essayant d'arranger les choses. Elle m'a accompagné, et elle est restée une heure ou deux, pour parler en privé avec Frank Martin. Puis elle est partie. Le lendemain matin, Frank Martin me prit à part et me dit :

— Nous pouvons vous aider. Si vous désirez qu'on vous aide et si vous écoutez ce que nous vous dirons.

Je ne savais pas s'ils pouvaient m'aider ou non.

Une partie de moi voulait de l'aide. Mais il y en avait une autre.

Cette fois-ci, c'est ma nana qui m'a accompagné. Elle conduisait ma voiture. On a rencontré une averse. On a bu du champagne tout le long du chemin. On était fin saouls tous les deux à l'arrivée. Elle voulait me déposer, faire demi-tour et repartir tout de suite. Elle avait des choses à faire. Une chose qu'elle avait à faire, c'était d'aller travailler le lendemain. Elle était secrétaire. Elle avait une bonne place dans une usine de composants électroniques. Elle avait aussi un fils, un adolescent à la redresse. Je voulais qu'elle prenne une chambre en ville pour la nuit et qu'elle rentre chez elle le lendemain. Je ne sais pas si elle a pris une chambre ou non. Elle ne m'a pas donné signe de vie depuis qu'elle est entrée ici avec moi et qu'elle m'a piloté jusqu'au bureau de Frank Martin en disant : « Coucou, me voilà. »

Mais je n'étais pas en rogne après elle. D'abord, elle n'avait aucune idée de ce qui l'attendait lorsqu'elle m'avait dit que je pouvais crécher chez elle, quand ma femme m'avait foutu à la porte. Au fond, je la plaignais. Et je la plaignais parce que la veille de Noël, elle avait reçu le résultat de son frottis vaginal, et la nouvelle n'était pas joyeuse. Il fallait qu'elle retourne voir le docteur, et en vitesse. Une nouvelle qui nous a donné une bonne raison à tous les deux pour nous remettre à boire. C'est ce qu'on a fait, on s'est saoulés à mort. Et le jour de Noël, on était encore beurrés. On a été forcés d'aller manger au restaurant parce qu'elle avait pas envie de faire la cuisine. Nous deux, et son fils à la redresse, on a ouvert nos cadeaux, et puis on est allés manger dans un grill près de chez elle. J'avais pas faim. J'ai pris une soupe et un petit pain. J'ai bu une bouteille de vin avec ma soupe. Elle a bu du vin aussi. Puis on s'est mis au Bloody Mary. Pendant deux jours, je n'ai rien mangé, à part quelques cacahuètes. Mais j'ai bu drôlement de bourbon. Alors je lui ai dit :

— Mon chou, je crois qu'il vaut mieux que je fasse ma valise. Vaut mieux que je retourne chez Frank Martin.

Elle a essayé d'expliquer à son fils qu'elle s'en allait quelques jours et qu'il faudrait qu'il se fasse la cuisine. Mais juste comme on passait la porte, ce môme à la redresse s'est mis à gueuler. Il a gueulé : « Je vous emmerde ! J'espère que vous reviendrez jamais ! J'espère que vous allez vous tuer ! » Vous voyez le genre !

Avant de quitter la ville, je l'ai fait arrêter à la fabrique pour acheter du champagne. On s'est arrêtés ailleurs pour les verres en plastique. Puis on a pris un carton de poulet frit. On s'est mis en route sous la pluie, buvant et écoutant de la musique. Elle conduisait. Je m'occupais de la radio et je remplissais les verres. On a essayé de se faire une petite fête. Mais on était tristes. Il y avait le poulet frit, mais on n'en a pas mangé.

Je suppose qu'elle est bien rentrée. J'en aurais sûrement entendu parler sinon. Elle ne m'a pas appelé, et moi non plus. Peut-être qu'elle a eu des nouvelles de sa maladie, depuis. Et peut-être que non. Peut-être que c'était une erreur au départ. Peut-être que c'était le frottis d'une autre. Mais elle a ma voiture, et j'ai des affaires chez elle. Je sais qu'on se reverra.

Ici, ils sonnent une vieille cloche de ferme pour annoncer le déjeuner. J.P. et moi, on quitte nos fauteuils et on rentre. De toute façon, il commence à faire froid sur la véranda. On souffle de la buée en marchant.

Le matin du Jour de l'An, j'essaye d'appeler ma femme. Pas de réponse. Ça ne fait rien. Mais même si ça ne fait rien, qu'est-ce que je dois faire ? La dernière fois qu'on s'est parlé au téléphone, il y a quinze jours, on s'est engueulés. Je l'ai traitée de tas de noms d'oiseaux. « Débile ! », elle a dit en remettant le téléphone à sa place.

Mais maintenant, j'avais envie de lui parler. Il fallait faire quelque chose pour mes affaires. J'avais encore des affaires chez elle, aussi.

Un des gars d'ici, il voyage. Il va en Europe et tout ça. C'est ce qu'il raconte, en tout cas. Pour affaires, il dit. Il dit aussi qu'il ne boit plus et qu'il ne comprend pas pourquoi il est chez Frank Martin. Mais il ne se rappelle pas comment il y est venu. Il en rigole, parce qu'il se rappelle pas. « Tout le monde peut avoir un trou, il dit. Ça prouve rien. » Il n'est pas un ivrogne — il nous le dit, et on l'écoute. « C'est une grave accusation, il dit. Du genre à vous ruiner la vie d'un homme. » Il dit que s'il s'en tenait au whisky à l'eau, sans glace, il aurait jamais de trou. C'est la glace qui fait mal. « Qui tu connais en Égypte ? il me demande. J'ai besoin de contacts, là-bas. »

Pour le dîner du Jour de l'An, Frank Martin nous sert du steak et des pommes de terre au four. Mon appétit revient. Je mange tout ce qu'il y a dans mon assiette, et je pourrais continuer. Je lorgne l'assiette de Tiny. Merde, il y a à peine touché. Son steak est encore entier. Ce pauvre vieux Tiny n'est plus le même. Le pauvre vieux devait rentrer chez lui ce soir. Il voulait regarder la télé, en robe de chambre et pantoufles, en tenant la main de sa femme. Maintenant, il a peur de partir. Je le comprends. Une crise de delirium, ça veut dire qu'on peut en avoir une autre. Depuis que c'est arrivé, Tiny ne raconte plus ses histoires à la con. Il reste dans son coin, sans parler. Je lui demande si je peux avoir son steak, et il pousse son assiette vers moi.

On est quelques-uns encore debout autour de la télé pour regarder la foule de Times Square, quand Frank Martin entre avec le gâteau. Il le montre à la ronde et s'arrête devant chacun. Je sais que c'est pas lui qui l'a fait. C'est juste un gâteau de pâtissier. Dessus, il y a une inscription en lettres roses : BONNE ANNÉE — CHAQUE CHOSE EN SON TEMPS !

— J'ai pas envie de ce con de gâteau, dit le gars

qui va en Europe et tout ça. Où est le champagne ? il demande rigolant.

On va tous à la salle à manger. Frank Martin coupe le gâteau. Il est assis à côté de J.P. qui en mange deux parts en buvant un Coca. Moi, j'en mange une et j'en enveloppe une autre dans une serviette en papier, pour plus tard.

J.P. allume une cigarette — ses mains ne tremblent plus, maintenant — et il me dit que sa femme vient le voir le lendemain matin, le premier jour de la nouvelle année.

— Formidable, je dis, hochant la tête et me léchant les doigts. Bonne nouvelle, J.P.

— Je te présenterai.

— Ça me fera plaisir.

On se dit bonsoir. On se souhaite Bonne Année. Je m'essuie les doigts à une serviette en papier. On se serre la main.

Je vais au téléphone, je mets une pièce et j'appelle ma femme en PCV. Mais cette fois non plus, personne ne répond. J'ai envie d'appeler ma nana et je compose déjà le numéro quand je réalise que j'ai pas vraiment envie de lui parler. Elle est chez elle, probable, en train de regarder les mêmes émissions que moi à la télé. De toute façon, j'ai pas envie de lui parler. J'espère qu'elle va bien. Mais s'il y a quelque chose qui ne va pas, j'ai pas envie de le savoir.

Après le petit déjeuner, J.P. et moi, on prend le café sur la véranda. Le ciel est dégagé, mais il fait assez froid pour être en pull et veste.

— Elle m'a demandé si elle pouvait amener les gosses, dit J.P. Je lui ai dit de les laisser à la maison. Tu vois ça d'ici ? Nom de dieu, c'est pas un endroit pour des mômes.

On se sert du seau à charbon comme cendrier. On regarde de l'autre côté de la vallée, là ou vivait Jack London. On est en train de boire un autre café quand une voiture quitte la route et emprunte l'allée.

— C'est elle! dit J.P.

Il pose sa tasse à côté de son fauteuil, se lève et descend le perron.

Je vois la femme stopper et mettre le frein à main. Je vois J.P. ouvrir la portière. Je la regarde descendre, et je les vois s'embrasser. Je détourne les yeux. Puis je les ramène sur eux. J.P. la prend par le bras et ils montent ensemble. Cette femme, elle a cassé le nez de son mari, un jour. Elle a eu deux gosses et des tas d'emmerdes, mais elle aime cet homme qui la tient par le bras. Je me lève de mon fauteuil.

— Voilà mon copain, dit J.P. à sa femme. Je te présente Roxy.

Roxy me serre la main. C'est une grande belle femme avec un bonnet tricoté. Elle porte un manteau, un gros pull et un pantalon. Je me rappelle ce que J.P. m'a dit sur l'amant et la pince coupante. Je ne vois pas d'alliance à sa main. Elle est en morceaux quelque part, je suppose. Elle a des mains larges, avec des articulations saillantes. Des mains qui peuvent donner des drôles de coups, en cas de besoin.

— J'ai entendu parler de vous. J.P. m'a raconté comment vous vous êtes connus. Une histoire de cheminée m'a dit J.P.

— Oui, une cheminée. Il y a sans doute des tas de choses qu'il ne vous a pas dites. Je parie qu'il ne vous a pas tout dit, dit-elle en riant.

Puis il lui tarde d'être seule avec lui, elle lui met les bras autour du cou et l'embrasse sur la joue. Ils se dirigent vers la porte.

— Contente de vous connaître, dit-elle. Dites donc, il vous a dit qu'il est le meilleur ramoneur dans le métier?

— Blague pas, Roxy, dit J.P., la main sur la poignée de la porte.

— Il m'a dit que c'est vous qui lui avez tout appris.

— Ça, c'est sûr.

Elle se remet à rire. Mais on dirait qu'elle pense à autre chose. J.P. tourne la poignée. Roxy pose sa main sur la sienne.

— Joe, on ne peut pas aller déjeuner en ville ? Je ne peux pas t'emmener quelque part ?

J.P. se râcle la gorge.

— Ça fait pas encore une semaine.

Il lâche la poignée et porte sa main à son menton.

— Je crois qu'ils aimeraient mieux que je ne quitte pas la maison pendant encore quelques jours. On peut prendre un café ici.

— Ça va, dit-elle en me regardant encore une fois. Je suis contente que Joe ait un copain. Contente de vous connaître.

Ils s'apprêtent à rentrer. Je sais que c'est idiot, mais je le fais quand même.

— Roxy !

Ils s'arrêtent sur le seuil et me regardent.

— J'ai besoin de veine, je dis. Sans blague. Vous voulez pas m'embrasser ?

J.P. baisse les yeux. Il tient toujours la poignée bien que la porte soit ouverte. Il tourne et retourne la poignée dans sa main. Mais je continue à regarder Roxy. Elle sourit.

— Je ne suis plus ramoneuse, dit-elle. Depuis des années. Joe ne vous l'a pas dit ? Mais bien sûr, je peux vous embrasser, bien sûr.

Elle s'approche. Elle me prend par les épaules — je suis grand — et elle me plante un gros baiser sur la bouche.

— Ça vous va ?

— Extra, je dis.

— Rien de plus facile !

Elle me tient toujours par les épaules. Elle me regarde droit dans les yeux.

— Bonne chance, dit-elle, puis elle me lâche.

— A tout à l'heure, vieux, dit J.P.

Il ouvre la porte toute grande, et ils entrent.

Je m'assieds sur le perron et j'allume une cigarette. Je regarde mes mains, puis je souffle l'allumette. J'ai la tremblote. Ça m'a pris ce matin. Ce
matin, j'avais envie de boire quelque chose. C'est
déprimant, mais je n'en ai rien dit à J.P. J'essaie de
penser à autre chose.

Je pense aux ramoneurs — à tous les trucs que J.P.
m'a racontés — quand, je ne sais pas pourquoi, je me
mets à penser à une maison où j'ai habité autrefois
avec ma femme. Elle n'avait pas de cheminée, alors,
je ne sais pas pourquoi j'y pense. Mais je me rappelle
la maison. On y habitait depuis quelques semaines
lorsque j'avais entendu un bruit dehors, un matin.
C'était dimanche, et on n'avait pas encore ouvert les
rideaux. Mais il y avait un peu de lumière qui entrait
par la fenêtre. J'écoutai. J'entendais quelque chose
gratter le côté de la maison. Je sautai du lit pour
aller voir.

— Mon Dieu ! avait dit ma femme en s'asseyant
dans le lit et rejetant ses cheveux.

Puis elle s'était mise à rire.

— C'est M. Venturini. J'ai oublié de te dire. Il a
prévenu qu'il venait repeindre la maison aujourd'hui. De bonne heure. Avant la grosse chaleur.
J'avais oublié, avait-elle dit, et elle rit. Reviens donc
au lit, chéri. Ce n'est que lui.

— Dans une minute.

J'ouvris les rideaux. Dehors, un vieux en salopette
était debout près d'une échelle. Le soleil commençait à sortir de derrière les montagnes. Le vieux et
moi, on se dévisagea. C'était bien le propriétaire —
ce vieux en salopette. Mais elle était trop grande
pour lui. Et il aurait eu besoin de se raser, aussi. Il
portait une casquette de base-ball sur sa tête chauve.
Merde, je pensais, il est dément, ce vieux. Et tout
d'un coup, je me sentis tout content de ne pas être lui
— d'être moi, et d'être dans ma chambre avec ma
femme.

Il me montra le soleil du pouce. Il feignit de

140

s'éponger le front. Il me fit savoir qu'il n'avait pas toute la journée devant lui. Le vieux con me lança un grand sourire. Et alors, je réalisai que j'étais à poil. Je me regardai, je le regardai, et je haussai les épaules. Qu'est-ce que je pouvais faire?

Ma femme rit.

— Viens. Viens te recoucher. Tout de suite. Reviens au lit.

Je lâchai les rideaux. Mais je restai debout devant la fenêtre. Je vis le vieux hocher la tête comme s'il pensait: « Vas-y, fiston, retourne au pieu. Je te comprends. » Il tira sur la visière de sa casquette. Puis il se mit au boulot. Il ramassa son seau. Il grimpa à l'échelle.

Je m'adosse à la marche derrière moi et je croise les jambes. Peut-être que cet après-midi, plus tard, j'appellerai ma femme. Et après, j'appellerai pour savoir comment va ma nana. Mais j'ai pas envie d'avoir son môme à la redresse au bout du fil. Si j'appelle, j'espère qu'il sera allé quelque part, faire ce qu'il fait quand il est pas à la maison. J'essaye de me rappeler si j'ai déjà lu des livres de Jack London. J'arrive pas à me souvenir. Mais j'ai lu une histoire de lui à l'école. « Pour faire un feu », ça s'appelait. C'est un type qui est en train de geler dans le Yukon. Imaginez ça — il va mourir de froid s'il arrive pas à allumer un feu. Avec du feu, il peut faire sécher ses chaussettes et ses affaires, et se réchauffer. Il allume son feu, mais alors voilà autre chose. Un paquet de neige tombe dessus. Il s'éteint. Pendant ce temps, la température baisse de plus en plus. La nuit tombe.

Je sors un peu de monnaie de ma poche. Je vais d'abord essayer chez ma femme. Si elle répond, je lui souhaiterai une Bonne Année. C'est tout. J'élèverai pas la voix. Même si elle me cherche des crosses. Elle me demandera d'où je l'appelle, et je serai bien forcé de le lui dire. Je parlerai pas de bonnes résolutions du Jour de l'An. C'est pas un sujet de plaisanteries. Après, j'appellerai ma nana. Peut-être que je l'appellerai d'abord. Mais j'espère que c'est pas son môme qui décrochera.

— Hello, mon chou, je dirai quand elle répondra. C'est moi.

LE TRAIN

A John Cheever

La femme s'appelait Miss Dent, et plus tôt dans la soirée, elle avait braqué un pistolet sur un homme. Elle l'avait fait mettre à plat ventre dans la boue pour le supplier de lui laisser la vie. Pendant que l'homme, les yeux pleins de larmes, tripotait des feuilles par terre, elle le tenait sous la menace et lui disait ses quatre vérités. Elle essayait de lui faire comprendre qu'il ne pouvait pas continuer à piétiner les sentiments des gens.

— Pas un geste! dit-elle.

Pourtant, il ne faisait qu'enfoncer un peu ses doigts dans la terre, en remuant vaguement les jambes, de peur. Quand elle eut fini de parler, qu'elle eut dit tout ce qu'elle avait pu trouver à lui dire, elle lui posa le pied sur la nuque et lui fit mordre la poussière. Puis elle remit le revolver dans son sac et retourna à pied à la gare.

Elle s'assit sur un banc dans la salle d'attente déserte, son sac sur les genoux. Le guichet était fermé ; personne. Même le parking devant la gare était vide. Ses yeux se posèrent sur la grande horloge murale. Elle voulait arrêter de penser à cet homme, et à la façon dont il s'était conduit avec elle après avoir obtenu ce qu'il voulait. Mais elle savait qu'elle se souviendrait longtemps du bruit qu'il avait émis, par le nez, en tombant à genoux. Elle prit une profonde inspiration, ferma les yeux et guetta le bruit d'un train.

La porte de la salle d'attente s'ouvrit. Miss Dent regarda dans cette direction au moment où entraient deux personnes. Un vieillard aux cheveux blancs, avec une cravate blanche; et une femme d'âge mûr, avec ombre à paupières, rouge à lèvres, en robe de tricot rose. Le temps avait fraîchi, mais ils ne portaient de manteau ni l'un ni l'autre, et le vieillard n'avait pas de chaussures. Ils s'arrêtèrent sur le seuil, apparemment étonnés de trouver quelqu'un dans la salle d'attente. Ils essayèrent de faire comme si sa présence ne les dérangeait pas. La femme dit quelque chose au vieillard, mais Miss Dent ne saisit pas ses paroles. Le couple entra dans la salle. Il sembla à Miss Dent qu'ils avaient l'air agité, l'air de gens partis de quelque part en hâte, et encore incapables d'en parler. Il se pouvait, pensa Miss Dent, qu'ils aient aussi trop bu. La femme et le vieillard aux cheveux blancs regardèrent la pendule, comme si elle pouvait leur dire quelque chose sur leur situation, et ce qu'ils devaient faire maintenant.

Miss Dent tourna aussi les yeux vers la pendule. Pas de tableau horaire dans la salle d'attente, annonçant les arrivées et les départs des trains. Mais elle était prête à attendre le temps qu'il faudrait. Elle savait que si elle attendait assez longtemps, un train arriverait, qu'elle monterait dedans et qu'il l'emporterait loin de cet endroit.

— Bonsoir, dit le vieillard à Miss Dent.

Il dit cela, pensa-t-elle, comme si c'était un soir d'été normal, et qu'il fût un important vieillard portant chaussures et frac.

— Bonsoir, dit Miss Dent.

La femme en robe de tricot la regarda d'un air calculé pour lui signifier qu'elle n'était pas contente de la trouver dans la salle d'attente.

Le vieillard et la femme s'assirent sur un banc, de l'autre côté de la salle, juste en face de Miss Dent. Elle regarda le vieillard remonter légèrement son pantalon, puis se croiser les jambes et se mettre à remuer son pied en chaussette. Il sortit de sa poche de chemise un paquet de cigarettes et un fume-cigarette. Il inséra la cigarette dans le fume-cigarette et mit la main dans sa poche de chemise. Puis il fouilla dans son pantalon.

— Je n'ai pas d'allumettes, dit-il à sa compagne.

— Je ne fume pas, dit la femme. On pourrait croire que tu me connais assez pour savoir ça. Si tu veux vraiment fumer, elle a peut-être des allumettes, elle.

La femme leva le menton et regarda Miss Dent sans aménité.

Mais Miss Dent secoua la tête. Elle rapprocha son sac. Elle était assise, les genoux bien serrés, les mains crispées sur son sac.

— Alors, en plus, pas d'allumettes, dit le vieillard.

Il fouilla une fois de plus dans ses poches. Puis il soupira et ôta la cigarette de son fume-cigarette. Il la remit dans le paquet. Il rangea le paquet et le fume-cigarette dans sa poche de chemise.

La femme se mit à parler dans une langue que Miss Dent ne comprenait pas. Elle pensa que c'était peut-être de l'italien, parce que le rythme de mitraillette ressemblait à la façon de parler de Sophia Loren dans un film qu'elle avait vu.

Le vieillard secoua la tête.

— Je ne te suis pas, tu sais. Tu parles trop vite pour moi. Il faut parler moins vite. Il faut parler anglais. Alors je pourrai te suivre.

Miss Dent desserra un peu ses mains sur son sac et le posa à côté d'elle sur le banc. Elle regardait le fermoir. Elle ne savait pas exactement ce qu'elle devait faire. La salle d'attente était petite, et elle hésitait à se lever soudain pour aller s'asseoir ailleurs. Ses yeux se posèrent sur la pendule.

— Cette bande de fous, là-bas, je n'arrive pas à m'en remettre, dit la femme. C'est colossal! Indicible! Mon Dieu!

Elle dit ça puis secoua la tête. Elle se renversa

contre le dossier du banc, comme épuisée. Elle leva les yeux et fixa brièvement le plafond.

Le vieillard prit sa cravate en soie entre ses doigts et se mit à palper le tissu machinalement. Il ouvrit un bouton de sa chemise et passa sa cravate à l'intérieur. La femme continua, mais il semblait penser à autre chose.

— C'est cette fille que je plains, dit la femme. Cette pauvre fille toute seule dans une maison pleine de débiles et de vipères. C'est elle que je plains. Et c'est elle qu'il faut payer! Pas les autres. Certainement pas cet imbécile qu'ils appellent Capitaine Nick! Il est totalement irresponsable. Pas lui.

Le vieillard leva les yeux et embrassa du regard la salle d'attente. Il regarda un moment Miss Dent.

Miss Dent avait les yeux perdus au-delà de lui, par la fenêtre. Là, elle voyait un grand réverbère dont la lumière éclairait le parking vide. Elle avait les mains jointes sur les genoux, et essayait de se concentrer sur ses propres affaires. Mais elle ne pouvait s'empêcher d'entendre ce que disaient ces gens.

— Je peux te dire une chose, dit la femme. Cette fille est la seule qui m'intéresse. Qui se soucie du reste de cette tribu? Toute leur vie tourne autour de leur *café au lait** et de leurs cigarettes, de leur précieux chocolat suisse et de leur maudit ara. Il n'y a que ça qui les intéresse. Rien d'autre. Si je ne revois jamais cette bande de ma vie, ça ne me manquera pas. Tu comprends ce que je te dis?

— Bien sûr que je comprends, dit le vieillard. Naturellement.

Il posa son pied par terre et croisa l'autre jambe.

— Mais ne t'énerve pas comme ça maintenant, dit-il.

— Ne t'énerve pas comme ça, dis-tu. Pourquoi ne te regardes-tu pas dans la glace?

— Ne t'inquiète pas pour moi. J'ai vécu pire, et je suis toujours là.

* En français dans le texte. *(N.d.T.)*

146

Il se mit à rire tout bas en secouant la tête.

— Ne t'inquiète pas pour moi.

— Comment veux-tu que je fasse pour ne pas m'inquiéter pour toi? Qui d'autre peut s'inquiéter pour toi? Cette femme au sac, c'est peut-être elle qui va s'inquiéter pour toi? dit-elle, s'arrêtant le temps de foudroyer Miss Dent. Je parle sérieusement, *amico mio*. Mais regarde-toi! Mon Dieu, si je n'avais pas déjà tellement de choses en tête, je pourrais faire une dépression nerveuse ici même. Dis-moi, qui d'autre va s'inquiéter pour toi à part moi? Je te pose une question sérieuse. Tu sais tellement de choses, alors, réponds à ça.

Le vieillard aux cheveux blancs se leva, puis se rassit.

— Ne t'inquiète pas pour moi, c'est tout. Inquiète-toi pour quelqu'un d'autre. Inquiète-toi pour la fille et le Capitaine Nick, si tu as envie de t'inquiéter. Tu étais dans une autre pièce quand il a dit : « Je ne suis pas sérieux, mais je suis amoureux d'elle. » Ce sont ses propres paroles.

— Je savais bien qu'on en arriverait à quelque chose comme ça! s'écria la femme.

Elle plia les doigts et porta les mains à ses tempes.

— Je savais que tu allais me dire quelque chose comme ça! Mais ça ne m'étonne pas non plus. Non, pas du tout. Un léopard ne peut pas se débarrasser de ses taches. On n'a jamais rien dit de plus vrai. Il faut apprendre par l'expérience. Mais quand vas-tu te réveiller, vieux fou? Réponds! Es-tu comme la mule, à qui il fallait d'abord donner des coups de bâton entre les deux yeux? *O Dio mio!* Pourquoi ne vas-tu pas te regarder dans une glace? Regarde-toi bien, pendant que tu y es.

Le vieillard se leva et s'approcha de la fontaine. Il mit une main derrière son dos, ouvrit le robinet et se pencha pour boire. Puis il se redressa et se tapota le menton du revers de la main. Il se croisa les mains derrière le dos, et se mit à évoluer dans la salle comme s'il était à la promenade.

Miss Dent le voyait scruter le sol, les bancs vides, les cendriers. Elle comprit qu'il cherchait des allumettes, et elle regretta de ne pas en avoir.

La femme s'était tournée pour le suivre des yeux. Elle éleva la voix :

— Poulet frit du Kentucky au pôle Nord ! Le Colonel Sanders en bottes et anorak. C'était trop !

Le vieillard ne répondit pas. Il continua sa circumnavigation de la salle. Il s'arrêta devant la fenêtre, les mains derrière le dos, et regarda dehors le parking vide.

La femme se tourna vers Miss Dent. Elle tira le tricot sous son bras.

— La prochaine fois que j'aurai envie de voir des films d'amateurs sur Point Barrow, Alaska, et ses esquimaux indigènes, je préviendrai. Mon Dieu ! C'était impayable ! Il y a des gens qui feraient n'importe quoi. Il y a des gens qui essayent de faire mourir d'ennui leurs ennemis. Mais il faut avoir vu ça.

La femme regarda Miss Dent d'un air agressif, comme si elle la défiait de la contredire.

Miss Dent prit son sac et le posa sur ses genoux. Elle regarda la pendule, qui semblait avancer très lentement, si toutefois elle avançait.

— Vous ne dites pas grand-chose, dit la femme à Miss Dent. Mais je gage que vous auriez beaucoup à dire si vous commenciez. N'est-ce pas ? Vous êtes rusée. Vous vous taisez, la bouche pincée, pendant que nous parlons à cœur que veux-tu. Ai-je raison ? L'eau qui dort ? Est-ce vous ? Comment vous appelle-t-on ?

— Miss Dent. Mais je ne vous connais pas.

— Moi non plus, Dieu m'est témoin ! Je ne vous connais pas et je ne me soucie pas de vous connaître. Restez-là, et pensez tout ce que vous voulez. Ça ne changera rien. Mais je sais ce que je pense, et c'est que ça pue !

Le vieillard s'éloigna de la fenêtre et sortit. Quand

148

il revint une minute plus tard, il avait une cigarette allumée dans son fume-cigarette, et il semblait avoir retrouvé le moral. Il avait redressé le menton et marchait la tête haute. Il s'assit à côté de la femme.

— J'ai trouvé des allumettes, dit-il. Par terre, une pochette au milieu du trottoir. Quelqu'un a dû les perdre.

— Fondamentalement, tu as de la chance, dit la femme. Et c'est un avantage dans ta situation. J'ai toujours su que tu avais de la chance, même si personne d'autre n'en avait. La chance, c'est important.

La femme regarda Miss Dent.

— Mon enfant, je suppose que vous avez fait votre part de bêtises dans la vie. Je le sais. C'est écrit sur votre visage. Mais vous ne voulez pas en parler. A votre aise, n'en parlez pas. Laissez-nous parler. Mais vous vieillirez. Et alors, vous aurez des choses à dire. Attendez d'avoir mon âge. Ou le sien, dit la femme en montrant le vieillard du pouce. Dieu m'est témoin que tout arrive. En son temps, tout arrive. Vous n'aurez pas besoin de chercher. Ça viendra tout seul.

Miss Dent se leva avec son sac et s'approcha de la fontaine. Elle but au robinet puis se retourna pour les regarder. Le vieillard avait terminé sa cigarette. Il ôta le mégot de son fume-cigarette et le jeta sous le banc. Il tapa le fume-cigarette contre sa paume, souffla dans le tuyau et le remit dans sa poche de chemise. Puis, lui aussi concentra son attention sur Miss Dent. Il fixa les yeux sur elle, et attendit avec la femme. Miss Dent rassemblait son courage pour parler. Elle ne savait pas trop par où commencer, mais elle se disait qu'elle pouvait toujours commencer par dire qu'elle avait un revolver dans son sac. Elle pouvait même leur dire qu'elle avait failli tuer un homme un peu plus tôt dans la soirée.

Mais à ce moment, ils entendirent le train. D'abord le sifflet, puis le bruit de ferraille et la sonnette quand le passage à niveau se ferma. La femme et le vieillard aux cheveux blancs se levèrent et se dirigèrent vers la porte. Le vieillard ouvrit la porte à sa compagne, puis il sourit et fit signe à Miss Dent de passer devant lui. Serrant son sac contre son cœur, elle suivit la femme sur le quai.

Le train siffla encore une fois en ralentissant, puis il s'arrêta devant la gare. Les lumières de la motrice jouaient sur les rails. Les deux voitures composant ce petit train étaient très bien éclairées, de sorte qu'il fut facile aux trois voyageurs sur le quai de se rendre compte que le train était presque vide. Mais cela ne les étonna pas. A cette heure, ils étaient même surpris qu'il y eût des gens dedans.

Les quelques passagers des wagons regardaient par les vitres, semblant trouver étrange de voir des gens sur le quai, s'apprêtant à monter dans un train à cette heure. Qu'est-ce qui pouvait bien les avoir amenés là? C'était l'heure où les gens devraient penser à aller se coucher. Les cuisines, dans les maisons des collines derrière la gare, étaient propres et en ordre; les lave-vaisselle avaient depuis longtemps terminé leur cycle, chaque chose était à sa place. Les veilleuses brûlaient dans les chambres d'enfants. Quelques adolescentes pouvaient encore lire des romans, en se tortillant une mèche de cheveux entre les doigts. Mais on éteignait les téléviseurs. Maris et femmes se préparaient pour la nuit. La demi-douzaine de passagers assis dans les deux voitures regarda par les vitres, se demandant ce que faisaient ces gens sur le quai.

Ils virent une femme d'âge mûr lourdement maquillée, en robe de tricot rose, grimper sur le marche-pied et entrer dans le wagon. Derrière elle, une jeune femme en corsage et jupe d'été, les mains crispées sur son sac. Elles étaient suivies d'un vieillard qui marchait lentement, d'une démarche très digne. Le vieillard avait les cheveux blancs, et une cravate de soie blanche, mais il n'avait pas de chaussures. Les passagers supposèrent naturellement que ces trois personnes étaient ensemble ; et ils étaient certains que, quoi qu'elles eussent fait ce soir-là, cela s'était mal terminé. Mais les passagers en avaient vu d'autres dans leur vie. Le monde est plein d'histoires de toutes sortes, comme chacun sait. Pour ces gens, ce n'était peut-être pas aussi tragique que ça aurait pu l'être. Pour cette raison, ils ne pensèrent plus à ces trois-là qui avançaient dans le couloir pour aller s'asseoir — la femme et le vieillard aux cheveux blancs à côté l'un de l'autre, la jeune femme au sac quelques sièges plus loin. A la place, ils regardèrent la gare par la vitre et se remirent à penser à leurs propres affaires, qui les occupaient avant l'arrêt.

Le conducteur regarda les rails devant lui. Puis il regarda dans la direction d'où venait le train. Il leva le bras, et, avec sa lanterne, fit signe au mécanicien. C'était ce qu'il attendait. Il tourna un bouton et abaissa une manette. Le train s'ébranla. Lentement d'abord, puis il prit peu à peu de la vitesse. Il avança de plus en plus vite, jusqu'au moment où, ayant retrouvé son allure, il fila dans la campagne noire, ses voitures brillamment éclairées projetant des reflets sur les voies.

FIÈVRE

CARLYLE était dans le pétrin. Il avait été dans le pétrin tout l'été, depuis que sa femme l'avait quitté, début juin. Jusqu'à ces derniers temps, quelques jours avant de reprendre ses cours au collège, Carlyle n'avait pas eu besoin d'une garde d'enfants. La garde d'enfants, c'était lui. Tous les jours et toutes les nuits, il s'était occupé des enfants. Leur mère, leur avait-il dit, était partie pour un long voyage.

Debbie, la première garde qu'il contacta, était une grosse fille de dix-neuf ans, issue d'une famille nombreuse. Les enfants l'aimaient, disait-elle. Elle lui donna quelques noms en référence. Elle les écrivit sur un bout de papier. Carlyle le prit, le plia et le mit dans sa poche de chemise. Il lui apprit qu'il avait des réunions le lendemain, qu'elle pouvait commencer le lendemain matin.

— D'accord, dit-elle.

Il comprenait qu'une nouvelle époque de sa vie commençait. Eileen était partie alors qu'il rédigeait ses bulletins trimestriels. Elle avait raconté qu'elle allait en Californie du Sud pour commencer une nouvelle vie bien à elle. Elle était partie avec Richard Hoopes, un collègue de Carlyle. Hoopes était un professeur d'art dramatique et un moniteur verrier qui avait apparemment terminé ses bulletins à temps, pris ses cliques et ses claques et quitté la ville en vitesse avec Eileen. Maintenant, ce long et pénible été pratiquement derrière lui, et ses cours sur le point de recommencer, Carlyle s'était enfin occupé du problème de la garde des enfants. Ses premiers efforts avaient échoué. Désespérant de trouver personne — n'importe qui — il avait pris Debbie.

Au début, il fut reconnaissant à cette fille d'avoir répondu à son appel. Il lui avait abandonné la maison et les enfants comme à une parente. De sorte qu'il n'avait personne à blâmer, si ce n'est lui-même et son insouciance. Il en était convaincu, quand, un jour de la première semaine, revenant de l'école plus tôt que prévu, il trouva dans son allée une grosse voiture avec deux énormes dés de flanelle pendouillant au rétroviseur. A sa stupéfaction, il vit ses enfants sur la pelouse de devant, sales, qui jouaient avec un chien assez grand pour leur sectionner une main d'un coup de dents. Son fils, Keith, avait le hoquet et venait de pleurer. Sarah, sa fille, se mit à sangloter quand elle le vit descendre de voiture. Ils étaient assis sur l'herbe, et le chien leur léchait les mains et le visage. Le chien gronda, puis s'écarta un peu quand Carlyle s'approcha des enfants. Il ramassa Keith, puis Sarah. Un enfant sous chaque bras, il se dirigea vers la porte de la maison. A l'intérieur, un phono marchait si fort que les vitres en tremblaient.

Dans le séjour, trois adolescents assis autour de la table basse, se dressèrent d'un bond. Des bouteilles de bière étaient posées sur la table, et des cigarettes brûlaient dans le cendrier. Rod Stewart gueulait sur la stéréo. Sur le canapé, la grosse Debbie était à côté d'un autre adolescent. Elle regarda Carlyle d'un air idiot et incrédule en le voyant entrer. Son corsage était déboutonné. Elle avait ramené ses jambes sous elle et elle fumait une cigarette. Le séjour était plein de fumée et de musique. La grosse et son copain se levèrent en vitesse.

— Monsieur Carlyle, attendez, dit Debbie. Je vais vous expliquer.

— N'expliquez rien, dit Carlyle. Foutez le camp au trot. Tous. Avant que je vous jette dehors.

Il serra un peu plus fort ses enfants.

— Vous me devez quatre jours, lui dit la grosse en essayant de reboutonner son corsage. Pas aujourd'hui. Vous ne me devez rien pour aujourd'hui. Monsieur Carlyle, ce n'est pas ce que ça a l'air. Ils sont juste passés pour écouter ce disque.

— Je comprends, Debbie.

Il posa les enfants sur le tapis. Mais ils restèrent près de ses jambes et regardèrent les jeunes dans le séjour. Debbie les regarda, secouant lentement la tête, comme si c'était la première fois qu'elle les voyait.

— Sortez, nom de dieu! dit Carlyle. Tout de suite. Dehors. Tous.

Il alla à la porte et l'ouvrit toute grande. Les garçons firent ceux qui n'étaient pas pressés. Ils prirent leur bière à la main et s'ébranlèrent lentement vers la sortie. Le disque de Rod Stewart tournait toujours.

— Il est à moi, ce disque, dit l'un d'eux.

— Prends-le! dit Carlyle.

Il fit un pas vers le garçon, puis s'arrêta.

— Ne me touchez pas, d'accord? Ne me touchez pas, c'est tout, dit l'adolescent.

Il s'approcha de la chaîne, souleva le bras, le ramena en arrière, et prit son disque tandis que la platine continuait à tourner.

Les mains de Carlyle tremblaient.

— Si cette voiture est encore dans l'allée dans une minute — je dis bien une minute — j'appelle la police.

Il avait le vertige et la tête lui tournait, tellement il était en colère. Il vit, il vit vraiment, des taches lumineuses danser devant ses yeux.

— Dites donc, on s'en va, non? On s'en va, dit le garçon.

Ils sortirent à la queue leu leu. Dehors, la grosse trébucha. Elle oscillait en se dirigeant vers la voiture. Carlyle la vit s'arrêter et se cacher le visage dans les mains. Elle resta comme ça une minute, debout dans l'allée. Puis un garçon la poussa par derrière en prononçant son nom. Elle laissa retomber ses bras et monta à l'arrière de la voiture.

— Papa va vous mettre des vêtements propres, dit Carlyle à ses enfants en essayant de contrôler sa voix. Je vais vous donner un bain et vous mettre des vêtements propres. Puis on ira à la pizzeria. Ça vous va, une pizza ?

— Où est Debbie ? lui demanda Sarah.

— Partie, dit Carlyle.

Le soir, après avoir couché les enfants, il appela Carol, cette collègue du collège qu'il fréquentait depuis un mois. Il lui raconta ce qui s'était passé avec sa garde d'enfants.

— Mes gosses étaient dehors sur la pelouse avec un chien énorme, aussi gros qu'un loup. La fille était dans la maison avec une bande de voyous. Rod Stewart gueulait à plein tube, et ils buvaient un coup pendant que mes gosses étaient dehors, en train de jouer avec ce chien bizarre.

Il porta la main à sa tempe et l'y laissa pendant qu'il parlait.

— Mon Dieu, dit Carol. Pauvre chéri, comme je suis désolée.

Sa voix n'était pas très distincte. Il l'imagina, laissant le combiné glisser jusqu'à son menton, comme elle en avait l'habitude au téléphone. Il l'avait déjà vue faire. C'était une habitude qu'il trouvait vaguement irritante. Voulait-il qu'elle vienne chez lui ? demanda-t-elle. Elle viendrait. Elle pensait que c'était le mieux. Elle appellerait sa garde d'enfants. Puis elle viendrait chez lui. Ça lui faisait plaisir. Il ne devait pas avoir peur de lui dire quand il avait besoin d'affection, dit-elle. Carol était l'une des secrétaires du principal du collège où Carlyle enseignait le dessin. Elle était divorcée avec un enfant, un enfant névrosé que le père avait baptisé Dodge, du nom de sa voiture.

— Non, ça ira, dit Carlyle. Mais merci. *Merci*, Carol. Les enfants sont au lit, je crois que ça me ferait tout drôle, tu comprends, d'avoir de la compagnie ce soir.

Elle n'insista pas.

— Chéri, je suis désolée de ce qui est arrivé. Mais je comprends que tu veuilles rester seul ce soir. Je te verrai demain à l'école.

Il sentait qu'elle attendait qu'il dise autre chose.

— Ça fait deux gardes d'enfants en moins d'une semaine, dit-il. Je vais devenir fou.

— Chéri, ne te laisse pas abattre, dit-elle. Ça va s'arranger. Je t'aiderai à trouver quelqu'un cette semaine. Tout ira bien, tu verras.

— Encore merci d'être là quand j'ai besoin de toi, dit-il. Des comme toi, on n'en fait plus.

— Bonne nuit, Carlyle, dit-elle.

Après avoir raccroché, il regretta de ne pas avoir trouvé autre chose à lui dire à la place. Il ne lui avait jamais parlé comme ça jusqu'à maintenant. Ils n'étaient pas amoureux, il n'aurait pas dit ça, mais elle lui plaisait. Elle savait qu'il traversait une période difficile, et elle n'était pas exigeante.

Après le départ d'Eileen pour la Californie, Carlyle avait passé toutes les minutes du premier mois avec ses enfants. Il pensait que c'était le choc du départ d'Eileen qui le faisait réagir comme ça, mais il ne voulait pas les perdre de vue une minute. Ça ne l'intéressait pas de sortir avec d'autres femmes, et pendant un moment, il pensa que ça ne l'intéresserait plus jamais. Il avait l'impression d'être en deuil. Il passait ses jours et ses nuits en compagnie de ses enfants. Il faisait la cuisine pour eux — lui, il n'avait pas d'appétit — lavait et repassait leurs vêtements, les emmenait à la campagne où ils cueillaient des fleurs et mangeaient des sandwichs enveloppés dans du papier cristal. Il les laissait choisir ce qu'ils voulaient au supermarché. Et tous les deux ou trois jours, ils allaient au parc, ou alors à la bibliothèque ou au zoo. Ils emportaient du pain rassis au zoo, pour jeter aux canards. Le soir, avant de les border dans leur lit, Carlyle leur lisait des histoires — Ésope, Andersen, les frères Grimm.

— Quand est-ce qu'elle revient, maman? lui demandait parfois l'un d'eux au milieu d'un conte.

— Bientôt, disait-il. Un de ces jours. Maintenant, écoutez.

Puis il finissait sa lecture, les embrassait et éteignait la lumière.

Et tandis qu'ils dormaient, il parcourait toutes les pièces de la maison, un verre à la main, se disant que, oui, tôt ou tard, Eileen reviendrait. Il avait à peine terminé qu'il ajoutait mentalement : « Je ne veux plus jamais te revoir. Je ne te pardonnerai jamais, espèce de salope. » Puis, une minute plus tard : « Reviens, chérie, je t'en supplie. Je t'aime et j'ai besoin de toi. Et les enfants aussi. » Certains soirs, il s'endormait devant la télé, et se réveillait, l'appareil encore allumé avec l'écran tout blanc. C'était pendant la période où il pensait qu'il ne sortirait plus avec des femmes avant longtemps, jamais plus peut-être. Le soir, assis devant la télé avec un livre fermé ou un magazine à côté de lui sur le canapé, il pensait souvent à Eileen. Dans ces moments-là, il se rappelait son rire si doux, ou sa main qui lui massait le cou quand il se plaignait de contractures. C'est dans ces moments-là qu'il pensait pouvoir pleurer. Il se disait, on croit toujours que ces choses-là n'arrivent qu'aux autres.

Juste avant l'incident avec Debbie, le choc et la peine un peu adoucis, il avait téléphoné à une agence de placement pour leur parler de ses difficultés et de ses besoins. Quelqu'un avait noté renseignements et coordonnées, en disant qu'on le rappellerait. Il n'y avait pas beaucoup de candidates pour assurer le ménage *et* la garde des enfants, disaient-ils. Mais ils trouveraient bien quelqu'un. Quelques jours avant la rentrée, ils avaient promis d'envoyer quelqu'un chez lui dès le lendemain matin.

C'était une femme de trente-cinq ans, aux bras poilus et aux chaussures éculées. Elle lui serra la main, et l'écouta sans lui poser une seule question sur les enfants — pas même leurs prénoms. Quand il l'emmena dans le fond de la maison où jouaient les gosses, elle les fixa simplement une bonne minute sans dire un mot. Lorsqu'elle sourit enfin, Carlyle remarqua pour la première fois qu'il lui manquait une dent. Sarah abandonna ses pastels, se leva et vint se planter à côté de lui. Elle lui prit la main et regarda fixement la femme. Keith aussi la regardait fixement. Carlyle la remercia et dit qu'il la contacterait.

L'après-midi, il releva un numéro sur une annonce punaisée au tableau d'affichage du supermarché. Quelqu'un cherchait des heures de garde d'enfants. Références fournies sur demande. Carlyle appela à ce numéro, et c'est Debbie, la grosse, qui répondit.

Pendant l'été, Eileen avait envoyé aux enfants quelques cartes, lettres et photos d'elle, et quelques dessins au crayon et à la plume qu'elle avait faits depuis son départ. Elle avait aussi adressé à Carlyle une longue lettre pleine de divagations, dans laquelle elle lui demandait de la comprendre en cette matière — *cette matière* — mais elle affirmait qu'elle était heureuse. Heureuse. Comme si, pensa Carlyle, le bonheur était tout dans la vie. Elle ajoutait que s'il l'aimait vraiment comme il le prétendait et comme elle le croyait — elle l'aimait, elle aussi, qu'il ne l'oublie pas! — alors il comprendrait et accepterait la situation. Elle écrivait : « Ce qui est lié ne peut jamais être délié. » Carlyle ne savait pas si elle parlait de leurs rapports ou de sa vie actuelle en Californie. Il détestait le mot « lié ». Qu'est-ce que ça avait à voir avec eux ? Il se dit qu'Eileen devait être en train de perdre l'esprit, pour parler comme ça. Il relut ce passage puis froissa la lettre.

Mais quelques heures plus tard, il la récupéra

dans la corbeille où il l'avait jetée, et la mit avec ses autres cartes et lettres, dans une boîte posée sur une étagère de son placard. Dans l'une des enveloppes, il y avait une photo d'elle en maillot de bain et chapeau à fleurs à grand rebord tombant. Et il y avait un dessin représentant une femme au bord d'une rivière, vêtue d'une longue robe transparente, les mains sur les yeux, les épaules voûtées. C'était, supposa Carlyle, Eileen dans une pose montrant que la situation lui brisait le cœur. A l'université, elle avait étudié les beaux-arts, et, même si elle avait accepté de l'épouser, elle ne lui avait pas caché son intention de faire quelque chose de son talent. Carlyle avait dit qu'il ne voudrait pour rien au monde qu'il en fût autrement. Elle se devait cela à elle-même. Elle le devait à tous les deux. Ils s'étaient aimés en ce temps-là. Il en était sûr. Il n'imaginait pas pouvoir jamais aimer quelqu'un comme il l'avait aimée. Et il se sentait aimé, lui aussi. Puis, au bout de huit ans de mariage, Eileen avait plié bagages. Elle voulait, disait-elle dans sa lettre, « vivre sa vie ».

Après avoir parlé à Carol, il alla voir les enfants, qui dormaient. Puis il alla à la cuisine et se prépara un verre. Il pensa à appeler Eileen pour lui parler de la crise de la garde d'enfants, puis il y renonça. Il avait son numéro de téléphone et son adresse là-bas, bien sûr. Mais il n'avait appelé qu'une seule fois, jusqu'à présent, et il n'avait jamais écrit. En partie parce qu'il était dérouté, et en partie parce qu'il était furieux et humilié. Une fois, au début de l'été, après quelques verres, il avait risqué l'humiliation et appelé. Richard Hoopes avait répondu. Il avait dit, comme s'il était toujours son ami:

— Bonsoir, Carlyle.

Puis, comme s'il s'était rappelé quelque chose, il avait ajouté:

— Une minute, d'accord?

Eileen était venue en ligne:

— Carlyle, comment vas-tu ? Comment vont les enfants ? Parle-moi de toi.

Il avait dit que les gosses allaient bien. Mais avant qu'il eût rien pu ajouter, elle l'interrompait.

— Je sais qu'ils vont bien, eux. Mais toi ?

Puis elle s'était mise à lui dire qu'elle se sentait la tête en place pour la première fois depuis longtemps. Ensuite, elle lui avait demandé des nouvelles de sa tête, à lui, et de son karma. Il allait s'améliorer d'une minute à l'autre maintenant, disait-elle. Carlyle écoutait, n'en croyant pas ses oreilles.

— Il faut que je m'en aille maintenant, Eileen.

Et il raccrocha. Le téléphone sonna une minute plus tard, mais il laissa sonner. Quand il s'arrêta, Carlyle décrocha et laissa décroché jusqu'au moment de se mettre au lit.

Maintenant, il avait à la fois envie, et peur de l'appeler. Elle lui manquait toujours et il éprouvait le besoin de lui faire des confidences. Il avait la nostalgie de sa voix — douce, égale, pas hystérique comme elle l'avait été pendant des mois — mais s'il composait son numéro, ce serait peut-être Richard Hoopes qui répondrait. Et Carlyle ne voulait plus jamais entendre la voix de cet homme, il le savait. Richard et lui avaient été collègues pendant trois ans, et, supposait Carlyle, plutôt amis. C'était du moins quelqu'un avec qui Carlyle déjeunait à la salle à manger du collège, quelqu'un avec qui il pouvait parler de Tennessee Williams et des photos d'Ansel Adams. Mais même si Eileen répondait, il y avait le risque qu'elle s'embarque dans quelque chose sur le karma de Carlyle.

Immobile sur le canapé, son verre à la main, il essayait de se rappeler ce que c'était que d'être marié et intime avec quelqu'un, quand le téléphone sonna. Il décrocha, entendit de la friture sur la ligne, et sut, avant même qu'elle eût dit son nom que c'était Eileen.

— J'étais justement en train de penser à toi, dit Carlyle, regrettant immédiatement ses paroles.

160

— Tu vois! Je le savais, Carlyle. Eh bien, je pensais à toi, moi aussi. C'est pourquoi je t'appelle.

Il retint son souffle. Elle perdait vraiment l'esprit. Rien de plus clair. Elle continuait à parler.

— Maintenant, écoute, dit-elle. La raison pour laquelle je t'appelle, c'est que je sais que tu es en plein pétrin. Ne me demande pas comment je le sais. Je sais, c'est tout. Je suis désolée, Carlyle. Mais voilà. Tu as toujours besoin d'une femme de ménage/garde d'enfants, exact? Eh bien, il y en a une juste à côté de chez toi. Oh, tu as peut-être déjà trouvé quelqu'un et tant mieux si c'est le cas. C'est que les choses doivent se passer comme ça. Mais juste au cas où tu aurais des ennuis dans ce domaine, il y a une femme qui travaillait pour la mère de Richard. J'ai parlé à Richard de ton éventuel problème, et il est passé à l'action. Tu veux savoir ce qu'il a fait? Il a appelé sa mère, dont cette femme tenait la maison. Elle s'appelle Mme Webster. Elle s'occupait de tout pour la mère de Richard, avant que sa tante et sa fille viennent habiter avec elle. Richard a eu son numéro par sa mère. Il a appelé Mme Webster aujourd'hui. Voilà ce qu'il a fait. Mme Webster va t'appeler ce soir. Ou peut-être demain matin. L'un ou l'autre. De toute façon, elle va te proposer ses services, si tu en as besoin. Et c'est possible, on ne sait jamais. Même si tu as la situation bien en main en ce moment, ce que j'espère. Mais un jour ou l'autre, tu peux avoir besoin d'elle. Tu comprends? Si tu n'en as pas besoin tout de suite, tu en auras peut-être besoin plus tard. D'accord? Comment vont les enfants? Ils font des bêtises?

— Les enfants vont bien, Eileen. Ils dorment, en ce moment.

Peut-être qu'il aurait dû lui dire qu'ils pleuraient tous les soirs jusqu'à ce qu'ils s'endorment. Il se demanda s'il devait lui dire la vérité — qu'ils n'avaient pas parlé d'elle une seule fois depuis quinze jours. Il décida de se taire.

— J'ai appelé plus tôt, mais c'était occupé. J'ai dit à Richard que tu devais être en train de parler à ta nana, dit Eileen en riant. Pense positif, tu as l'air déprimé.

— Il faut que je m'en aille, Eileen.

Il voulut raccrocher et écarta le combiné de son oreille, mais elle continuait à parler.

— Dis à Keith et à Sarah que je les aime. Dis-leur que je leur envoie d'autres photos. Dis-le-leur. Je ne veux pas qu'ils oublient que leur mère est une artiste. Peut-être pas encore une grande artiste, mais ça n'a pas d'importance. Mais toi, tu sais que je suis une artiste. C'est important qu'ils ne l'oublient pas.

— Je le leur dirai.

— Richard te donne le bonjour.

Carlyle ne répondit pas. Il se répéta, *le bonjour*. Qu'est-ce qu'il pouvait bien vouloir dire?

— Merci d'avoir appelé. Merci d'avoir appelé cette femme.

— Mme Webster?

— Oui. Il faut que je raccroche, maintenant. Je ne veux pas te ruiner.

Eileen se mit à rire.

— Ce n'est que de l'argent. L'argent n'a aucune importance, sauf en tant que moyen d'échange. Il y a des choses plus importantes que l'argent. Mais tu le sais.

Il éloigna de son oreille le combiné d'où sortait la voix et le considéra pensivement.

— Carlyle, les choses vont s'arranger pour toi. Je le *sais*. Tu peux penser que je suis folle ou autre chose, dit-elle. Mais rappelle-toi.

Me rappeler quoi? se demanda Carlyle, inquiet, pensant qu'elle avait dit quelque chose qui lui avait échappé. Il remit le combiné à son oreille.

— Eileen, merci d'avoir appelé.

— Il faut garder le contact, dit Eileen. Il faut garder toutes les lignes de communication ouvertes. Je crois que le pire est passé. Pour tous les deux. J'ai souffert aussi. Mais nous allons obtenir tout ce que la vie nous gardait en réserve, tous les deux, et nous en sortirons *plus forts*, à la longue.

— Bonsoir, dit-il.

Il raccrocha. Puis il regarda le téléphone. Il attendit. Il ne sonna pas. Il sonna une heure plus tard. Il répondit.

— Monsieur Carlyle, dit une voix de vieille femme, vous ne me connaissez pas, mais je m'appelle Mme Jim Webster. Je devais vous contacter.

— Madame Webster, oui, dit-il.

Le nom qu'Eileen avait mentionné lui revint.

— Madame Webster, pouvez-vous venir chez moi demain matin. De bonne heure. Disons sept heures ?

— Aucun problème, dit la vieille femme. Sept heures. Donnez-moi votre adresse.

— J'espère que je peux compter sur vous, dit Carlyle.

— Vous pouvez compter sur moi, dit-elle.

— C'est très important, vous savez, dit Carlyle.

— Ne vous en faites pas, dit la vieille femme.

Le lendemain matin, quand le réveil sonna, il aurait voulu garder les yeux clos et continuer son rêve. Quelque chose à propos d'une ferme. Et il y avait une cascade, aussi. Quelqu'un, il ne savait pas qui, marchait sur la route, portant quelque chose. Un panier de pique-nique, peut-être. Le rêve ne le mettait pas mal à l'aise. Dans le rêve, il ressentait une impression de bien-être.

Enfin, il se tourna sur le côté et poussa un bouton pour arrêter la sonnerie. Il resta encore un peu au lit. Puis il se leva, mit les pieds dans ses pantoufles, et alla à la cuisine mettre en route le café.

Il se rasa et s'habilla. Puis il s'assit à la table de la cuisine avec son café et une cigarette. Les enfants étaient encore au lit. Dans environ cinq minutes, il allait mettre sur la table les céréales, les bols et les cuillères, et les réveiller pour le petit déjeuner. Il n'arrivait pas à croire que la vieille femme qui l'avait appelé la veille viendrait ce matin, comme elle l'avait promis. Il décida d'attendre jusqu'à sept heures cinq, puis il appellerait l'école, prendrait sa journée, et se démènerait pour trouver quelqu'un de fiable. Il porta sa tasse à la bouche.

C'est alors qu'il entendit un grondement sourd dans la rue. Il posa sa tasse et se leva pour regarder par la fenêtre. Une fourgonnette était arrêtée le long du trottoir devant sa maison. Le moteur au point mort, la cabine vibrait. Carlyle alla à la porte, l'ouvrit, et fit signe de la main. Une vieille femme lui répondit, puis descendit du véhicule. Carlyle vit le conducteur se pencher et disparaître sous le tableau de bord. La fourgonnette émit un soupir, s'ébroua, et se tut.

— Monsieur Carlyle? dit la vieille femme, remontant lentement son allée, un grand sac à la main.

— Madame Webster, dit-il. Entrez. C'est votre mari? Faites-le entrer. Je viens de faire du café.

— Pas la peine, il a sa Thermos.

Carlyle haussa les épaules. Il lui tint la porte. Elle entra et ils se serrèrent la main. Mme Webster sourit. Carlyle hocha la tête. Ils sortirent de la cuisine.

— Vous vouliez que je reste aujourd'hui? demanda-t-elle.

— Je vais lever les enfants, dit-il. Je voudrais vous présenter avant de partir à l'école.

— C'est le mieux, dit-elle.

Elle embrassa la cuisine du regard. Elle posa son sac sur la paillasse.

— Je vais chercher les enfants. Je n'en ai que pour une ou deux minutes.

Peu après, il ramena les enfants et les présenta. Ils étaient encore en pyjama. Sarah se frottait les yeux. Keith était parfaitement réveillé.

— Voilà Keith, dit Carlyle. Et celle-ci, c'est ma Sarah.

Il tenait Sarah par la main, et se tourna vers Mme Webster.

— Ils ont besoin de quelqu'un, vous comprenez. Nous avons besoin de quelqu'un sur qui nous pouvons compter. C'est ça notre problème, je suppose.

Mme Webster s'approcha des enfants. Elle ferma le dernier bouton du pyjama de Keith. Elle rejeta en arrière les cheveux de Sarah. Ils la laissèrent faire.

— Ne vous en faites pas, les enfants. Plus maintenant, leur dit-elle. Monsieur Carlyle, tout ira bien. Nous nous entendrons très bien. Donnez-nous un jour ou deux pour faire connaissance, c'est tout. Mais si je reste, faites donc signe à M. Webster que tout va bien. Faites-lui au revoir par la fenêtre.

Puis elle reporta son attention sur les enfants.

Carlyle s'approcha de la fenêtre et tira le rideau. Un vieil homme regardait la maison de la fourgonnette. Il était en train de porter à sa bouche le gobelet de la Thermos. Carlyle lui fit au revoir de la main, et, de sa main libre, l'homme lui répondit. Carlyle le regarda baisser la vitre de la cabine et jeter ce qui restait dans sa tasse. Puis il se pencha sous le tableau de bord — Carlyle l'imagina en train de rebrancher des fils — et une minute plus tard, le moteur repartit et la fourgonnette se mit à vibrer. Le vieil homme passa la première et s'éloigna du trottoir.

Carlyle se détourna de la fenêtre.

— Madame Webster, dit-il, je suis content que vous soyez là.

— Moi de même, monsieur Carlyle, dit-elle. Maintenant, préparez-vous pour ne pas être en retard. Ne vous inquiétez de rien. Tout ira bien. N'est-ce pas, mes enfants?

Les enfants hochèrent la tête. Keith la tenait d'une main par sa jupe. Il mit le pouce de son autre main dans sa bouche.

— Merci, dit Carlyle. Je me sens, je me sens vraiment cent pour cent mieux.

Il secoua la tête avec un grand sourire. L'émotion lui gonflait la poitrine en embrassant ses enfants. Il dit à Mme Webster à quelle heure il rentrerait, enfila son pardessus, dit encore au revoir et sortit. Pour la première fois depuis des mois, lui semblait-il, il avait l'impression d'être un peu soulagé de son fardeau. En roulant vers l'école, il écouta de la musique à la radio.

Pendant le cours d'histoire de l'art de première année, il s'attarda sur des diapos de peinture byzantine. Il expliqua patiemment les motifs et les détails. Il souligna la puissance émotionnelle et la justesse des œuvres. Mais il passa tant de temps à replacer les artistes anonymes dans leur milieu social que certains élèves se mirent à remuer les pieds ou à se râcler la gorge. Il ne couvrit ce jour-là que le tiers de la leçon prévue. Il parlait encore quand la cloche sonna.

Au cours suivant, pour l'aquarelle, il se sentit inhabituellement calme et pénétrant.

— Comme ceci, comme cela, disait-il en guidant leurs mains. Délicatement. Comme un souffle sur le papier. Effleurer simplement. Comme ça. Vu? dit-il, se sentant lui-même au bord de la découverte. *Suggérer*, voilà le fin du fin, dit-il, tenant légèrement les doigts de Sue Colvin pour guider son pinceau. Il faut travailler avec tes fautes jusqu'à ce qu'elles aient l'air voulu. Compris?

Prenant sa place dans la queue pour la salle à manger des professeurs, il vit Carol quelques places devant lui. Elle paya son déjeuner. Il attendit impatiemment qu'on tape son addition. Carol avait traversé la moitié de la salle quand il la rattrapa. Il la prit par le coude et la guida vers une table vide près de la fenêtre.

— Mon Dieu, Carlyle, dit-elle quand ils se furent assis.

Elle prit son verre de thé glacé. Elle était rouge jusqu'aux oreilles.

— Tu as vu comment Mme Storr nous a regardés? Qu'est-ce qui te prend? Tout le monde va savoir.

Elle but une gorgée de thé et reposa son verre.

— Au diable Mme Storr, dit Carlyle. J'ai quelque chose à te dire. Chérie, je me sens des tonnes plus léger qu'hier à la même heure. Nom d'un chien.

— Que s'est-il passé? Dis-le moi, Carlyle.

Elle poussa sa salade de fruits sur le côté de son plateau et saupoudra ses spaghetti de râpé. Mais elle ne mangea pas. Elle attendit qu'il continue.

— Dis-moi.

Il lui parla de Mme Webster. Il lui parla de M. Webster. Comment il démarrait sa fourgonnette en rapprochant deux fils. Carlyle mangeait son tapioca tout en parlant. Puis il mangea le pain à l'ail. Il but le thé glacé de Carol avant de réaliser ce qu'il faisait.

— Tu es fou, Carlyle, dit-elle, lui montrant les spaghetti auxquels il n'avait pas touchés.

Il secoua la tête.

— *Mon Dieu*, Carol, ce que je me sens bien, tu sais! Je ne me suis jamais senti si bien de tout l'été.

Il baissa la voix.

— Viens ce soir, veux-tu?

Il passa le bras sous la table et posa la main sur son genou. De nouveau, elle rougit. Elle leva les yeux et regarda autour d'elle. Personne ne faisait attention à eux. Elle hocha vivement la tête. Puis elle glissa le bras sous la table et lui toucha la main.

L'après-midi, en rentrant, il trouva la maison bien rangée et ses enfants avec des vêtements propres. Dans la cuisine, Keith et Sarah, debout sur des chaises, aidaient Mme Webster à faire des biscuits en pain d'épice. Les cheveux de Sarah, retenus par une barrette, ne lui tombaient plus dans les yeux.

— Papa! s'écrièrent joyeusement les enfants en le voyant.

— Keith, Sarah, dit-il. Madame Webster, je...

Mais elle ne le laissa pas terminer.

— Nous avons passé une bonne journée, monsieur Carlyle, dit vivement Mme Webster.

Elle s'essuya les mains à son tablier. C'était un vieux tablier avec des moulins à vent bleus, qui avait appartenu à Eileen.

— Quels beaux enfants. Des trésors. De vrais trésors.

— Je ne sais pas quoi dire.

Carlyle, debout près de la paillasse, regarda Sarah étaler de la pâte. Il sentait les épices. Il ôta son pardessus et s'assit à la table de la cuisine. Il desserra sa cravate.

— Aujourd'hui, nous avons fait connaissance, dit Mme Webster. Pour demain, nous avons d'autres projets. J'ai pensé que nous pourrions aller nous promener au parc. Il faut profiter de ce beau temps.

— Bonne idée, dit Carlyle. Parfait. Très bien. Très bien, madame Webster.

— Je vais finir de mettre ces biscuits au four, et d'ici là, M. Webster devrait arriver. Vous aviez bien dit quatre heures ? Je lui ai dit de venir à quatre heures.

Carlyle hocha la tête, le cœur débordant.

— On vous a appelé aujourd'hui, dit-elle, se dirigeant vers l'évier, le bol mélangeur vide à la main. Mme Carlyle a appelé.

— Mme Carlyle, dit-il.

Il attendit qu'elle continue.

— Oui. Je me suis présentée, mais elle n'a pas semblé surprise de me trouver ici. Elle a dit quelques mots à chacun des enfants.

Carlyle regarda Keith et Sarah, mais ils n'écoutaient pas. Ils alignaient les biscuits sur une autre tôle.

Mme Webster poursuivit :

— Elle a laissé un message. Voyons, j'ai noté, mais je crois que je m'en souviens. Elle a dit : « Dites-lui » — c'est-à-dire, à vous — « Ce qui rôde finit par arriver. » Je crois que c'est ça. Elle a dit que vous comprendriez.

Carlyle la fixait. Il entendit la fourgonnette de M. Webster devant la maison.

— Voilà M. Webster, dit-elle en ôtant son tablier.

Carlyle hocha la tête.

— Sept heures demain matin? demanda-t-elle.

— Parfait, dit-il. Et encore merci.

Le soir, il donna un bain à chacun des enfants, leur mit leur pyjama et leur lut une histoire. Il écouta leurs prières, les borda dans leur lit, et éteignit la lumière. Il était près de neuf heures. Il se versa un verre et regarda un peu la télévision jusqu'au moment où il entendit la voiture de Carol entrer dans l'allée.

Vers dix heures, alors qu'ils étaient au lit ensemble, le téléphone sonna. Il jura, mais ne se leva pas pour répondre. Il laissa sonner.

— C'est peut-être important, dit Carol en s'asseyant. C'est peut-être ma sœur. Elle a ce numéro.

— C'est ma femme, dit Carlyle. Je sais que c'est elle. Elle est en train de perdre la tête. Elle devient folle. Je ne répondrai pas.

— Il faut que je m'en aille bientôt de toute façon. C'était bon ce soir, chéri.

Elle lui effleura le visage.

On était au milieu du premier trimestre. Mme Webster travaillait chez lui depuis près de six semaines. Pendant cette période, un certain nombre de changements étaient survenus dans la vie de Carlyle. Tout d'abord, il commençait à s'habituer à l'idée qu'Eileen était partie, et qu'à sa connaissance, elle n'avait pas l'intention de revenir. Il avait cessé d'imaginer que cela pourrait changer. C'est seulement tard dans la soirée, les jours où Carol ne venait pas, qu'il souhaitait se débarrasser de l'amour qu'il éprouvait encore pour elle et se tourmentait sur les raisons de son départ. Mais la plupart du temps, lui et les enfants étaient heureux; ils s'épanouissaient sous le regard attentif de Mme Webster. Récemment, elle avait pris l'habitude de préparer leur dîner et de le garder au chaud dans le four, jusqu'à son arrivée. Il passait la porte, accueilli par de bonnes odeurs venant de la cuisine, et trouvait Keith et Sarah en train d'aider à mettre la table. Souvent, il demandait à Mme Webster si elle accepterait de venir le samedi. Elle accepta, à condition de ne pas arriver avant midi. Le samedi matin, dit-elle, elle avait des choses à faire pour M. Webster et elle-même. Ces jours-là, Carol laissait Dodge avec les enfants de Carlyle, tous à la garde de Mme Webster, et Carol et lui allaient dîner dans une auberge de campagne. Il avait l'impression que sa vie recommençait. Bien qu'Eileen n'eût pas rappelé depuis son dernier coup de téléphone, six semaines plus tôt, il s'aperçut qu'il était maintenant capable de penser à elle sans colère, ou sans se retrouver au bord des larmes.

Dans ses cours, il terminait l'époque médiévale et s'apprêtait à aborder le gothique. La Renaissance était encore assez loin, après les vacances de Noël, au plus tôt. C'est à ce moment que Carlyle tomba malade. Du jour au lendemain, semblait-il, sa poitrine se contracta il se mit à avoir des migraines. Ses articulations se raidirent. La tête lui tournait quand il marchait. Ses migraines empirèrent. Il se réveilla un dimanche et pensa à appeler Mme Webster pour lui demander d'emmener les enfants quelque part. Ils avaient été gentils avec lui, lui apportant des verres de jus d'orange et de soda. Mais il n'était pas en état de s'occuper d'eux. Le deuxième jour de sa maladie, il eut tout juste la force d'appeler l'école pour dire qu'il ne viendrait pas. Il donna son nom, sa spécialité et la nature de sa maladie à la personne qui répondit. Puis il recommanda Mel Fisher pour le remplacer. Fisher peignait des toiles abstraites trois ou quatre jours par semaine, seize heures par jour, mais ne vendait ni n'exposait ses œuvres. C'était un ami de Carlyle.

— Prenez Mel Fisher, dit Carlyle à la femme à l'autre bout du fil. Fisher, murmura-t-il.

Il retourna péniblement à son lit, se mit sous les couvertures et s'endormit. Dans son sommeil, il entendit le moteur de la fourgonnette tourner devant la maison, puis la pétarade du moteur qu'on coupait. Un peu plus tard, il entendit la voix de Mme Webster devant la porte.

— Monsieur Carlyle?

— Oui, madame Webster.

La voix de Mme Webster lui sembla étrange. Il garda les yeux clos.

— Je suis malade aujourd'hui. J'ai prévenu l'école. Je vais rester au lit toute la journée.

— Je comprends. Ne vous inquiétez pas, dit-elle. Je m'occupe de tout.

Il ferma les yeux. Immédiatement, entre la veille et le sommeil, il pensa entendre la porte de la maison s'ouvrir et se refermer. Il écouta. Dans la cuisine, il entendit un homme dire quelque chose à voix basse, et une chaise qu'on écartait de la table. Bientôt, il entendit les voix des enfants. Peu après — il ne savait pas combien de temps s'était écoulé — il entendit Mme Webster devant la porte.

— Monsieur Carlyle, voulez-vous que j'appelle le docteur?

— Non, ça ira, dit-il. Je crois que ce n'est qu'un mauvais rhume. Mais je suis brûlant partout. Je crois que j'ai trop de couvertures. Et il fait trop chaud dans la maison. Vous pouvez peut-être baisser un peu le chauffage.

Puis il se sentit retomber dans le sommeil.

Peu après, il entendit les enfants parler à Mme Webster dans le séjour. Rentraient-ils ou sortaient-ils? se demanda Carlyle. Était-on déjà au lendemain?

Il se rendormit. Mais il sentit alors qu'on ouvrait sa porte. Mme Webster se dressa près de son lit. Elle posa la main sur son front.

— Vous êtes brûlant, dit-elle. Vous avez de la fièvre.

— Ça ira, dit Carlyle. J'ai juste besoin de dormir un peu. Et vous pourriez peut-être baisser le chauffage. Je vous en prie, trouvez-moi de l'aspirine. J'ai une migraine affreuse.

Mme Webster quitta sa chambre, mais laissa la porte ouverte. Carlyle entendait la télé marcher.

— Baisse le son, Jim, l'entendit-il dire.

Et le son baissa immédiatement. Carlyle se rendormit.

Mais il ne dut pas dormir plus d'une minute, car Mme Webster fut soudain de retour dans sa chambre avec un plateau. Elle s'assit au bord de son lit. Il se secoua et essaya de s'asseoir. Elle lui mit un oreiller derrière le dos.

— Prenez cela, dit-elle en lui donnant quelques comprimés. Buvez ça.

Elle lui tendit un verre de jus d'orange.

— Je vous ai aussi apporté un peu de crème de blé. Je veux que vous la mangiez. Ça vous fera du bien.

Il prit l'aspirine et but le jus d'orange. Il hocha la tête. Mais il referma les yeux une fois de plus. Il se rendormit.

— Monsieur Carlyle, dit-elle.

Il ouvrit les yeux.

— Je ne dors pas, dit-il. Je suis désolé.

Il se redressa un peu dans son lit.

— J'ai trop chaud, c'est tout. Quelle heure est-il? Huit heures et demie?

— Neuf heures et demie passées.

— Neuf heures et demie.

— Maintenant, je vais vous faire manger ces céréales à la cuillère. Vous allez ouvrir la bouche et les avaler. Six cuillerées, c'est tout. Là, première cuillerée. Ouvrez la bouche, dit-elle. Vous vous sentirez mieux après avoir mangé. Puis vous pourrez vous rendormir. Mangez ça, et vous dormirez après tant que vous voudrez.

Il mangea les céréales qu'elle lui mit dans la

bouche et demanda un peu plus de jus d'orange. Il le but, puis se rallongea dans son lit. Juste comme il allait sombrer dans le sommeil, il sentit qu'elle lui ajoutait une autre couverture.

Au réveil suivant, c'était l'après-midi. Il savait que c'était l'après-midi à la lumière pâle venant de la fenêtre. Il tendit le bras et tira le rideau. Dehors, le temps était couvert ; le soleil hivernal était caché derrière les nuages. Il sortit lentement du lit, trouva ses pantoufles et mit sa robe de chambre. Il alla à la salle de bains et se regarda dans la glace. Puis il se lava la figure et reprit de l'aspirine. Il s'essuya avec une serviette et se dirigea ensuite vers le séjour.

Sur la table, Mme Webster avait étalé des journaux, et elle et les enfants faisaient des figurines en pâte à modeler. Ils avaient déjà façonné des choses à longs cous avec des yeux protubérants, des choses ressemblant à des girafes, ou à des dinosaures. Mme Webster leva les yeux quand il passa près de la table.

— Comment vous sentez-vous ? lui demanda Mme Webster lorsqu'il s'installa sur le canapé.

Il voyait le coin salle à manger et Mme Webster et les deux enfants assis devant la table.

— Merci, merci. Un peu mieux, dit-il. J'ai toujours la migraine, et j'ai toujours un peu trop chaud.

Il porta le revers de sa main à son front.

— Mais je me sens mieux. Oui, je vais mieux. Merci de votre aide ce matin.

— Vous voulez quelque chose ? dit Mme Webster. Du jus d'orange, ou du thé ? Je ne crois pas que le café vous ferait du mal, mais je pense que du thé vous ferait plus de bien. Et du jus d'orange encore plus.

— Non. Non, merci. Je vais juste rester assis ici un moment. Ça semble bon de ne plus être au lit. Je me sens un peu faible, c'est tout. Madame Webster ?

Elle le regarda, et attendit.

— Est-ce M. Webster que j'ai entendu dans la maison ce matin ? Il a bien fait, naturellement. Mais je suis désolé de n'avoir pas eu l'occasion de lui dire bonjour.

— C'était lui. Il voulait faire votre connaissance, lui aussi. Je lui avais dit d'entrer. Il n'a pas choisi le bon jour, avec vous malade et tout. Il voulait vous parler de nos projets, à M. Webster et à moi, mais aujourd'hui, ce n'était pas le jour.

— Me dire quoi? dit-il, en alerte, le cœur battant d'angoisse.

Elle secoua la tête.

— Ça ne fait rien. Ça peut attendre.

— Lui dire quoi? dit Sarah. Lui dire quoi?

— Quoi, quoi? répéta Keith.

Les enfants interrompirent ce qu'ils faisaient.

— Une minute, vous deux, dit Mme Webster en se levant.

— Madame Webster, madame Webster! s'écria Keith.

— Écoute-moi bien, mon bonhomme, dit Mme Webster. J'ai besoin de parler à ton papa. Ton papa est malade aujourd'hui. Alors, il faut être sage. Continuez à jouer avec la pâte à modeler. Si tu ne fais pas attention, ta sœur va faire plus de figurines que toi.

Elle se dirigea vers le séjour, et à ce moment précis, le téléphone sonna. Carlyle tendit le bras vers la table basse et décrocha.

Comme auparavant, il entendit un faible grésillement sur la ligne et sut que c'était Eileen.

— Allô, dit-il. Qui est à l'appareil?

— Carlyle, dit sa femme. Je sais, ne me demande pas comment, que les choses ne vont pas très bien en ce moment. Tu es malade, n'est-ce pas? Richard a été malade aussi. C'est dans l'air. Il ne garde rien dans l'estomac. Il a déjà manqué une semaine de répétitions de la pièce qu'il monte. J'ai été obligée d'aller moi-même aider son assistant. Mais je ne t'appelle pas pour te dire ça. Raconte-moi ce qui se passe à la maison.

— Rien à raconter, dit Carlyle. Je suis malade, c'est tout. Une espèce de grippe. Mais ça va mieux.

— Tu tiens toujours ton journal ? demanda-t-elle.

Cela le prit par surprise. Plusieurs années auparavant, il lui avait dit qu'il écrivait son journal. Mais il ne le lui avait jamais fait lire, et il n'y avait rien écrit depuis plus d'un an. Il l'avait oublié.

— Parce que, dit-elle, tu devrais écrire quelque chose dans ton journal pendant la maladie. Comment tu te sens et ce que tu penses. Tu sais, ce qui se passe dans ta tête pendant ces jours de maladie. N'oublie pas que la maladie est un message sur ta santé et ton bien-être. Elle te raconte des choses. Note tout ça par écrit. Tu vois ce que je veux dire ? Quand tu seras guéri, tu pourras le relire et comprendre le message. Tu le reliras plus tard, après les faits. C'est ce qu'a fait Colette, dit Eileen. La fois où elle avait eu la fièvre.

— Qui ? dit Carlyle. Qui as-tu dit ?

— Colette, répondit Eileen. L'écrivain français. Tu sais de qui je parle. Nous avions un livre d'elle à la maison. *Gigi*, ou un autre. Celui-là, je ne l'avais pas lu, mais j'en ai lu d'autres depuis que je suis ici. Richard m'a initiée à son œuvre. Elle a écrit un petit livre sur ce que c'était, sur ce qu'elle pensait et ressentait tout le temps qu'elle avait cette fièvre. Parfois, sa température montait jusqu'à quarante. Mais à plus de quarante, elle ne prenait pas sa température, et elle n'écrivait pas non plus. De toute façon, elle a écrit sur sa fièvre. C'est ce que je te disais. Essaie d'écrire ce que tu ressens. Il en sortira peut-être quelque chose, dit Eileen, et, inexplicablement, sembla-t-il à Carlyle, elle se mit à rire. Plus tard, tu auras au moins un relevé de ta maladie heure par heure. Tu pourras y réfléchir. Au moins, tu auras quelque chose de tangible. Pour le moment, tu souffres, c'est tout. Il faut traduire cela en quelque chose d'utilisable.

Il pressa sa tempe du bout de ses doigts et ferma

les yeux. Mais elle était toujours en ligne, attendant qu'il dise quelque chose. Qu'est-ce qu'il pouvait dire ? Pour lui, elle était folle, c'était sûr.

— Mon Dieu, dit-il. Mon Dieu, Eileen. Je ne sais pas quoi répondre à ça. Vraiment pas. Il faut que je raccroche maintenant. Merci d'avoir appelé.

— Ça ne fait rien, dit-elle. Nous devons conserver la capacité de communiquer. Embrasse les enfants pour moi. Dis-leur que je les aime. Et Richard t'envoie ses amitiés. Bien qu'il soit malade au fond de son lit.

— Au revoir, dit Carlyle en raccrochant.

Puis il porta ses mains à son visage. Il se rappela, pour une raison mystérieuse, avoir vu la grosse faire le même geste en repartant vers sa voiture. Il baissa les mains et regarda Mme Webster qui le regardait.

— Pas de mauvaises nouvelles, j'espère, dit-elle.

La vieille femme avait approché une chaise du canapé sur lequel il était assis.

Carlyle secoua la tête.

— Parfait, dit Mme Webster. Parfait. Maintenant, monsieur Carlyle, le moment n'est pas le mieux choisi pour parler de notre affaire.

Elle jeta un coup d'œil vers la salle à manger. A la table, les enfants étaient penchés sur leur pâte à modeler.

— Mais comme il faudra en parler bientôt de toute façon, que cela vous concerne, vous et les enfants, et que vous allez un peu mieux, j'ai quelque chose à vous dire. Jim et moi, on joint les deux bouts. Mais nous avons besoin de quelque chose de plus. Vous comprenez ? C'est dur pour moi, dit-elle en secouant la tête.

Carlyle opina lentement. Il savait qu'elle allait lui annoncer son départ. Il s'essuya le visage sur sa manche.

— Le fils de Jim d'un premier lit, Bob — il a quarante ans —, nous a appelés hier pour nous inviter à venir chez lui dans l'Oregon, pour l'aider dans son élevage de visons. Jim s'occuperait de tout ce qu'il y a à faire pour les visons, et moi, je ferais la cuisine, les courses, le ménage, et le reste. C'est une chance pour nous deux. On serait nourris et logés, plus un petit quelque chose. Jim et moi, on n'aura plus à s'inquiéter de l'avenir. Vous comprenez ? Pour le moment, Jim n'a rien. Il a eu soixante-deux ans la semaine dernière. Et ça fait quelque temps qu'il n'a rien. Il est venu ce matin pour vous en parler lui-même, parce qu'il fallait bien qu'il vous mette au courant, vous comprenez. On a pensé — j'ai pensé — que ce serait mieux si Jim était là quand je vous annoncerais la nouvelle.

Elle attendit que Carlyle dise quelque chose. Comme il se taisait, elle reprit.

— Je terminerai la semaine, et je pourrai rester quelques jours de la semaine prochaine, si c'est nécessaire. Mais après, vous comprenez, il faudra vraiment qu'on parte, et que vous nous souhaitiez bonne chance. Je veux dire, vous nous imaginez, faire toute la route jusqu'en Oregon dans notre vieille guimbarde ? Mais ces petits enfants me manqueront. Ce sont de vrais trésors.

Au bout d'un moment, comme il ne faisait toujours pas mine de lui répondre, elle se leva et alla s'asseoir près de lui sur le canapé. Elle toucha la manche de sa robe de chambre.

— Monsieur Carlyle ?

— Je comprends. Je veux que vous sachiez que votre présence ici nous a été très précieuse, à moi et aux enfants.

Il avait si mal à la tête qu'il plissait les yeux.

— Cette migraine, dit-il. Cette migraine me tue.

Mme Webster tendit le bras et posa sa main sur son front.

— Vous avez encore un peu de fièvre, lui dit-elle. Je vais vous chercher de l'aspirine. Ça la fera tomber. C'est toujours moi qui soigne, ici. C'est toujours moi le docteur.

— Ma femme pense que je devrais écrire ce que je ressens, dit Carlyle. Elle pense que c'est une bonne idée de décrire ce qu'on ressent quand on a la fièvre. Pour pouvoir le relire et comprendre le message.

Il se mit à rire. Les larmes lui montèrent aux yeux. Il les essuya du revers de la main.

— Je vais vous chercher votre aspirine et du jus d'orange, puis je sortirai les enfants, dit Mme Webster. J'ai l'impression qu'ils en ont assez pour aujourd'hui, de la pâte à modeler.

Carlyle eut peur qu'elle passe dans la pièce voisine et le laisse seul. Il avait envie de lui parler. Il s'éclaircit la gorge.

— Madame Webster, je tiens à vous dire une chose. Pendant longtemps, ma femme et moi, nous nous sommes aimés plus que personne et plus que tout au monde. Et sans excepter ces enfants. Nous pensions, enfin, nous *savions*, que nous vieillirions ensemble. Et nous savions que nous ferions tout ce que nous avions envie de faire, et que nous le ferions ensemble.

Il secoua la tête. Maintenant, cela lui semblait le plus triste de tout — quoi qu'ils fassent à partir de maintenant, chacun le ferait sans l'autre.

— Allons, tout va s'arranger, dit Mme Webster.

Elle lui tapota la main. Il se pencha en avant et se mit à lui parler. Au bout d'un moment, les enfants vinrent dans le séjour. Mme Webster attira leur attention et porta son index à ses lèvres. Carlyle les regarda et continua à parler. Qu'ils écoutent, pensa-t-il. Cela les concerne aussi. Les enfants semblaient comprendre qu'ils devaient être sages, même manifester un certain intérêt, aussi s'assirent-ils aux pieds de Mme Webster. Puis ils s'allongèrent à plat ventre sur le tapis et se mirent à pouffer. Mais Mme Webster les regarda avec sévérité, et ils s'arrêtèrent.

Carlyle continuait à parler. Au début, il avait toujours la migraine, et se sentait gêné d'être en pyjama sur le canapé avec cette vieille femme qui attendait patiemment qu'il passe d'un sujet à un autre. Puis sa migraine s'évanouit. Et bientôt, sa gêne disparut et il oublia ce qu'il était censé ressentir. Il avait commencé son histoire vers le milieu, après la naissance des enfants. Puis il fit marche arrière et recommença au commencement, à l'époque où Eileen avait dix-huit ans et lui dix-neuf, un garçon et une fille amoureux, consumés d'amour.

Il s'interrompit pour s'essuyer le front. Il s'humecta les lèvres.

— Continuez, dit Mme Webster. Je vous comprends. Continuez, monsieur Carlyle. De temps en temps, ça fait du bien de parler. De temps en temps, il faut parler. Et en plus, ça me fait plaisir de vous écouter. Et vous vous sentirez mieux après. Quelque chose comme ça m'est arrivé une fois, quelque chose comme ce que vous décrivez. L'amour. Voilà ce que c'était.

Les enfants s'endormirent sur le tapis. Keith avait son pouce dans la bouche. Carlyle parlait encore quand M. Webster arriva, frappa à la porte. Il passait prendre Mme Webster.

— Assieds-toi, Jim, dit Mme Webster. Nous ne sommes pas pressés. Continuez, monsieur Carlyle.

Carlyle salua de la tête le vieil homme qui le salua de même, puis alla chercher une chaise à la salle à manger. Il posa la chaise près du canapé et s'assit en soupirant. Puis il ôta sa casquette, et croisa les jambes avec lassitude. Quand Carlyle se remit à parler, il les décroisa et posa ses deux pieds par terre. Les enfants se réveillèrent. Ils s'assirent sur le tapis et se mirent à hocher la tête d'avant en arrière. A ce moment-là, Carlyle avait dit tout ce qu'il avait à dire, et il se tut.

— Parfait. Très bien pour vous, dit Mme Webster quand elle vit qu'il avait fini. Vous êtes un homme bien — et c'est une femme bien. Surtout, ne l'oubliez pas. Tout ira bien pour vous deux quand tout ça sera passé.

Elle se leva et ôta son tablier. M. Webster se leva aussi, et remit sa casquette.

A la porte, Carlyle leur serra la main à tous les deux.

— Au revoir, dit Jim Webster en portant la main à sa casquette.

— Bonne chance, dit Carlyle.

Mme Webster lui dit qu'elle revenait le lendemain, fidèle au poste comme d'habitude.

Comme si quelque chose d'important venait de se décider, Carlyle dit :

— D'accord !

Le vieux couple descendit lentement l'allée, et ils montèrent dans la fourgonnette. Jim Webster disparut sous le tableau de bord. Mme Webster regarda Carlyle et lui fit au revoir de la main. C'est alors, debout près de la fenêtre, qu'il sentit que quelque chose se terminait. Cela avait à voir avec Eileen et leur vie en commun. Lui avait-il jamais fait au revoir de la main ? Sans doute, bien sûr, il le savait, pourtant il n'arrivait pas à se rappeler avec exactitude. Mais il comprenait que c'était fini, et il se sentait capable de la laisser partir. Il était certain que leur vie commune s'était déroulée comme il venait de la raconter. Mais c'était quelque chose de passé. Et ce passé — bien que cela lui eût paru impossible et qu'il l'eût refusé de toutes ses forces — deviendrait maintenant une part de lui-même, aussi sûrement que toute autre chose qu'il avait laissée derrière lui.

Comme la fourgonnette démarrait en cahotant, il leur fit encore au revoir. Il vit le vieux couple se pencher vers lui en s'éloignant. Puis il baissa le bras et se tourna vers ses enfants.

LA BRIDE

Un vieux break aux plaques minéralogiques du Minnesota se range dans le parking en face de la fenêtre. Il y a un homme et une femme à l'avant, deux garçons à l'arrière. On est en juillet, et il fait dans les quarante. Ces gens ont l'air crevé. Il y a des vêtements pendus dans la voiture, des valises, des boîtes et autres empilées à l'arrière. D'après ce qu'Harley et moi on a fini par comprendre plus tard, c'était tout ce que la banque du Minnesota leur avait laissé, après leur avoir pris leur maison, leur fourgonnette, leur tracteur, leur matériel agricole et leurs quelques vaches.

Dans la voiture, ces gens restent immobiles une minute, comme pour se recueillir. Le climatiseur de notre appartement marche à plein. Harley est dans le jardin, en train de tondre la pelouse. Il y a une discussion à l'avant de la voiture, puis l'homme et la femme descendent et se dirigent vers la porte. Je me tapote les cheveux pour être sûre qu'ils sont bien en place, et j'attends qu'ils aient sonné deux fois. Puis je me lève pour les faire entrer.

— Vous cherchez un appartement ? je dis. Entrez donc, il fait frais ici.

Je les introduis dans le séjour. Le séjour, c'est là que je travaille. C'est là que je touche mes loyers, rédige les quittances, et discute avec les clients. Je suis aussi coiffeuse. Je me suis baptisée *styliste*. C'est ce qu'il y a d'écrit sur mes cartes. Je n'aime pas le mot *esthéticienne*. C'est vieux jeu. J'ai un fauteuil de coiffeur dans un coin du séjour, et un séchoir que je peux approcher du fauteuil. Et il y a un lavabo qu'Harley m'a installé il y a quelques années. Près du fauteuil, j'ai une table avec des magazines. Ils sont vieux. Certains n'ont plus de couverture. Mais les gens regardent n'importe quoi sous le séchoir.

L'homme donne son nom.

— Je m'appelle Holits.

Il me présente sa femme. Mais elle ne me regarde pas. A la place, elle regarde ses ongles. Elle et Holits, ils ne veulent pas s'asseoir non plus. Il dit qu'ils cherchent un meublé.

— Vous êtes combien?

Je ne fais que répéter ce que je demande toujours. Je sais combien ils sont. J'ai vu les deux garçons à l'arrière. Deux et deux, ça fait quatre.

— Moi, elle et les deux garçons. Ils ont treize et quatorze ans, et ils partageront la même chambre comme d'habitude.

Elle a croisé les bras sur les manches de son corsage. Elle regarde le fauteuil de coiffeur et le lavabo comme si elle n'en avait jamais vu avant. Peut-être que c'est le cas.

— Je fais des mises en plis, je dis.

Elle hoche la tête. Puis elle lorgne ma plante verte. Elle a exactement cinq feuilles.

— Elle a besoin d'eau, je dis.

Je m'approche et je touche une feuille.

— Ici, tout a besoin d'eau. Il n'y a pas assez d'eau dans l'air. Il pleut trois fois par an si on a de la chance. Vous vous y habituerez. Nous, il a bien fallu qu'on s'habitue. Ici, tout est climatisé.

— C'est combien, l'appartement? demande Holits.

Je le lui dis et il se tourne vers elle pour savoir ce qu'elle en pense. Mais il aurait aussi bien pu regarder le mur. Elle ne lui rend pas son regard.

— Je suppose que vous allez nous faire visiter, dit-il. Alors je vais chercher la clé du 17 et on sort.

J'entends Harley avant de le voir.

Puis il apparaît entre les immeubles. En bermuda et tee-shirt, il suit la tondeuse, coiffé du chapeau de paille qu'il a acheté chez Nogales. Il passe son temps à couper l'herbe et à faire de petits travaux d'entretien. On travaille pour une compagnie, la Fulton Terrace, Inc. C'est les propriétaires de l'immeuble. Si quelque chose de sérieux arrive, comme la climatisation qui se détraque ou des fuites dans la plomberie, nous avons une liste de numéros de téléphone.

Je lui fais signe de la main. Je suis obligée. Harley lâche d'une main la poignée de sa tondeuse et me fait signe à son tour. Puis il tire son chapeau sur son front et se reconcentre sur son travail. Il arrive au bout de sa ligne, tourne et repart vers la rue.

— C'est Harley.

Je suis obligée de hurler. On entre sur le côté de l'immeuble et on monte quelques marches.

— Qu'est-ce que vous faites comme métier, monsieur Holits ? je lui demande.

— Il est fermier, dit-elle.

— Plus maintenant.

— Pas beaucoup de boulot dans l'agriculture par ici. Je dis ça sans réfléchir.

— On avait une ferme dans le Minnesota. On cultivait du blé. Un peu de bétail. Et Holits s'y connaît en chevaux. Il sait tout ce qu'on peut savoir sur les chevaux.

— Ça suffit, Betty.

Alors, je commence à comprendre le topo. Holits est au chômage. Ce n'est pas mon affaire, et je suis désolée pour lui si c'est le cas — et il se trouve que c'est le cas — mais en arrivant devant l'appartement, il faut que je dise quelque chose.

— Si vous décidez de le prendre, vous payez le premier mois, le dernier mois, et une caution de cent cinquante dollars.

Je regarde la piscine en disant ça. Il y a des gens allongés sur des chaises longues, et quelqu'un dans l'eau.

Holits s'essuie la figure du revers de la main. La tondeuse d'Harley vrombit à plein tube. Plus loin, les voitures filent sur Calle Verde. Les deux garçons sont descendus du break. L'un a l'air au garde à vous, les pieds joints, le petit doigt sur la couture du pantalon. Mais pendant que je le regarde, il se met à lever et baisser les bras et à sauter, comme s'il voulait s'envoler. L'autre s'accroupit à côté du break et fait des flexions de genoux.

Je me tourne vers Holits.

— Allons jeter un coup d'œil, dit-il.

Je tourne la clé et la porte s'ouvre. C'est juste un petit trois pièces meublé. Tout le monde en a vu des douzaines. Holits s'arrête à la salle de bains, le temps de tirer la chasse d'eau. Il regarde le réservoir se remplir. Après, il dit :

— Ça, ça pourrait être notre chambre.

Il parle de la chambre qui donne sur la piscine. Dans la cuisine, la femme s'appuie au bord de la paillasse et regarde par la fenêtre.

— C'est la piscine, je dis.

Elle hoche la tête.

— On a dormi dans plusieurs motels qui avaient des piscines. Dans une, il y avait trop d'eau de Javel.

J'attends qu'elle continue. Mais c'est tout ce qu'elle dit. Je ne trouve rien à ajouter non plus.

— Bon, bien assez de temps perdu comme ça. On va le prendre.

Holits la regarde en disant ça. Cette fois, elle le regarde aussi. Elle hoche la tête. Il pousse un soupir. Puis elle fait quelque chose. Elle commence à faire claquer ses doigts. D'une main, elle tient toujours la paillasse, mais de l'autre, elle fait claquer ses doigts. Clac, clac, clac, comme pour appeler son chien ou attirer l'attention de quelqu'un. Puis elle s'arrête et passe les ongles sur la paillasse.

Je ne sais pas quoi en penser. Holits non plus. Il se dandine d'un pied sur l'autre.

— On va retourner au bureau et signer l'engagement de location. Je suis contente.

J'*étais* contente. On avait des tas de logement vides à cette époque de l'année. Et ces gens avaient l'air fiable. Au bout du rouleau, c'est tout. Ce n'est pas une honte.

Holits paye en liquide — le premier mois, le dernier et les cent cinquante dollars de caution. Il compte les billets de cinquante dollars pendant que je regarde. Des Ulysses S. Grant, qu'il les appelle, Harley, quoiqu'il en a jamais vu beaucoup. Je leur fais un reçu et je leur donne deux clés.

— Tout est réglé.

Il regarde les clés. Il en tend une à sa femme.

— Alors comme ça, on est en Arizona. Tu ne pensais jamais que tu verrais l'Arizona un jour, hein ?

Elle secoue la tête. Elle touche une feuille de la plante.

— Elle a besoin d'eau, je dis.

Elle lâche la feuille et se tourne vers la fenêtre. Je viens à côté d'elle. Harley est toujours en train de tondre la pelouse. Mais il est sur le devant, maintenant. On a parlé d'agriculture tout à l'heure, alors je l'imagine marchant derrière une charrue, au lieu de marcher derrière sa tondeuse Black et Decker.

Je les regarde décharger leurs boîtes, valises et vêtements. Holits porte quelque chose d'où pendent des courroies. Ça me prend une minute, puis je réalise que c'est une bride. Je ne sais pas quoi faire après. Je n'ai envie de rien faire. Alors je sors les Grant de la caisse. Je les y remets, puis je les en ressors. Ces billets viennent du Minnesota. Qui sait où ils seront la semaine prochaine ? Ils pourraient être à Las Vegas. Tout ce que je sais sur Las Vegas, c'est ce que je vois à la télé — trois fois rien. J'imagine un de mes Grant atterrissant à Waikiki Beach, ou ailleurs. A Miami, New York ou la Nouvelle Orléans. Je pense à un de ces billets passant de main en main pendant Mardi Gras. Ils peuvent aller partout, et tout peut arriver à cause d'eux. J'écris mon nom à l'encre en travers du grand front de Grant : MARGE. En lettres d'imprimerie. Je fais la même chose sur chaque. Juste au-dessus de ses gros sourcils. Les gens s'arrêteront au milieu de leurs dépenses pour se demander : qui c'est, cette Marge ? Voilà ce qu'ils se demanderont, qui est cette Marge ?

Harley rentre et se lave les mains dans mon lavabo. Il sait que je n'aime pas ça. Mais il le fait quand même.

— Ces gens du Minnesota, dit-il. Les Suédois. Ils sont loin de chez eux.

Il s'essuie les mains à une serviette en papier. Il veut que je lui dise ce que je sais. Mais je ne sais rien. Ils n'ont pas l'air suédois, et ils ne parlent pas comme des Suédois.

— Ils ne sont pas Suédois.

Mais il fait comme s'il ne m'entendait pas.

— Alors, qu'est-ce qu'il fait ?

— Il est fermier.

— Tiens, tiens, tiens.

Harley ôte son chapeau et le pose sur ma chaise. Il se passe la main dans les cheveux. Puis il regarde son chapeau et le remet. Il pourrait aussi bien être collé sur son crâne.

— Il n'y a pas beaucoup de boulot dans l'agriculture par ici. Tu lui as dit ?

Il sort une boîte de soda du frigo et va s'asseoir dans son fauteuil à bascule. Il prend la télécommande, pousse un bouton, et la télé grésille. Il pousse d'autres boutons jusqu'à ce qu'il trouve ce qu'il cherche. C'est une émission sur les hôpitaux.

— Qu'est-ce qu'il fait d'autre, le Suédois ? En plus de l'agriculture ?

Je ne sais pas, alors je me tais. Mais Harley est

déjà absorbé par son émission. Il a sans doute oublié qu'il m'a posé une question. Une sirène hurle. J'entends des pneus crisser. Sur l'écran, une ambulance s'arrête devant un service d'urgences, tandis que tourne son girophare rouge. Un homme saute à terre et court ouvrir les portières arrière.

Le lendemain après-midi, les garçons empruntent le tuyau d'arrosage et lavent le break. Ils nettoient l'extérieur et l'intérieur. Un peu plus tard, je vois la mère démarrer. Elle porte des hauts talons et une jolie robe. Elle va chercher du boulot, je dirais. Au bout d'un moment, je vois les garçons traîner autour de la piscine en maillot. L'un saute du plongeoir et nage jusqu'à l'autre bout du bassin, sous la surface. Il ressort en soufflant de l'eau et secouant la tête. L'autre, celui qui faisait des flexions la veille, se couche à plat ventre sur une serviette à l'autre bout de la piscine. Mais le premier continue à faire des longueurs de bassin, touchant le mur et se relançant d'un coup de pied à chaque fois.

Il y a deux autres personnes avec eux. Dans des chaises longues, de chaque côté du bassin. L'un, c'est Irving Cobb, qui est cuisinier chez *Denny's*. Il s'est rebaptisé Spuds. Les gens se sont mis aussi à l'appeler Spuds, au lieu d'Irv ou d'un surnom quelconque. Il a cinquante-cinq ans et il est chauve. Il est déjà rouge comme un quartier de bœuf à cause des coups de soleil, mais il n'en a pas encore assez. Pour le moment, sa nouvelle femme, Linda Cobb, travaille au supermarché K. Mart. Spuds travaille de nuit. Mais Linda et lui se sont arrangés pour avoir leurs samedis et dimanches ensemble. Connie Nova est dans l'autre chaise longue. Elle s'est assise et s'enduit les jambes d'huile solaire. Elle est presque nue — juste en petit deux-pièces. Connie Nova est barmaid, spécialisée dans les cocktails. Elle s'est installée ici il y a six mois, avec son soi-disant fiancé, un avocat alcoolo. Mais elle l'a largué. Maintenant, elle vit avec un étudiant chevelu qui s'appelle Rick. Il se trouve que je sais qu'il est en voyage en ce moment, pour voir ses vieux. Spuds et Connie portent des lunettes noires. Connie fait marcher son transistor.

Spuds était veuf depuis peu quand il est arrivé ici, il y a à peu près un an. Au bout de quelques mois de célibat, il s'est marié avec Linda. Une rousse qui a dans les trente ans. Je ne sais pas comment ils se sont rencontrés. Un soir, voilà deux mois de ça, Spuds et la nouvelle Mme Cobb nous ont invités à dîner, Harley et moi, un bon dîner que Spuds avait préparé lui-même. Après le dîner, on s'est tous assis dans le séjour pour boire des sodas dans de grands verres. Spuds a demandé si on voulait voir ses films d'amateur. D'accord, on a dit. Alors il a monté son écran et son projecteur. Linda Cobb nous a resservi une tournée de soda. Où est le mal ? je me suis demandé. Spuds a commencé par nous montrer un film que sa défunte femme et lui avaient fait en Alaska. Spuds parlait en faisant marcher le projecteur. La morte avait dans les cinquante ans, une belle femme, bien qu'un peu forte. Elle avait de beaux cheveux.

— C'est la première femme de Spuds, avait dit Linda Cobb. C'est la première Mme Cobb.

— C'est Evelyn, avait dit Cobb.

La première femme était restée longtemps sur l'écran. Ça faisait drôle de la voir et de les entendre parler d'elle comme ça. Harley m'avait regardée en coin, alors je savais que ça lui faisait drôle, à lui aussi. Linda Cobb avait demandé si on voulait encore du soda, ou alors un macaron. On n'en voulait pas. Spuds reparlait de la première Mme Cobb. Elle était toujours à l'entrée de l'avion, souriant et remuant la bouche, même si on n'entendait rien que le bruit du film passant dans le projecteur. Les gens devaient la contourner pour entrer dans l'appareil. Elle n'arrêtait pas de faire bonjour à la caméra, de nous faire bonjour à nous, assis dans le séjour de Spuds. Elle faisait bonjour sans arrêt.

Revoilà Evelyn, disait la nouvelle Mme Cobb chaque fois que la première Mme Cobb apparaissait sur l'écran.

Spuds aurait bien passé des films toute la nuit, mais on a dit qu'il fallait qu'on s'en aille. C'est Harley qui a trouvé le prétexte.

Je ne me souviens pas de ce que c'était.

Connie Nova est couchée sur le dos dans sa chaise longue ; ses lunettes noires lui cachent la moitié du visage. Ses jambes et son ventre sont tout luisants d'huile. Un soir, peu après son arrivée, elle avait donné une soirée. C'était avant qu'elle largue l'avocat et se mette avec le chevelu. Pendaison de crémaillère, qu'elle avait baptisé sa soirée. Harley et moi, on était invités, avec des tas d'autres gens. On y est allés, mais la compagnie ne nous avait pas plu. On avait trouvé une place pour s'asseoir, près de la porte, et on n'en avait plus bougé jusqu'au départ. Et on n'avait pas traîné longtemps dans le secteur. Le Jules de Connie offrait un prix. Il proposait de s'occuper d'un divorce, gratuitement. Pour n'importe qui. Tous ceux qui voulaient tirer une carte d'un saladier qu'il passait à la ronde. Quand le saladier était arrivé à nous, tout le monde s'était mis à rigoler. Harley et moi, on s'était regardés. Je n'avais pas tiré. Harley non plus. Mais je l'avais vu regarder les cartes dans le saladier. Puis il avait secoué la tête et tendu le saladier à son voisin. Même Spuds et la nouvelle Mme Spuds avaient tiré une carte. La carte gagnante avait quelque chose d'écrit au verso : « Le porteur de la présente a gagné un divorce gratuit », suivi de la signature de l'avocat et de la date. L'avocat était alcoolo, d'accord, mais je trouve que ce n'est pas des choses à faire. Tout le monde sauf nous avait tiré une carte, comme si c'était drôle. La gagnante avait applaudi. Comme aux jeux télévisés. « Nom d'un chien, c'est la première fois de ma vie que je gagne quelque chose ! » Il paraît que son mari était militaire. Pas moyen de savoir si elle l'a encore ou si elle a demandé le divorce, parce que Connie Nova s'est fait d'autres amis après avoir largué l'avocat.

On quitta la soirée tout de suite après le tirage au sort. Encore sous le coup de la loterie, on n'avait pas beaucoup parlé en rentrant, sauf qu'un de nous deux avait dit : « J'arrive pas à croire que j'ai vu ce que je crois avoir vu. »

C'était peut-être moi.

Une semaine plus tard, Harley demande si le Suédois — il veut dire Holits — a trouvé du boulot. On vient de déjeuner et Harley est dans son fauteuil avec sa boîte de soda. Mais il n'a pas allumé la télé. Je dis que je ne sais pas. Et c'est vrai. J'attends de voir ce qu'il a d'autre à dire. Mais il ne dit plus rien. Il secoue la tête. Il a l'air de penser à quelque chose. Puis il pousse un bouton et la télé s'allume.

Elle a trouvé un boulot. Elle a commencé à travailler comme serveuse dans un restaurant italien à quelques blocs d'ici. Elle fait son service en deux fois ; elle y va d'abord pour le déjeuner, revient chez elle, puis repart pour le dîner. Elle n'arrête pas d'aller et venir. Les garçons nagent toute la journée, pendant qu'Holits reste dans l'appartement. Je ne sais pas ce qu'il y fait. Une fois, je lui ai fait une mise en plis et elle m'a raconté quelques petits trucs. Elle m'a dit qu'elle avait été serveuse juste en sortant de l'école secondaire, et que c'est comme ça qu'elle avait rencontré Holits. Elle lui avait servi des crêpes dans un restaurant, au Minnesota.

Elle descendit ce matin-là et me demanda si je pouvais lui rendre un service. Elle voulait que je lui fasse une mise en plis après le déjeuner, et être prête pour le dîner. Est-ce que c'était faisable ? Je lui dis que j'allais regarder mes rendez-vous. Je lui demandai d'entrer. Il devait déjà faire dans les quarante degrés, dehors.

— Je sais que j'aurais dû vous prévenir d'avance. Mais quand je suis rentrée du restaurant hier soir, je me suis regardée dans la glace et j'ai vu que j'avais des racines. J'ai pensé: « Il faut faire quelque chose. » A part vous, je ne sais pas où aller.

Je trouve le vendredi 14 août. Il n'y a rien sur la page.

— Je pourrai vous prendre à deux heures et demie, ou alors à trois heures.

— Trois heures, ça serait mieux. Maintenant, il faut que je me sauve ou je vais être en retard. Mon patron, il n'est pas commode. A tout à l'heure.

A deux heures et demie, je dis à Harley que j'ai une cliente, et qu'il faudra qu'il aille regarder son base-ball dans la chambre. Il frinche, mais il enroule le fil et sort en roulant la télé. Il ferme la porte. Je vérifie que tout est prêt. J'arrange les magazines pour qu'ils soient faciles à attraper. Puis je m'assieds près du séchoir et je me lime les ongles. Je porte l'uniforme rose que je mets quand je fais la coiffeuse. Je continue à me limer les ongles, en regardant par la fenêtre de temps en temps.

Elle passe devant la fenêtre et appuie sur la sonnette.

— Entrez, je crie, c'est ouvert.

Elle porte son uniforme de travail, blanc et noir. On est toutes les deux en uniforme.

— Asseyez-vous ma chérie, on commence tout de suite. Elle regarde ma lime.

— Je suis aussi manucure, je dis.

Elle s'installe dans le fauteuil et respire un grand coup.

— Renversez la tête en arrière. Voilà. Fermez les yeux maintenant. Détendez-vous. D'abord, je vous fais un shampooing et je retouche vos racines. On verra après. Vous avez jusqu'à quand?

— Il faut que je sois à mon poste à cinq heures et demie.

— Ça ira.

— Moi, je dîne à mon travail. Mais je ne sais pas ce qu'Holits et les garçons mangeront ce soir.

— Ils se débrouilleront bien sans vous.

Je fais couler l'eau chaude, et à ce moment-là, je m'aperçois qu'Harley m'a laissé de la terre et de l'herbe dans le lavabo. Je nettoie tout et je recommence.

— S'ils veulent, ils n'ont qu'à aller manger un hamburger à côté. Ils n'en mourront pas.

— Ils ne feront jamais ça. De toute façon, je ne veux pas qu'ils aillent dans cette boîte.

Ça ne me regarde pas, alors je ne dis plus rien. Je fais une belle mousse et je me mets au travail. Après le shampooing, le rinçage et la mise en plis, je la mets sous le séchoir. Elle ferme les yeux. Je pense qu'elle dort peut-être. Alors je lui prends une main et je commence.

— Pas de manucure.

Elle ouvre les yeux et retire sa main.

— Du calme, ma chérie. La première manucure est toujours gratuite.

Elle me rend sa main et prend un magazine qu'elle pose sur ses genoux.

— C'est ses fils à lui, dit-elle. D'un premier mariage. Il était divorcé quand on s'est connus. Mais je les aime comme s'ils étaient à moi. Je ne pourrais pas les aimer plus, même si je voulais. Même si j'étais leur vraie mère.

Je baisse le séchoir d'un poil, comme ça il ne fait plus qu'un petit bourdonnement régulier. Je continue à lui faire les ongles. Sa main commence à se détendre.

— Elle les a plaqués, Holits et les garçons, le soir du Jour de l'An, il y a dix ans. Ils n'ont jamais plus entendu parler d'elle.

Je comprends qu'elle a envie de parler. Et je n'ai rien contre. Elles aiment toujours parler dans le fauteuil. Je continue à limer.

— Holits a divorcé. On a commencé à sortir ensemble, lui et moi. Et puis on s'est mariés. Pendant longtemps, on a eu une vraie vie. Avec ses hauts et ses bas. Mais on pensait qu'on arriverait à quelque chose.

Elle secoue la tête.

— Mais quelque chose est arrivé. Quelque chose est arrivé à Holits, je veux dire. Et ce qui est arrivé, c'est qu'il s'est mis à s'intéresser aux chevaux. A un cheval surtout, un cheval de course, il l'a acheté, vous comprenez — une partie comptant, le reste à tempérament. Il l'emmenait dans les champs de courses. Il se levait toujours avant l'aube et continuait à bien faire son boulot et tout. Je pensais que tout allait bien. Mais je ne sais rien faire. Si vous voulez que je vous dise, je ne suis pas terrible comme serveuse. Ces Ritals me flanqueraient dehors vite fait si je leur donnais une raison. Ou même sans raison. Qu'est-ce qu'on ferait si j'étais renvoyée?

— Vous en faites pas, mon petit. Vous ne serez pas renvoyée.

Peu après, elle prend un autre magazine, mais elle ne l'ouvre pas. Elle le tient à la main, et continue à parler.

— Alors, il y a ce cheval, Betty l'Éclair. Betty, c'est une blague. Mais il dit qu'il gagnera sûrement s'il porte mon nom. Pour ce qui est de gagner, parlons-en! Si vous voulez savoir, chaque fois qu'il courait, il perdait. Toutes les courses. Betty la Traînarde, qu'il aurait dû l'appeler. Au début, je suis allée à quelques courses. Mais son cheval courait toujours à quatre-vingt-dix-neuf contre un. Des cotes comme ça. Mais Holits est têtu, quelque chose d'incroyable. Il ne voulait pas laisser tomber. Il jouait, et il jouait sur son cheval. Vingt dollars. Cinquante dollars. Plus tout ce que ça coûte d'entretenir une bête comme ça. Je sais que ça n'a pas l'air de faire beaucoup. Mais ça s'ajoute. Et quand il y avait des cotes comme ça — quatre-vingt-dix-neuf contre un, comme je vous ai dit — des fois, il jouait gagnant. Il me demandait si je réalisais ce que nous empocherions si le cheval gagnait. Mais il n'a jamais gagné, et j'ai arrêté d'aller aux courses.

Je continue ce que je fais. Je me concentre sur ses ongles.

— Elles sont jolies, vos lunules. Regardez-moi ça. Vous voyez ces petites demi-lunes ? Ça veut dire que votre sang est sain.

Elle approche la main de son visage et regarde.

— Qu'est-ce que vous y connaissez ?

Elle hausse les épaules. Elle me laisse lui reprendre la main. Elle a encore des choses à dire.

— Une fois, quand j'étais à l'école, une psychologue m'a demandé de venir dans son bureau. Elle faisait ça avec toutes les filles, une par une. « Quels rêves faites-vous ? » Elle m'a demandé. « Qu'est-ce que vous vous voyez faire d'ici dix ans ? Vingt ans ? » J'avais seize ou dix-sept ans. Je n'étais qu'une gosse. Je ne savais pas quoi répondre. Je suis restée muette comme une carpe. Elle avait à peu près l'âge que j'ai maintenant, la psy. Je la trouvais *vieille*. Elle est vieille, je me disais. Je savais que sa vie était à moitié passée. Et j'avais l'impression de savoir quelque chose qu'elle ne savait pas. Quelque chose qu'elle ne saurait jamais. Un secret. Quelque chose que personne n'était censé savoir, ou exprimer. Alors je n'ai rien dit. J'ai secoué la tête, c'est tout. Elle a dû écrire que j'étais idiote. Mais je n'arrivais pas à parler. Vous voyez ce que je veux dire ? J'avais l'impression de savoir des choses qu'elle ne pouvait pas deviner. Maintenant, si quelqu'un me reposait cette question, sur mes rêves et tout ça, je lui dirais.

— Qu'est-ce que vous leur diriez, ma chérie ?

Maintenant, j'ai son autre main. Mais je ne lui fais pas les ongles. Je la tiens, et j'attends qu'elle parle.

— Qu'est-ce que vous leur diriez ?

Elle soupire et se renverse dans le fauteuil. Elle me laisse sa main.

— Les rêves, vous savez, on s'en réveille. Voilà ce que je dirais.

Elle lisse sa jupe sur ses genoux.

— Si quelqu'un me demandait, voilà ce que je dirais. Mais on ne me demandera pas.

Elle soupire encore.

— Ce sera encore long?

— Non, je dis.

— Vous ne savez pas ce que c'est.

— Si, je sais.

J'approche mon tabouret tout près de ses jambes. Je commence à lui raconter comment c'était avant qu'on vienne s'installer ici, et pourquoi c'est toujours comme ça. Mais juste à ce moment-là, Harley passe la tête par la porte pour voir s'il peut sortir de la chambre. Il ne nous regarde pas. J'entends la télé blablater dans la chambre. Il va au lavabo et se tire un verre d'eau. Il renverse la tête en arrière pour boire. Sa pomme d'Adam monte et descend dans sa gorge.

J'éloigne le séchoir et touche les cheveux des deux côtés de sa tête. Je soulève une boucle, juste un peu.

— Vous aurez l'air comme neuve, ma chérie.

— Comme je le voudrais.

Les garçons continuent à nager toute la journée, tous les jours, jusqu'à la rentrée. Betty continue à travailler. Mais pour une raison que j'ignore, elle ne revient pas se faire coiffer. Je ne sais pas pourquoi. Peut-être qu'elle trouve que je n'ai pas fait du bon boulot. Des fois, quand je suis couchée, avec Harley qui dort à côté de moi comme une souche, j'essaie de me mettre à la place de Betty. Je me demande ce que je ferais.

Holits m'envoie un de ses fils avec le loyer, le premier septembre, et aussi le premier octobre. Il paie encore en liquide. Je prends l'argent, je compte les billets devant l'enfant, puis je lui fais une quittance. Holits a trouvé un boulot quelconque. Enfin, je crois. Il s'en va tous les jours dans le break. Je le vois partir de bonne heure le matin et revenir en fin d'après-midi. Elle, elle passe devant la fenêtre à dix heures et demie et revient à trois heures. Si elle me voit, elle me fait un petit bonjour de la main. Mais elle ne sourit pas. Puis je revois Betty à cinq heures, qui retourne au restaurant. Holits rentre un peu plus tard. Ça continue comme ça jusqu'à la mi-octobre.

Dans l'intervalle, le couple Holits a fait la connaissance de Connie Nova et de Rick, son chevelu. Et ils fréquentent aussi Spuds et la nouvelle Mme Cobb. Des fois, le dimanche après-midi, je les vois tous assis autour de la piscine, un verre à la main, écoutant le transistor de Connie. Une fois, Harley m'a raconté qu'il les a tous vus derrière l'immeuble, dans le coin du barbecue. Il a dit que le Suédois a un coffre de taureau. Qu'ils mangeaient des hot dogs et buvaient du whisky et qu'ils étaient tous saouls.

C'était samedi, et il était onze heures passées. Harley dormait dans son fauteuil. Bientôt, il faudrait que je me lève pour arrêter la télé. Quand je ferais ça, je savais qu'il se réveillerait.

« Pourquoi t'arrêtes ? — Je regardais l'émission. » Voilà ce qu'il dirait. C'est ce qu'il disait toujours. De toute façon, la télé marchait, j'avais mis mes bigoudis et j'avais un magazine sur les genoux. De temps en temps, je levais les yeux. Mais je n'arrivais pas à regarder l'émission. Ils étaient tous autour de la piscine — Spuds et Linda Cobb, Connie Nova et le chevelu, Holits et Betty. Il y a un règlement qui interdit d'être là après dix heures. Mais ce soir-là, ils se foutaient du règlement. Si Harley se réveillait, il sortirait et leur dirait deux mots. Moi, je trouvais qu'ils avaient le droit de s'amuser, mais qu'il était temps d'aller se coucher. Je n'arrêtais pas de me lever pour regarder par la fenêtre. Tous, à part Betty, étaient en maillot de bain. Elle, elle était toujours en uniforme. Mais elle avait ôté ses chaussures, elle avait un verre à la main, et elle buvait comme les autres. Je reculais tout le temps le moment d'arrêter la télé. Puis l'un d'eux a gueulé quelque chose, et un autre a répondu et s'est mis à rigoler. J'ai regardé et j'ai vu Holits finir son verre. Il l'a posé par terre, puis il a marché jusqu'à la cabine. Il a traîné une table et est monté dessus. Puis — il semblait faire ça sans aucun effort — il s'est hissé sur le toit de la cabine. C'est vrai, j'ai pensé, il est fort. Le chevelu a applaudi, comme pour approuver. Le reste a acclamé Holits aussi. Je savais qu'il fallait que je sorte pour arrêter ça.

Harley est affalé dans son fauteuil. La télé marche toujours. J'ouvre doucement la porte, je me glisse dehors et je la referme derrière moi. Holits est debout sur le toit de la cabine. Les autres l'encouragent. Ils disent : « Vas-y, c'est dans la poche », « Va pas dégringoler maintenant », « Je parie que tu peux le faire. » Des trucs comme ça.

Puis j'entends la voix de Betty :

— Holits, réfléchis à ce que tu fais.

Mais Holits reste immobile au bord du toit. Il regarde l'eau, en bas. Il a l'air de réfléchir au chemin qu'il aura à faire pour arriver. Il recule jusqu'à l'autre côté. Il se crache dans les paumes et se frotte les mains. Spuds crie :

— Vas-y, mon vieux ! Vas-y !

Je vois Holits se ratatiner sur le bord de la piscine.

— Holits ! crie Betty.

Ils l'entourent tous en vitesse. Le temps que j'arrive, il est assis. Rick le tient par les épaules et lui gueule dans la figure :

— Holits ! Hé, vieux !

Holits est blessé au front, et il a les yeux vitreux. Spuds et Rick l'aident à s'asseoir sur une chaise. Quelqu'un lui donne une serviette. Mais Holits la tient comme s'il ne savait pas quoi en faire. Quelqu'un lui tend un verre. Mais Holits ne sait pas quoi en faire non plus. Les autres n'arrêtent pas de lui dire des trucs. Holits porte la serviette à sa figure. Puis il l'écarte et regarde le sang. Mais il le regarde, c'est tout. Il a l'air de ne rien comprendre.

— Poussez-vous que je le voie.

Je les contourne et je me plante devant lui. Mauvais.

— Holits, comment ça va?

Mais Holits me regarde, puis laisse errer son regard ailleurs.

— Je crois qu'il faut l'emmener aux urgences.

Betty me regarde quand je dis ça et se met à secouer la tête. Elle regarde Holits. Elle lui donne une autre serviette. Je crois qu'elle n'est pas saoule. Mais tous les autres sont givrés. Givrés, et encore je suis gentille.

Spuds reprend mon idée.

— Emmenons-le aux urgences.

Rick dit:

— Je viens aussi.

— On vient tous, dit Connie Nova.

— Il vaut mieux rester ensemble, dit Linda Cobb.

— Holits.

Je répète son nom encore une fois.

— Je ne peux pas le faire, dit Holits.

— Qu'est-ce qu'il a dit? me demande Connie Nova.

— Il dit qu'il ne peut pas le faire, je dis.

— Faire quoi? De quoi il parle? demande Rick.

— Répète, dit Spuds. Je t'ai pas entendu.

— Il dit qu'il ne peut pas le faire. Je crois qu'il ne sait pas ce qu'il dit. Vaut mieux que vous l'emmeniez à l'hôpital, je dis.

Puis je me rappelle Harley et le règlement.

— Vous n'auriez pas dû être là. Personne. On a un règlement. Maintenant, emmenez-le à l'hôpital.

— Emmenons-le à l'hôpital, dit Spuds, comme s'il venait juste d'y penser.

Il est sans doute encore plus givré que les autres. D'abord, il n'arrive pas à rester en place. Il zigzague. Et il lève les pieds et les repose, sans arrêt. Les poils de son torse sont blancs comme de la neige sous les lumières de la piscine.

— Je vais chercher la voiture, dit le chevelu. Connie, donne-moi les clés.

— Je ne peux pas le faire, dit Holits.

La serviette est descendue jusqu'à son menton. Mais c'est au front qu'il est blessé.

— Donnez-lui ce peignoir en éponge. Il ne peut pas aller à l'hôpital comme ça, dit Connie Nova. Holits! Holits! C'est nous!

Elle attend, puis elle prend le verre de whisky des mains d'Holits et en boit une rasade.

Je vois des gens à plusieurs fenêtres, qui regardent la scène. Des lumières s'allument.

— Au lit! gueule quelqu'un.

Finalement, le chevelu ramène la Datsun de Connie de derrière l'immeuble et l'approche du bord de la piscine, tous phares allumés. Il fait vrombir le moteur.

— Au lit, nom de dieu! gueule la même personne.

D'autres locataires se mettent aux fenêtres. Je m'attends à voir Harley s'amener d'une seconde à l'autre, son chapeau sur la tête, furax. Puis je me dis, non, il va dormir jusqu'à la fin. Oublie Harley.

Spuds et Connie Nova soutiennent Holits chacun d'un côté. Holits n'arrive pas à marcher droit. Il zigzague. En partie parce qu'il est saoul. Mais il est blessé, il y a pas de doute. Ils le mettent dans la voiture et s'entassent tous à sa suite. Betty monte la dernière. Elle est obligée de s'asseoir sur les genoux de quelqu'un. Puis ils s'en vont. Celui qui avait crié claque sa fenêtre.

Toute la semaine d'après, Holits ne bouge pas de chez lui. Et je crois que Betty a laissé tomber son boulot, parce que je ne la vois plus passer devant la fenêtre. Quand je vois les garçons, je sors et je leur demande à brûle-pourpoint :

— Comment va votre père?

— Il est blessé à la tête.

J'attends, dans l'espoir qu'ils m'en disent plus.

Mais c'est tout. Ils haussent les épaules et vont à l'école avec leurs sandwichs et leurs classeurs. Plus tard, j'ai regretté de ne pas leur avoir demandé des nouvelles de leur belle-mère.

Quand je vois Holits debout sur son balcon, un bandage sur la tête, il ne me fait même pas bonjour de la tête. Il fait comme si j'étais une étrangère. Comme s'il ne me connaissait pas ou ne voulait pas me connaître. Harley dit qu'il fait pareil avec lui. Mauvais.

— Qu'est-ce qu'il a ? demande Harley. Sacré Suédois. Qu'est-ce qu'il s'est fait à la tête ? Quelqu'un l'a assommé ou quoi ?

Quand Harley dit ça, je ne lui raconte pas ce que je sais. Je reste bouche cousue.

Puis, un dimanche après-midi, je vois l'un des garçons sortir avec une boîte et la mettre dans le break. Il remonte. Mais presque aussitôt, il redescend avec une autre boîte, et il la met aussi dans la voiture. C'est alors que je comprends qu'ils se préparent à partir. Mais je ne dis rien à Harley. Il le saura bien assez tôt.

Le lendemain matin, Betty m'envoie l'un des garçons. Il a un mot disant qu'elle est désolée mais qu'ils sont obligés de déménager. Elle me donne l'adresse de sa sœur à Indio où je peux leur envoyer la caution. Elle souligne qu'ils partent huit jours avant la fin de la location. Elle espère que je les lui rembourserai, bien qu'ils n'aient pas donné les trente jours de préavis. Elle écrit : « Merci pour tout. Merci de m'avoir coiffée l'autre jour. » Elle signe : « Sincèrement à vous, Betty Holits. »

— Comment tu t'appelles ? je demande au garçon.

— Billy.

— Billy, dis-lui que je suis vraiment désolée.

Harley lit ce qu'elle a écrit, et il déclare qu'il gèlera en enfer avant qu'ils revoient un dollar de Fulton Terrace. Il dit qu'il ne comprend pas ces gens.

— Des gens qui se baladent dans la vie comme si le monde devait les entretenir gratis.

Il me demande où ils vont. Mais je n'en ai pas la moindre idée. Peut-être qu'ils retournent dans le Minnesota. Comment je pourrais savoir où ils vont? Mais je ne crois pas qu'ils retournent dans le Minnesota. Je crois qu'ils vont tenter leur chance ailleurs.

Connie Nova et Spuds ont leurs fauteuils à leur place habituelle, de chaque côté de la piscine. De temps en temps, ils regardent les fils d'Holits qui chargent le break. Puis Holits lui-même sort, quelques vêtements sur le bras. Connie Nova et Spuds l'appellent et lui font bonjour. Holits les regarde comme s'il ne les connaissait pas. Mais il soulève sa main libre. Il la soulève, c'est tout. Ils lui font bonjour. Alors, Holits se met aussi à leur faire bonjour. Il continue, même quand ils ont arrêté. Betty descend et lui touche le bras. Elle ne fait pas bonjour. Elle ne regarde même pas ces gens. Elle dit quelque chose à Holits et il monte dans la voiture. Connie Nova se rallonge dans sa chaise longue et tend la main pour monter le son de son transistor. Spuds, ses lunettes de soleil à la main, regarde Holits et Betty un moment. Puis il met ses lunettes, s'installe dans sa chaise longue et se remet à faire tanner son vieux cuir.

Enfin, ils sont tous en voiture, prêts à partir. Les enfants sont à l'arrière, Holits au volant, Betty à côté de lui. Juste comme lorsqu'ils sont arrivés.

— Qu'est-ce que tu regardes? dit Harley.

Il fait la pause. Il est dans son fauteuil, en train de regarder la télé. Mais il se lève et vient à la fenêtre.

— Ben, ils s'en vont. Ils ne savent pas où ils vont ou ce qu'ils vont faire. Cinglés de Suédois.

Je les regarde sortir du parking et tourner sur la route qui les mènera à l'autoroute. Puis je regarde Harley. Il s'installe dans son fauteuil. Il a une boîte de soda à la main et son chapeau de paille sur la tête. Il fait comme si rien n'était arrivé, comme si rien n'arriverait jamais.

— Harley?

Mais, bien entendu, il ne m'entend pas. Je m'approche et me plante devant son fauteuil. Il est étonné. Il ne sait pas quoi penser. Il se renverse en arrière et me regarde.

Le téléphone sonne.

— Réponds, s'il te plaît, dit-il.

Je ne réponds pas. Pourquoi répondre?

— Alors, laisse sonner.

Je prends une serpillière, des chiffons, des éponges et un seau. Le téléphone arrête de sonner. Il est toujours assis dans son fauteuil. Mais il a arrêté la télé. Je prends le passe, je sors et je monte au 17. J'entre, et je traverse le séjour pour aller à leur cuisine — à ce qui était leur cuisine.

Les plans de travail sont essuyés, l'évier et les placards sont propres. Pas mal. Je laisse mes produits de nettoyage sur la cuisinière et je vais jeter un coup d'œil à la salle de bains. Un bon coup d'éponge suffira. Puis j'ouvre la porte de la chambre donnant sur la piscine. Les stores sont levés, le lit est fait, le sol brille.

— Merci, dis-je tout haut.

Où qu'elle aille, je lui souhaite bonne chance.

— Bonne chance, Betty.

L'un des tiroirs du bureau est ouvert et je vais le fermer. Dans le fond du tiroir, je vois la bride qu'il avait apportée à leur arrivée. Ils doivent l'avoir oubliée dans leur hâte. Mais peut-être pas. Peut-être qu'ils l'ont laissée exprès.

— Une bride, dis-je.

Je la lève vers la fenêtre et la regarde dans la lumière. Rien de fantaisie, juste une vieille bride en cuir sombre. Je ne sais pas grand-chose, en matière de brides. Mais je sais qu'il y a une partie qu'on met dans la bouche du cheval. Une partie qu'on appelle le mors. C'est en acier. Les rênes passent par-dessus la tête jusqu'à l'endroit où on les tient sur le cou entre les doigts. Le cavalier tire sur les rênes à droite ou à gauche, et le cheval tourne. C'est simple. Le mors est lourd et froid. Si on avait ce truc entre les dents, je vous jure qu'on courrait en vitesse. En sentant tirer sur le mors, on saurait que le moment est venu. On saurait qu'on va quelque part.

CATHÉDRALE

Un aveugle, qui était un vieil ami de ma femme, venait passer la nuit chez nous. Son épouse était morte. Alors il venait dans le Connecticut, voir sa famille à elle. Il avait appelé ma femme de chez ses beaux-parents. Ils s'étaient mis d'accord. Il arriverait par le train, après un voyage de cinq heures, et ma femme irait le chercher à la gare. Elle ne l'avait pas vu depuis l'époque où elle avait travaillé pour lui, un été, à Seattle, dix ans plus tôt. Mais elle et l'aveugle étaient restés en contact. Ils enregistraient des cassettes qu'ils s'envoyaient. Sa visite ne m'enthousiasmait pas. Je ne le connaissais pas. Et sa cécité me tracassait. Tout ce que je savais de la cécité, je l'avais appris à travers les films. Au cinéma, les aveugles se déplacent lentement et ne rient jamais. Parfois, ils sont guidés par des chiens. Un aveugle dans ma maison, je ne peux pas dire que ça me réjouissait.

Cet été-là à Seattle, elle cherchait du travail. Elle n'avait pas d'argent. L'homme qu'elle allait épouser à la fin de l'été terminait ses études d'officier. Il n'avait pas d'argent non plus. Mais elle était amoureuse de lui, et lui amoureux d'elle, etc. Elle avait vu une annonce dans le journal. On demandait une *Lectrice pour aveugle*, et il y avait un numéro de téléphone. Elle avait appelé, s'était présentée et avait été engagée sur-le-champ. Elle avait travaillé tout l'été pour cet aveugle. Elle lui lisait des tas de trucs, des dossiers, des rapports, des choses comme ça. Elle l'aidait à organiser son petit bureau au service d'aide sociale du comté. Ils étaient devenus bons amis, ma femme et l'aveugle. Comment je le sais ? Elle me l'a dit. Et elle m'a dit autre chose. Le dernier jour, l'aveugle lui avait demandé s'il pouvait toucher son visage. Elle avait accepté. Elle me dit qu'il lui avait touché toutes les parties du visage avec ses doigts, le nez — même le cou ! Elle ne l'avait jamais oublié. Elle avait même essayé d'écrire un poème là-dessus. Elle était toujours en train d'essayer d'écrire des poèmes. Elle en écrivait un ou deux par an, généralement lorsqu'une chose vraiment importante lui arrivait.

Quand on avait commencé à se fréquenter, elle me l'avait montré, ce poème. Elle y parlait de ses doigts et de la façon dont ils avaient palpé son visage. Elle y parlait aussi de ce qu'elle avait ressenti à l'époque, de ce qui lui était passé par la tête quand l'aveugle lui avait touché le nez et les lèvres. Je me rappelle que ce poème ne m'avait pas impressionné. Évidemment, je ne lui avais pas dit. Peut-être que je ne comprends pas la poésie. J'avoue que ce n'est pas ce que je choisis quand je cherche de quoi lire.

En tout cas, cet homme qui avait eu le premier ses faveurs, le futur officier, c'était son amour d'enfance. Alors bon. Ce que je veux dire, c'est qu'à la fin de l'été, elle avait laissé l'aveugle lui passer les mains sur le visage, lui avait dit au revoir, avait épousé son amour d'enfance, etc., il était maintenant officier, et elle avait quitté Seattle. Mais ils avaient gardé un lien, elle et l'aveugle. Elle l'avait recontacté pour la première fois environ un an après. Elle l'avait appelé un soir d'une base aérienne en Alabama. Elle avait envie de parler. Ils parlèrent. Il lui demanda de lui envoyer une cassette racontant sa vie. Elle le fit. Elle envoya la cassette. Sur la bande, elle parlait à l'aveugle de son mari et de leur vie dans les camps militaires. Elle lui racontait qu'elle aimait son mari, mais qu'elle n'aimait pas l'endroit où ils vivaient ni le fait qu'il n'était qu'un rouage dans le complexe industriel et militaire. Elle disait à l'aveugle qu'elle avait écrit un poème et qu'il y était question de lui. Elle lui disait encore qu'elle écrivait un poème sur la vie d'une femme d'officier d'aviation. Le poème n'était pas encore terminé. Elle y travaillait encore. L'aveugle enregistra une cassette, et la lui envoya. Elle fit une autre cassette. Ça continua pendant des années. L'officier de ma femme allait de base en base. Elle envoya des cassettes de Moody AFB, de McGuire, de McConnell, et enfin de Travis, près de Sacramento, où, un soir, elle se sentit très seule, coupée de tous les gens qu'elle ne cessait de perdre à cause de cette vie de nomade. Elle eut l'impression de ne pas pouvoir faire un pas de plus. Elle rentra, et avala toutes les pilules et les gélules qu'elle trouva dans l'armoire à pharmacie, et les fit descendre avec une bouteille de gin. Puis elle prit un bain chaud et s'évanouit.

Mais au lieu de mourir, elle eut la nausée. Elle vomit. Son officier — pourquoi aurait-il un nom? C'était son amour d'enfance, et qu'est-ce qu'il veut de plus? — rentra, la trouva et appela une ambulance. Après, elle enregistra tout sur cassette et l'envoya à l'aveugle. Au fil des années, elle enregistra des tas de trucs et envoya les bandes, tout ça à toute vitesse. A part écrire un poème par an, je crois que c'était sa plus grande distraction. Sur une cassette, elle disait à l'aveugle qu'elle avait décidé de vivre loin de son officier pendant un certain temps. Sur une autre, elle lui parlait de son divorce. Elle et moi, on commença à se fréquenter, et bien entendu elle le dit à l'aveugle. Elle lui disait tout — enfin, c'était mon impression. Une fois, elle me demanda si je voulais entendre la dernière cassette de l'aveugle. Il y a un an de ça. Il parlait de moi, dit-elle. Je dis que j'étais d'accord pour l'écouter. Je nous versai un verre et on s'installa dans le séjour. On s'apprêta à écouter. D'abord, elle mit la bande dans le magnéto et régla un ou deux boutons. Puis elle appuya sur une touche. La bande couina et quelqu'un se mit à parler d'une voix forte. Elle baissa le volume. Au bout de quelques minutes de bavardage à bâtons rompus, j'entendis mon nom dans la bouche de cet étranger, de cet aveugle que je ne connaissais même pas ! Et puis : « D'après tout ce que vous m'avez dit de lui, je ne peux que conclure... » Mais on fut interrompus, un coup frappé à la porte ou autre chose, et on n'écouta jamais la fin. C'était peut-être aussi bien. J'avais entendu tout ce que j'avais envie d'entendre.

Et maintenant cet aveugle allait venir coucher dans ma maison.

— Je pourrais peut-être l'emmener au bowling, dis-je à ma femme.

Elle était debout devant l'évier, en train de couper des pommes de terre en rondelles. Elle posa son couteau et se retourna.

— Si tu m'aimes, tu peux faire ça pour moi. Si tu ne m'aimes pas, ça ne fait rien. Mais si tu avais un ami, n'importe lequel, et qu'il vienne te voir, je le mettrais à son aise pour qu'il se sente comme chez lui.

Elle s'essuya les mains à un torchon.

— Je n'ai pas d'ami aveugle, dis-je.

— Tu n'as pas d'ami du tout. Point final. De plus, sa femme vient de mourir, nom d'un chien ! Tu ne comprends pas ? Il vient de perdre sa femme !

Je ne répondis pas. Elle me parla un peu de la femme de l'aveugle. Elle s'appelait Beulah, Beulah ! C'est un nom de femme de couleur.

— Sa femme, c'était une négresse ?

— Tu es fou ? dit ma femme. T'as un boulon en moins ou quoi ?

Elle prit une pomme de terre. Je la vis rebondir sur le sol puis rouler sous la cuisinière.

— Qu'est-ce qui te prend ? dit-elle. Tu es saoul ?

— Je demande, c'est tout.

Et alors, ma femme me donna des détails, beaucoup plus que je ne souhaitais en entendre. Je me préparai un verre et m'assis à la table de la cuisine pour écouter. Des morceaux d'histoire commencèrent à se mettre en place.

Beulah avait travaillé pour l'aveugle après ma femme. Bientôt, Beulah et l'aveugle s'étaient mariés à l'église. Une noce simple — et d'abord, qui aurait voulu assister à un mariage pareil ? — juste tous les deux, plus le pasteur et sa femme. Mais quand même un mariage religieux. C'était ce que voulait Beulah, avait-il dit. A l'époque, Beulah devait déjà avoir le cancer dans les glandes. Après avoir été inséparables pendant huit ans — c'est le mot de ma femme, *inséparables* — la santé de Beulah avait rapidement décliné. Elle mourut à l'hôpital de Seattle, l'aveugle assis à côté de son lit, lui tenant la main. Ils s'étaient mariés, avaient vécu ensemble, travaillé ensemble, dormi ensemble — fait l'amour, c'est sûr — et puis l'aveugle avait dû l'enterrer. Et tout ça sans avoir jamais vu à quoi elle ressemblait, merde ! Je n'arrivais pas à comprendre. En entendant ça, un moment, j'avais plaint l'aveugle. Puis je m'étais surpris à penser à la vie pitoyable de cette femme. Imaginez une femme qui n'avait jamais pu se voir à travers les yeux de l'homme qu'elle aimait. Une femme qui pouvait vivre jour après jour sans jamais recevoir le plus petit compliment de son bien-aimé. Une femme dont le mari n'avait jamais vu l'expression qu'elle portait sur son visage, souffrance ou autre chose. Elle pouvait se maquiller ou non — quelle différence ça faisait pour lui ? Elle pouvait, si elle voulait, se mettre de l'ombre à paupières verte d'un côté, une épingle dans le nez, un pantalon jaune et des chaussures violettes, aucune importance. Puis glisser dans la mort, la main de l'aveugle sur la sienne, des flots de larmes ruisselant de ses yeux aveugles — j'imagine, maintenant, ce qu'a pu être sa dernière pensée :

il n'a jamais su à quoi je ressemblais, et elle de prendre le toboggan de la tombe. Robert s'était retrouvé avec le capital d'une petite assurance vie et la moitié d'une pièce mexicaine de vingt pesos. L'autre moitié était allée dans la boîte avec elle. Pathétique.

Le moment venu, ma femme alla le chercher à la gare. N'ayant rien d'autre à faire qu'attendre — naturellement, je lui en voulais pour ça — je prenais un verre en regardant la télé quand j'entendis la voiture s'engager dans l'allée. Je me levai du canapé, mon verre à la main, et je jetai un coup d'œil par la fenêtre.

Je vis ma femme rire en garant la voiture. Je la vis en descendre et refermer la portière. Elle souriait toujours. Proprement stupéfiant. Elle contourna la voiture pour aller à l'autre portière où l'aveugle commençait déjà à descendre. Et cet aveugle, imaginez un peu, il avait une grande barbe! Une barbe pour un aveugle! C'est trop, me dis-je. L'aveugle tendit la main vers la banquette arrière, et tira une valise. Ma femme lui donna le bras, ferma la portière, et, parlant sans arrêt, lui fit prendre l'allée, monter le perron. J'éteignis la télé. Je terminai mon verre, le rinçai, m'essuyai les mains. Puis j'allai à la porte.

— Je te présente Robert. Robert, voici mon mari. Je vous ai souvent parlé de lui.

Elle rayonnait. Elle tenait l'aveugle par la manche de son pardessus.

L'aveugle posa sa valise et me tendit la main.

Je la pris. Il la serra fort, la retint, puis la lâcha.

— J'ai l'impression que nous nous connaissons déjà, dit-il d'une voix tonitruante.

— Moi aussi, dis-je.

Je ne savais pas quoi dire d'autre. Puis j'ajoutai:

— Soyez le bienvenu. J'ai beaucoup entendu parler de vous.

Alors, on alla tous ensemble de la véranda vers le

séjour, ma femme le guidant par le bras. L'aveugle portait sa valise de l'autre main. Ma femme disait des choses comme : « A gauche ici, Robert. Parfait. Attention, il y a un fauteuil. Voilà. Asseyez-vous là. C'est le canapé. Nous l'avons acheté il y a tout juste quinze jours. »

Je voulus dire quelque chose sur le vieux canapé. Je l'avais aimé, ce vieux canapé. Mais je ne dis rien. Puis je voulus dire autre chose, quelque chose sans importance, sur la vue le long de l'Hudson. Comment, en allant à New York, il faut s'asseoir à droite dans le train, et à gauche en revenant.

— Vous avez fait bon voyage ? De quel côté du train étiez-vous assis ?

— Quelle question ! dit ma femme. Quelle importance ?

— Je demande, c'est tout.

— A droite, répondit l'aveugle. Voilà quarante ans que je n'avais pas pris le train. Pas depuis mon enfance. Avec mes parents. Ça fait longtemps. J'avais presque oublié l'effet que ça fait. J'ai de la neige dans ma barbe, maintenant. C'est ce qu'on m'a dit, en tout cas. Ai-je l'air distingué, ma chère ? demanda l'aveugle à ma femme.

— Vous avez l'air distingué, Robert. Robert, Robert, ça me fait tellement plaisir de vous voir.

Ma femme détacha enfin les yeux de l'aveugle et me regarda. J'eus l'impression que ce qu'elle vit ne lui plaisait pas. Je haussai les épaules.

Je n'avais jamais rencontré, ni connu personnellement, un aveugle. Celui-là frisait la cinquantaine, avec un début de calvitie, il était trapu, voûté, comme accablé par un lourd fardeau. Il portait un pantalon marron, des chaussures marron, une chemise marron clair, une veste sport. Formidable. Il avait cette grande barbe. Il n'avait ni canne ni lunettes noires. J'avais toujours pensé que les lunettes noires étaient une obligation pour un aveugle. Le fait est que je regrettais qu'il n'en ait pas. Au premier abord, ses yeux étaient comme ceux des autres. Mais en regardant bien, ils avaient quelque chose de différent. Trop de blanc dans l'iris, pour commencer, et les pupilles tournaient dans les orbites sans qu'il les contrôle et sans qu'il puisse les arrêter. Bizarre. Alors que je l'observais, je vis sa pupille gauche tourner vers son nez, tandis que l'autre faisait un effort pour rester à sa place. Mais ce n'était qu'un effort, car son œil se baladait sans qu'il le sache ou veuille le savoir.

— Je vais vous servir un verre. Qu'est-ce que vous prenez ? Nous avons un peu de tout. C'est un de nos passe-temps.

— Mon vieux, je ne prends que du scotch, dit-il assez vite de sa grosse voix.

— D'accord, mon vieux. Je l'aurais parié.

Il toucha des doigts sa valise, posée près du canapé. Il prenait ses repères. Je trouvai ça normal.

— Je vais monter ça dans votre chambre, dit ma femme.

— Non, ce n'est pas la peine, dit l'aveugle d'une voix forte. Je la monterai en allant me coucher.

— Un peu d'eau dans le scotch ? demandai-je.

— Très peu.

— Je le savais, dis-je.

— Juste une goutte. L'acteur irlandais, Barry Fitzgerald, vous connaissez ? Je suis comme lui. Quand je bois de l'eau, disait Fitzgerald , je bois de l'eau. Quand je bois du whisky, je bois du whisky.

Ma femme se mit à rire. L'aveugle passa sa main sous sa barbe. Il la souleva lentement, et la laissa retomber.

Je préparai les verres, trois grands verres de scotch avec une goutte d'eau dans chaque. On s'installa confortablement et on parla des voyages de Robert. D'abord, le long voyage en avion de la côte Ouest jusqu'au Connecticut. On en parla en détail. Puis le voyage en train du Connecticut jusqu'ici. Pendant ce voyage, on but un autre verre.

Je me rappelle avoir lu quelque part que les aveugles ne fument pas, parce que, prétend-on, ils ne peuvent pas voir la fumée qu'ils exhalent. Je croyais au moins savoir ça sur les aveugles. Mais cet aveugle-là fuma sa cigarette jusqu'au filtre, et en alluma une autre immédiatement. Cet aveugle remplit un cendrier, et ma femme le vida.

Quand on s'assit pour dîner, on prit un autre scotch. Ma femme remplit l'assiette de Robert de steak, de pommes de terre sautées, de haricots verts. Je lui beurrai deux tranches de pain.

— Voilà du pain et du beurre, dis-je.

Je bus une gorgée.

— Maintenant, prions, dis-je.

L'aveugle inclina la tête, et ma femme me regarda, bouche bée.

— Prions que le téléphone ne sonne pas et que notre dîner ne refroidisse pas.

On attaqua le repas. On mangea tout ce qu'il y avait à manger sur la table. On mangea comme s'il ne devait plus y avoir de lendemain. On ne parlait pas. On mangeait. On bâfrait. On s'empiffrait. L'aveugle avait immédiatement localisé sa nourriture dans son assiette, il savait exactement où se trouvait chaque chose. Je le regardais avec admiration couper sa viande avec sa fourchette et son couteau. Il coupait deux morceaux de viande qu'il enfournait, suivis de pommes sautées, et les haricots en dernier, puis il arrachait un gros morceau de pain beurré. Il faisait descendre le tout d'une bonne rasade de lait. Et il n'avait pas de complexes à se servir de ses doigts.

On termina tout, y compris la moitié d'une tarte aux fraises. Pendant quelques instants, on resta immobiles, comme assommés. La sueur perlait sur nos visages. Finalement, on se leva, laissant les assiettes sales sur la table. On ne regarda pas en arrière. On se transporta dans le séjour et on s'affala à nos places respectives, Robert et ma femme sur le canapé, moi dans le grand fauteuil. On but deux ou trois verres de plus pendant qu'ils parlaient des choses importantes qui leur étaient arrivées au cours de ces dix dernières années. La plupart du temps, j'écoutais. De temps en temps, j'intervenais. Je ne voulais pas qu'il pense que j'avais quitté la pièce, et je ne voulais pas qu'elle pense que je me sentais exclu. Ils parlèrent des choses qui leur étaient arrivées — à eux! — au cours des dix dernières années. J'espérais en vain entendre mon nom sur les douces lèvres de ma femme. « Et c'est alors que mon cher mari est entré dans ma vie. » Quelque chose comme ça. Mais je n'entendis rien de semblable. On parlait toujours de Robert. Robert avait fait un peu de tout, semblait-il, un vrai maître Jacques. Mais récemment, lui et sa femme distribuaient les produits Amway, ce qui leur permettait de gagner leur vie, plus ou moins, à ce que je compris. L'aveugle était aussi radio amateur. Il raconta de sa voix tonitruante les conversations qu'il avait eues avec d'autres radios amateurs de Guam, des Philippines, d'Alaska et même de Tahiti. Il dit qu'il avait beaucoup d'amis là-bas s'il voulait y aller en visite. De temps en temps, il tournait vers moi son visage aveugle, passait sa main sous sa barbe et me demandait quelque chose. Depuis quand est-ce que j'occupais mon emploi actuel? (Trois ans.) Est-ce que j'aimais mon travail? (Non.) Avais-je l'intention de le conserver? (Est-ce que j'avais le choix?) Finalement, quand je pensai qu'il allait se trouver à court de conversation, je me levai et allumai la télé.

Ma femme me regarda avec irritation. Elle allait exploser. Puis elle regarda l'aveugle et demanda:

— Robert, avez-vous la télé?

— Ma chère, j'ai deux téléviseurs. Un téléviseur couleur, et un noir et blanc, une vieille relique. C'est drôle, mais si j'allume la télévision, et je l'allume tout le temps, c'est toujours le téléviseur couleur. C'est drôle, n'est-ce pas?

Je ne sus pas quoi répondre à ça. Je n'avais absolument rien à dire. Aucune opinion. Alors je regardai le journal en essayant d'écouter ce que disait le présentateur.

— C'est un téléviseur couleur, dit l'aveugle. Ne me demandez pas comment je le sais, mais je le sais.

— Nous sommes passés à la couleur il y a peu de temps, dis-je.

L'aveugle but une gorgée de son verre. Il souleva sa barbe, la renifla, et la laissa retomber. Il se pencha en avant sur le canapé. Il repéra son cendrier sur la table basse, puis porta le briquet à sa cigarette. Il se renversa sur le canapé et se croisa les jambes.

Ma femme se couvrit la bouche pour bâiller. Elle s'étira.

— Je vais monter me mettre en robe de chambre. Je vais me changer. Robert, mettez-vous à votre aise, dit-elle.

— Je suis à mon aise, répondit l'aveugle.

— Je veux que vous vous sentiez à votre aise dans cette maison.

— Je suis à mon aise.

Quand elle eut quitté la pièce, on écouta le bulletin météo, lui et moi, puis les résultats sportifs. A ce moment-là, elle était partie depuis si longtemps que je me demandais si elle allait redescendre. Je me dis qu'elle s'était peut-être couchée. J'espérais qu'elle allait revenir. Je ne voulais pas rester seul avec l'aveugle. Je lui demandai s'il voulait prendre un autre verre, et il dit, bien sûr. Puis je lui demandai s'il voulait fumer un peu d'herbe avec moi. Je dis que je venais juste de rouler quelques joints. Ce n'était pas vrai, mais je pouvais les faire en moins de deux.

— Je vais en essayer un peu avec vous, dit-il.

— Vous avez diablement raison. C'est de la bonne came.

Je nous préparai un verre et je m'assis sur le

canapé à côté de lui. Puis je nous roulai deux gros joints. J'en allumai un et le lui passai. Je le lui mis entre les doigts. Il le prit et tira une bouffée.

— Retenez la fumée aussi longtemps que vous pouvez, dis-je.

Je voyais bien qu'il n'y connaissait rien.

Ma femme revint, en robe de chambre et mules roses.

— Qu'est-ce que je sens? dit-elle.

— On a pensé à se fumer un peu de cannabis.

Ma femme me fusilla du regard. Puis elle regarda l'aveugle:

— Robert, je ne savais pas que vous fumiez.

— C'est la première fois, ma chère. Il y a un commencement à tout. Mais je ne ressens aucun effet pour le moment.

— Cette came est douce. On peut raisonner avec. Ça ne vous met pas la tête à l'envers.

— Pas beaucoup d'effet, mon vieux, dit-il, et il éclata de rire.

Ma femme s'assit sur le canapé entre l'aveugle et moi. Je lui passai mon joint. Elle le prit, inhala, puis me le rendit.

— Où est-ce qu'on va, comme ça? Je ne devrais pas fumer ça. J'arrive déjà à peine à garder les yeux ouverts. Ce dîner m'a abrutie. Je n'aurais pas dû tant manger.

— C'est la tarte aux fraises. C'est ça qui nous a achevés, dit l'aveugle avec son rire tonitruant.

Puis il secoua la tête.

— Il y a encore de la tarte aux fraises.

— Vous en voulez encore, Robert? demanda ma femme.

— Peut-être un peu plus tard.

On concentra notre attention sur la télé. Ma femme se remit à bâiller.

— Votre lit est fait quand vous voudrez aller vous coucher, Robert. Je sais que la journée a dû être fatigante. Quand vous serez prêt à aller dormir, dites-le.

Elle le tira par le bras.

— Robert?

Il sortit de sa rêverie:

— J'ai passé une journée extraordinaire. C'est mieux que les cassettes, non?

— En voilà un autre.

Et je lui mis un joint entre les doigts. Il inhala, retint la fumée puis exhala lentement. Il semblait n'avoir fait que ça depuis sa plus tendre enfance.

— Merci, mon vieux, dit-il. Mais je m'en tiendrai là. Je crois que ça commence à me faire de l'effet.

Il tendit le joint rougeoyant à ma femme.

— Même chose pour moi, dit-elle. Pareil. Moi aussi.

Elle prit le joint et me le passa.

— Je vais peut-être rester un moment entre vous deux, les yeux fermés. Mais ne faites pas attention à moi, d'accord? Ni l'un ni l'autre. Si ça vous dérange, dites-le. Sinon, je vais rester là, les yeux fermés, jusqu'à ce que vous montiez vous coucher. Votre lit est fait, Robert, quand vous serez prêt. C'est juste à côté de notre chambre, en haut de l'escalier. Nous vous montrerons quand vous serez prêt. Maintenant, réveillez-moi si je m'endors.

Elle dit ça, puis ferma les yeux et s'endormit.

Les informations terminées, je me levai et changeai de chaîne. Je me rassis sur le canapé. Je regrettais que ma femme se soit endormie. Elle avait la tête renversée sur le dossier du canapé, la bouche ouverte. Elle s'était retournée, de sorte que sa robe de chambre s'était ouverte, révélant une cuisse affriolante. Je tendis la main pour la refermer, et c'est alors que je regardai l'aveugle. Et merde! Je rouvris la robe de chambre.

— Vous avez dit que vous vouliez de la tarte aux fraises.

— C'est exact.

— Vous êtes fatigué? Vous voulez que je vous montre votre chambre? Vous êtes prêt à dormir pour la journée?

— Pas encore. Non, je vais rester un peu avec vous, mon vieux. Si vous êtes d'accord. Je vais rester jusqu'à ce que vous alliez vous coucher. Nous n'avons pas encore eu l'occasion de parler vraiment. Vous voyez ce que je veux dire. J'ai l'impression qu'elle et moi, nous avons monopolisé la soirée.

Il souleva sa barbe et la laissa retomber. Il prit ses cigarettes et son briquet.

— Ça ne fait rien, dis-je.

Puis j'ajoutai :

— Je suis content d'avoir de la compagnie.

Et je suppose que c'était vrai. Tous les soirs, je fumais de l'herbe et je restais debout aussi longtemps que possible avant d'aller me coucher. Ma femme et moi, on ne se couchait pratiquement jamais en même temps. Quand je m'endormais, je faisais des rêves. Parfois, je me réveillais en plein milieu, le cœur battant la chamade.

A la télé, il y avait quelque chose sur les églises et le Moyen Age. Pas l'émission grand public. J'aurais voulu regarder autre chose. J'essayai les autres chaînes. Mais il n'y avait rien d'intéressant non plus. Alors je revins à la première en m'excusant.

— Ça ne fait rien, mon vieux, dit l'aveugle. Aucune importance pour moi. Regardez ce qui vous plaît. Moi, j'apprends toujours quelque chose. On n'en finit jamais d'apprendre. Ça ne me fera pas de mal d'apprendre quelque chose ce soir. J'ai des oreilles.

On se tut pendant un moment. Il était penché en avant, la tête tournée vers moi, l'oreille droite vers la télé. Très déconcertant. De temps en temps, ses paupières se fermaient, puis il les rouvrait brusquement. De temps en temps, il portait les doigts à sa barbe et tirait dessus, comme s'il réfléchissait à quelque chose qu'il venait d'entendre.

Sur l'écran, des hommes en cagoules étaient attaqués et tourmentés par des hommes déguisés en squelettes et en diables. Les diables portaient des masques de diables, des cornes et de longues queues. Ça faisait partie d'une procession. L'Anglais qui faisait le commentaire disait que ça avait lieu en Espagne, une fois par an. J'essayai d'expliquer à l'aveugle ce qui se passait.

— Des squelettes, dit-il. Je connais.

Et il hocha la tête.

La télé montra une cathédrale. Puis un long plan d'une autre cathédrale. Enfin, on montra la plus célèbre, celle de Paris, avec ses arcs-boutants et ses tours qui montent vers les nuages. La caméra s'éloigna pour montrer la cathédrale en entier, dominant les autres bâtiments.

A certains moments, l'Anglais qui faisait le commentaire se taisait et laissait la caméra montrer les cathédrales. Ou alors, la caméra montrait la campagne, avec des hommes dans les champs qui marchaient derrière leurs bœufs. J'attendis aussi longtemps que je pus. Puis je me sentis obligé de dire quelque chose :

— Maintenant, ils montrent l'extérieur de la cathédrale. Des gargouilles. Ce sont des petites statues en forme de monstres. Là, je suppose qu'ils sont en Italie. Oui, c'est l'Italie. Il y a des tableaux sur les murs de cette église.

— Est-ce que ce sont des fresques, mon vieux ? demanda-t-il, et il but une gorgée de scotch.

Je tendis la main pour prendre mon verre, mais il était vide. J'essayai de me rappeler ce que je pouvais.

— Vous me demandez si ce sont des fresques ? Bonne question. Je ne sais pas.

La caméra montra ensuite la cathédrale aux abords de Lisbonne. Les différences entre la cathédrale portugaise et les cathédrales française et italienne n'étaient pas très grandes. Mais elles existaient. Surtout dans les trucs intérieurs. Puis, quelque chose me vint à l'idée :

— Quelque chose vient de me venir à l'idée. Vous

savez ce que c'est qu'une cathédrale? A quoi ça ressemble, je veux dire? Vous me suivez? Si quelqu'un vous dit le mot cathédrale, vous avez une idée de ce que c'est? Vous savez la différence entre ça et une église baptiste, par exemple?

Il laissa la fumée s'échapper lentement de sa bouche.

— Je sais qu'il a fallu à des centaines d'ouvriers cinquante ou cent ans pour les construire. Je viens juste de l'entendre dire, bien sûr. Je sais que dans certaines familles, ils travaillaient à la cathédrale de père en fils. C'est aussi le commentateur qui l'a dit. Et ceux qui commençaient à y travailler dans leur jeunesse ne vivaient pas assez vieux pour voir leur œuvre achevée. A cet égard, mon vieux, ils ne sont pas différents de nous, non?

Il éclata de rire. Ses paupières se fermèrent. Sa tête bringuebala. Il avait l'air de sommeiller. Peut-être qu'il s'imaginait au Portugal. A présent, la télé montrait une autre cathédrale. En Allemagne, cette fois. La voix de l'Anglais continuait à bourdonner.

— Les cathédrales, dit l'aveugle.

Il se redressa, roulant la tête d'avant en arrière.

— Si vous voulez savoir la vérité, mon vieux, c'est tout ce que je sais. Ce que je viens de dire. Ce que j'ai entendu dire. Mais vous pourriez peut-être m'en décrire une? Je voudrais bien. Ça me ferait plaisir. Pour être franc, je n'en ai pas une idée très nette.

Je fixai avec attention la cathédrale à la télé. Comment même commencer à la décrire? Disons que ma vie en dépendait. Disons que ma vie était menacée par un fou qui voulait que je la décrive ou sinon...

Je regardai encore un peu la cathédrale, puis la caméra montra la campagne. Sans espoir. Je me tournai vers l'aveugle:

— Pour commencer, elles sont très hautes.

Je regardai autour de la pièce pour trouver des idées.

— Elles montent très haut. Très très haut. Vers le ciel. Elles sont si grandes, certaines, qu'il leur faut des supports. Pour les tenir, pour ainsi dire. Ces supports, on les appelle arcs-boutants. Ils me font penser à des viaducs, je ne sais pas pourquoi. Mais vous ne savez peut-être pas non plus ce que c'est qu'un viaduc? Parfois, les cathédrales ont des diables et des trucs comme ça sculptés sur la façade. Parfois des seigneurs et des grandes dames. Ne me demandez pas pourquoi.

Il hochait la tête. Toute la partie supérieure de son corps se balançait d'avant en arrière.

— Je ne m'en tire pas très bien, hein?

Il s'arrêta de hocher la tête et se pencha en avant, tout au bord du canapé. En m'écoutant, il se passait les doigts dans la barbe. Il ne me comprenait pas, je le voyais. Il attendait quand même que je continue. Il hochait la tête, comme pour m'encourager. J'essayai de trouver autre chose à dire.

— Elles sont vraiment grandes. Elles sont massives. Elles sont construites en pierre. En marbre aussi, quelquefois. A l'époque, quand ils construisaient les cathédrales, les hommes voulaient être près de Dieu. A l'époque, Dieu était très important dans la vie de tout le monde. On le voit à leurs cathédrales. Je suis désolé, mais je crois que je ne peux rien faire de plus pour vous. Je ne suis pas très doué.

— Ça ne fait rien, mon vieux, dit l'aveugle. Écoutez. J'espère que vous ne m'en voudrez pas de vous demander ça. Je peux vous demander quelque chose? Permettez-moi de vous poser une simple question. Vous répondrez par oui ou par non. Je suis curieux, tout simplement, et je ne veux pas vous offenser. Vous êtes mon hôte. Permettez-moi de vous demander si vous êtes croyant. Vous ne m'en voulez pas de cette question?

Je secouai la tête. Mais il ne pouvait pas le voir. Un clin d'œil, c'est la même chose qu'un hochement de tête pour un aveugle.

— Je suppose que je ne suis pas croyant. En rien. Il y a des jours où c'est dur. Vous voyez ce que je veux dire ?

— Bien sûr, dit-il.

— D'accord, dis-je.

L'Anglais continuait toujours. Ma femme soupira dans son sommeil. Elle prit une profonde inspiration et continua à dormir.

— Je m'excuse. Mais je ne peux pas vous dire à quoi ressemble une cathédrale. Je n'ai pas le don. Je ne peux pas faire plus que j'ai fait.

L'aveugle resta immobile, tête penchée, en m'écoutant.

— La vérité, c'est que les cathédrales ne signifient pas grand-chose pour moi. Rien. Les cathédrales. C'est quelque chose qu'on regarde le soir à la télé. C'est tout, dis-je.

C'est alors que l'aveugle s'éclaircit la gorge. Il ramena une glaire dans sa bouche. Il prit un mouchoir dans sa poche revolver.

— Je comprends, mon vieux. Ça ne fait rien. Ça arrive. Ne vous en faites pas. Hé, écoutez. Vous voulez me rendre un service ? J'ai une idée. Vous pourriez trouver du papier épais ? Et un crayon ? On va faire quelque chose. On va dessiner une cathédrale ensemble. Trouvez-nous un crayon et du papier. Allez-y, mon vieux, allez nous chercher ça.

Alors, je montai à l'étage. J'avais les jambes en coton. Comme après avoir fait de la course. Dans la chambre de ma femme je regardai autour de moi. Je trouvai quelques crayons à bille dans un petit panier sur sa table. Puis j'essayai de réfléchir où je pourrais trouver le genre de papier qu'il voulait.

En bas, dans la cuisine, je trouvai un sac du supermarché avec des pelures d'oignons au fond. Je le vidai et le secouai. Je l'apportai dans le séjour et je m'assis avec à ses pieds. Je déplaçai quelques objets, lissai les pliures du sac et l'étalai sur la table basse.

L'aveugle se leva et s'assit à côté de moi sur le tapis.

Il passa les doigts sur le papier. De haut en bas. Sur les bords, même. Il tripota les coins.

— Parfait. Parfait. Allons-y.

Il trouva ma main, ma main tenant le crayon. Il referma sa main sur la mienne.

— Allez-y, mon vieux, dessinez. Dessinez. Vous verrez. Je suivrai avec vous. Tout ira bien. Mais commencez. Vous verrez. Dessinez, dit l'aveugle.

Alors, je commençai. D'abord, je dessinai une boîte qui ressemblait à une maison. Ça aurait pu être la maison dans laquelle je vis. Puis j'y mis un toit. A chaque bout du toit, je dessinai des tours. Dingue.

— Chouette, disait-il. Terrible. Vous vous en tirez très bien. Vous n'auriez jamais pensé que vous feriez quelque chose comme ça de votre vie, hein, mon vieux ? Eh bien, la vie est étrange, nous le savons tous. Reprenez. Continuez.

J'ajoutai des fenêtres avec des arcs. Je dessinai des arcs-boutants. Je suspendis de grandes portes. Je ne pouvais plus m'arrêter. La station télé arrêta d'émettre. Je posai le crayon et ouvris et refermai les doigts. L'aveugle tâta le papier. Il passait le bout de ses doigts sur le papier, sur tout ce que j'avais dessiné, et il hochait la tête.

— Très bien, dit l'aveugle.

Je repris le crayon et il trouva ma main. Je continuai. Je ne suis pas un artiste, mais je continuai quand même à dessiner.

Ma femme ouvrit les yeux et nous regarda. Elle se redressa sur le canapé, sa robe de chambre ouverte :

— Qu'est-ce que vous faites ? Dites-le moi. Je veux savoir.

Je ne lui répondis pas.

— Nous dessinons une cathédrale. Moi et lui, on y travaille. Appuyez fort, me dit-il. Comme ça. Parfait. Très bien. C'est ça, mon vieux. Je le sens. Vous n'auriez pas cru y arriver. Mais vous y arrivez, n'est-ce pas ? Vous êtes sous pression, maintenant. Vous voyez ce que je veux dire ? Vous allez vous faire quelque chose de formidable dans une minute. Vous n'avez pas mal au bras? Mettez-y des gens maintenant. Qu'est-ce qu'une cathédrale sans fidèles?

— Qu'est-ce qui se passe? Robert, qu'est-ce que vous faites? Qu'est-ce qui se passe? demanda ma femme.

— Tout va bien! Fermez les yeux maintenant, me dit l'aveugle.

C'est ce que je fis. Je fermai les yeux comme il me disait.

— Ils sont fermés? Ne trichez pas.

— Ils sont fermés.

— Gardez-les fermés. Ne vous arrêtez pas maintenant, dessinez.

Et on continua. Ses doigts étreignaient mes doigts tandis que ma main parcourait le papier. Ça ne ressemblait à rien de ce que j'avais fait dans ma vie jusqu'à maintenant.

— Je crois que ça y est. Je crois que vous avez réussi, dit-il. Jetez un coup d'œil. Qu'est-ce que vous en pensez?

J'avais les yeux fermés. Je pensai qu'il fallait les garder fermés encore un peu. Je pensai que c'était quelque chose à faire.

— Eh bien, dit-il. Vous regardez?

J'avais toujours les yeux fermés. J'étais dans ma maison. Ça, je le savais. Mais je n'avais pas l'impression d'être à l'intérieur de quoi que ce soit.

— C'est vraiment quelque chose, dis-je.

TABLE

Composition réalisée par EUROCOMPOSITION

IMPRIMÉ EN FRANCE PAR BRODARD ET TAUPIN
Usine de La Flèche (Sarthe).
LIBRAIRIE GÉNÉRALE FRANÇAISE - 6, rue Pierre-Sarrazin - 75006 Paris.
ISBN : 2 - 253 - 05012 - 1   ✛ 42/3120/5